ハーレクイン文庫

ハネムーン

ヴァイオレット・ウィンズピア

三好陽子 訳

HARLEQUIN
BUNKO

THE HONEYMOON

by Violet Winspear

Published by Harlequin K.K., Tokyo, 2011

ハネムーン

◆主要登場人物

ジョージア・ノーマン……牧師の娘。
マイケル……………ジョージアの父。牧師。
アンジェリカ…………ジョージアの姉。モデル。
ベアトリス……………ジョージアの叔母。
レンツォ・タルモンテ……作曲家。投資家。
エバリーナ……………レンツォの母。伯爵夫人。
ステルビオ……………レンツォの弟。弁護士。
モニカ…………………ステルビオの妻。
ブルース・クレイトン……レンツォの友人。映画監督。
フラヴィア・スコット……レンツォの個人秘書。
コニー・キャスウェル……レンツォの友人。
シルビア………………タルモンテ家のメイド。
トレンス………………タルモンテ家の執事。

1

「ケーキ・カット！」みんなが声を合わせた。

花婿があいまいなほほえみを浮かべて、ウエディングケーキの真っ白なアイシングにナイフを埋める。招待客から一斉に笑いと歓声がわいた。ここはマーブル・アーチを見晴らすホテルのレセプション・ルームだ。

この部屋の中にただ一人、ケーキを床にたたきつけ、銀の馬蹄《ばてい》とベルを靴で踏みつけて粉々にしたいと思っている人間がいた——それが、ほかでもないレンツォ・タルモンテの花嫁だった。

サテンとレースのクラシックなウエディングドレスに身を包んだジョージアは、いかにも初々しい、幸せそのものの花嫁に見える。でも、心の中には荒々しい感情が渦を巻いていた。

父、マイケル・ノーマン牧師はとうとう結婚式に来てくれなかった。それはあまりに不当な仕打ちだとジョージアは思う。私が慣れない指輪を左手の薬指にはめてここにこうしているのも、父の愛する姉のアンジェリカが、その名のとおりの天使ではなかったことを父に知らせたくないという、その一心からなのに。

あの日、牧師館の庭にいたジョージアのところにレンツォ・タルモンテが来て、アンジェリカが彼の弟ステルビオに宛《あ》てた手紙を見せたとき、ジョージアは恥ずかしさのあまり息が詰まりそうになった。

手紙には二人が交わしたらしい、あからさまな情熱の描写があり、そのあと姉はステルビオに、自分のために妻と子供を捨ててほしいと懇願している。熱情と所有欲をむきだしにしたその手紙をジョージアはびりびりと引き裂いた。

「それはコピーだ」レンツォは言った。

父の丹精したばらが咲き乱れる庭に立つ彼の、いかにもラテン民族らしい目に、大胆な意図が浮かんでいる。

「アンジェリカはステルビオと駆け落ちしてしまった。僕はこの情事が終わりになる前に結婚式を挙げるつもりだ。アンジェリカの妹――つまり君と」

最初は何のことかわからなかった。その言葉の重大さに気づくと、ジョージアはパニックを起こしてあとずさりした。仕立てのいいスーツに身を包んだこのイタリア人から少しでも離れなければ！

「あなた、頭がどうかしてるわ！」

レンツォが手に持っていた黒檀《こくたん》のステッキを少し上げたとき、ジョージアはびくりとした。ずっと以前の事故の後遺症で、片方の脚がいくらか不自由なのだ。そのせいで彼はいっそう近寄りがたく見える。

姉のアンジェリカが婚約者だといってレンツォを牧師館に連れてきたとき、ジョージアはずいぶん驚いたものだった。

姉のことだから結婚相手にハンサムな男性を選ぶだろうというのはわかっていたが、このイタリアの旧家の出のレンツォ・タルモンテは、頭の中に外見以上のものを秘めているように見えた。姉のアンジェリカが、そうした頭の中身を評価できるとは思えなかった。ジョージアに紹介されると、レンツォは彼女の手を取って軽く唇に当てた。目が合ったとき、彼のようなタイプの男性に慣れていないジョージアは、たぶん自分の考えを隠すことができなかったのだろう。

この人はアンジェリカとは合わない、と彼女は思ってしまった。本当はそんなことを考えてはいけなかったのだが。彼はアンジェリカには複雑すぎるし、あまりにラテン的道徳観に固執しすぎているように見えたから。

あの日、レンツォは私の考えを読んだ……あるいは読み違えたのだろうか。彼は、家に閉じこもっている世間知らずの娘が、姉の婚約者に望みのない恋心を抱いたと思ったのかもしれない。だから今こうして姉のラブレターが散乱する中に立って、私と結婚するなどと高飛車に宣言したのだろうか。

精神的な深さという点で、レンツォは姉と釣り合わないとはいえ、二人の目や髪の色のコントラストは印象的で美しかった。ジョージアはそのあと何日も、二人が並んで立っている姿が頭を離れないで困ったものだった。

「僕の提案をじっくり考えてくれたまえ」

レンツォはばらの中に立つジョージアを時間をかけて観察し、控え目だが魅力ある顔立ちと、それを無造作に縁取った髪が日光に輝くさまを見つめた。それから、視線が、かすかにかげったのどのくぼみに落ちる。ジョージアの脈が速くなって、くさりについた細い金の十字架が揺れる。彼女は何かにすがるように、その十字架を指で探った。

「一週間後に返事がほしい。アンジェリカの手紙をお父さんに見せるかどうか、君が決めるんだ。描写が大胆で、こと細かで詳しいから、これを読んだらお父さんは相当なショックを受けるだろうな」

それはジョージアにとって、耐えがたい緊張の一週間だった。レンツォが正気に戻って申し出を取り消してくれることを彼女は祈った。

だが、レンツォは土曜の朝、約束どおり訪ねてきて、二人はまた庭で向かい合った。雨が降ったせいで、いつにもましてばらの香りが強く漂っている。

答えを待つレンツォに、ジョージアは何も言うことができなかった。

「僕を誤解しないように」

レンツォはステッキの石突きで、地面に落ちたばらの花びらをかき回した。

「アンジェリカが弟に宛てたラブレターは全部、僕の車の中にある。君のお父さんには娘の筆跡がわかるだろう。お父さんは厳しい道徳観を持った人だが、娘にはそれを植えつけることができなかったようだな。もっとも君はそうじゃない。君はある程度の徳を備えているようだ」

「あなたの徳のほうは、悲しいほど不足しているようね、シニョール。父に胸の張りさけるような思いをさせて平気だと言うのなら！」

「君はそうならないようにできるんだよ、シニョリーナ。僕と結婚すればいいんだから」

「あなたは私を脅迫するつもり――」

不安を紛らすために何か支えがほしくて、ジョージアは手を伸ばし、思わずとげのたくさんついたばらの枝をつかんでしまった。とげは容赦なく肌に食い込み、ジョージアはしかたなくレンツォにそれを一本一本抜いてもらわなければならなかった。黒い髪の頭が彼女の目の前でうつむいていた。

ジョージアの手をしみ一つないハンカチでくるむと、レンツォは彼女を家の中に連れていき、口を開くチャンスも与えず、父親に二人が結婚することになったと言った。

マイケル・ノーマン牧師は驚いてレンツォを見つめた。

のかね」

「どういうことだね。私にはわからないが――最初君はアンジェリカと結婚したいと言ってきた。そして今度は、婚約が解消になったから、ジョージアを私から奪っていくと言うのかね」

「しかし、あなたはいつまでもジョージアをこの古い家に縛りつけておくつもりではないでしょう。自分自身の生活を楽しむことも許さずに」

レンツォの言葉にジョージアは反論したかった。口を開こうとしたが、あまりに動揺していて言葉が出てこない。

「あなたはアンジェリカには世の中に出ていくことをお許しになった」レンツォは育ちのいい外国人特有の完璧《かんぺき》な英語で続ける。

「それは違う」父親は抗議した。

「どう違うんです?」

いたたまれず椅子から立ち上がろうとしたジョージアを、レンツォが肩に手を置いて押しとどめる。彼の手の感触が腕を伝って、ひんやりとしたハンカチに包まれた震える手まで下りてくるかのようだ。

「アンジェリカは家にいたがらなかったのだよ」マイケル牧師は眉根を寄せてジョージアを見た。「うちの二人の娘は、外見はよく似ているが、性格はまったく違うんだ。ジョージア、この男に言ってやりなさい、自分には父への義務があるから結婚はできないと。こんなことは考えられない。私は断じて許さないぞ」

「ジョージアは結婚を承諾してくれましたよ」

レンツォのがっちりした手が肩を強く押さえる。もし裏切ったらどういうことになるか、その手は警告していた。あの目、あのあご、レンツォは悪魔のように誇り高く見える。婚約者が弟と駆け落ちしたのだもの、彼のプライドは深く傷つけられたに違いない。そしてたぶん心も。おそらく彼にだって心はあるだろうから。

ジョージアは黙って座っていた。二人の男性の間で引き裂かれ、あやうく口をついて出そうな言葉をのみ込むのに苦労しながら。

「家の用事をしてくれる女の人なら探せば誰かいるでしょう。ジョージアも、そろそろ自分の人生を生きる時期が来てるんですよ」レンツォが言った。

「おまえの気持はどうなんだ？　頼むから何か言ってくれ」

マイケル牧師はジョージアをじっと見た。そうすれば、いつものように娘が素直に従うと思っているかのように。

「おまえはまさか父さんを置いて出ていかないだろうね？　そんなことができるはずがない！」

「さあ、僕のかわいい人《カーラ・ミーア》、お父さんに、僕の妻になりたいとはっきり言ってごらん」

レンツォの指はふたたび脅すように、きゃしゃな肩に食い込んでくる。

ジョージアは彼を見上げた。いかにもラテン民族らしい目。その目に、くすぶったように警告の色が浮かんでいる。ああ、こんなに大胆不敵で意志の強い男性に、私はどう対処したらいいのだろう？　これまでずっと私の生活はいなかの村の牧師館の中に限られてきた。日々の生活がこんなふうに乱されたことは一度もなかった。

はっきりわかっていることはただ一つ。もし私がこのとてつもない要求をのまなかったら、レンツォは父にアンジェリカの手紙を見せ、父が娘に抱いている幻想を粉々に打ち砕くだろうということ。

もし私が拒否したら、姉の実像が暴かれ、父はひどく傷つく。アンジェリカは外見は私たちの母にそっくりなのだ。母が亡くなって以来、父は母の姿をアンジェリカに見いだして生きてきた。

「ええ――私はプロポーズをお受けすると返事したわ」

こわばった、いつもの自分らしくない声が聞こえた。まるで誰か別の人が答えたみたいだ。夢の中でしゃべっているような、すべてが現実ではないような……。

父親は長い間、ジョージアをじっと見つめた。それから、ようやく彼は口を開いた。まるで演壇から説教をするように。

「まさかおまえに、自分の娘に裏切られるとは夢にも思わなかったよ」

「そんな言い方はないでしょう」

レンツォは突然怒りだした。彼のラテン系の顔立ちがますます際立って見える。そんな様子に、ジョージアはレンツォにも感情があるのだと気がついた。アンジェリカに裏切られて、その感情はまだ生々しく傷ついたままなのだ。

ジョージアの心は乱れた。レンツォはアンジェリカを弟に奪われただけでなく、イタリア人としての自尊心をも傷つけられている。そういう自尊心はステルビオよりもレンツォのほうがずっと強いのだろう。

彼が本当に求めている女性はアンジェリカだけど、現実にここにいるのは私。私が家族を深く愛しているのを知っているからこそ、レンツォはこのように脅して結婚を迫っているのだ。

ジョージアはレンツォから父へと視線を移した。今こそ言わなくては。すべてを説明しよう。そうすれば赤の他人と祭壇の前に立って、よく知りもしない、愛してもいない男を、敬い、いつくしむという誓いを立てなくてすむ。

ジョージアは口を開いた。そして、ふたたびこわばった声で自分がこう言うのを聞いた。

「ベアトリス叔母さんがここに来て面倒を見てくれるわ、お父さん。叔母さんが今住んでいるホテルをどんなにいやがっているか知ってるでしょう」

「おまえは私の娘だ。私はおまえを頼みにしていたのだよ」父がむっつりと言った。

「娘というものは、生涯、両親への義務に縛られて生きるものではありませんよ」レンツォがぶっきらぼうに口をはさむ。「それは親のエゴというものです。娘が自分自身の夫と子供を持つ権利は誰も妨げてはなりません」

その言葉で、ジョージアは初めてレンツォ・タルモンテと結婚するとはどういうことかに気づいた。レンツォはプラトニックな関係を求めているのではない。本当の意味での結婚を実現させるつもりでいる。あらゆる面で夫婦になろうとしているのだ。

ばらのとげに刺された手を、ジョージアはもう一方の手でぎゅっと握った。痛みが走ったが、むしろそのほうがよかった。痛みが恐れを和らげてくれるように思えたから。

「手をどうしたんだね？」父が突然尋ねた。

「ああ……ばらの枝でけがをしたのよ、お父さん」

父の顔に、同情の色は浮かばなかった。「気をつけるんだな。とげで手を傷つけるぐらいじゃすまないぞ。姉さんの婚約者と結婚するんだ、それなりの覚悟はしてるんだろうが」

「お父さん――」ジョージアは息をのんだ。

私はあなたの気持を傷つけたくなかったのだ、と言いたくてたまらなかった。あなたが天使と呼んだアンジェリカが、天使とは似ても似つかない娘であることを、知られたくなかったのだと。

でも言えない。父を愛しているから。どうしてこんなことになるのだろう！

レンツォのほうは、心を傷つけられたことに対して報復をしなければ気がすまないのだろう。アンジェリカがいなくなっても、妹が代わりを務めるから痛くもかゆくもない。それをアンジェリカ自身にわからせるのだと、傲慢《ごうまん》にも固く決心している。

そして六週間後、レンツォは思いを遂げた。結婚披露パーティーの会場に向かうリムジンの中で、彼はジョージアを腕に抱き寄せ、キスをした。ジョージアが今は氷の像のような反応しか返さなくても、いずれ時が来ればこの腕の中で彼女を溶かしてみせる。そう言いたげなキスだった。

「お父さんが結婚式に来なかったのは残念だったな。君もお父さんに出席してほしかっただろうに。娘を婿に引き渡す花嫁の父として」レンツォが言った。

「父が来るなんて、本当に思ってたの？」

ジョージアはレンツォの力強い腕からできるだけ身を離し、さめた青い目で彼を見た。

今日の彼はグレイのスーツを一分のすきもなく着こなしている。ルックスについては文句のつけようがなかった。もしこれがレンツォと姉の結婚式だったら、私も式に列席していたはずだ。そうしたら私も義兄になるレンツォを、際立って魅力的でハンサムな男性だと思ったことだろう。

教会にいた者全員が、そう感じたに違いない。二人に祝福の菓子や花を浴びせる人々の中で、花嫁がサテンやレースに落ちるボンボンやデリケートなばらの花びらを、氷のかけらのように感じているなどと想像した者は一人としていなかっただろう。

披露パーティーの会場で、招待客の間に立っていると、孤島にただ一人でいるような気がした。笑い声や話し声が遠くに聞こえる。ジョージアが黙りがちなのに気づいた人たちも、それはたぶん彼女が、姉の空けた席にずいぶんすばやく座ったものだと感慨にふけっているせいだと思ったことだろう。

「君にはシャンペンが必要みたいだね」細長いグラスに入った金色のワインが、ジョージアの手に渡された。「介添え役の務めとはいえ、こんなきれいな花嫁をレンツォに引き渡すのは残念でたまらなかったよ。せめて一緒にシャンペンを飲むぐらいのことは許してもらえるよな?」

ジョージアはブルース・クレイトンと目を合わせ、無理してほほえんだ。ブルースとレンツォは一緒に映画製作に携わっている。ブルースは監督として大作をいくつも世に出し、レンツォはその映画のためにすばらしい音楽をつくってきた。でもこれは彼が好きでしている仕事だ。主な収入は映画とレコード会社への投資から得ている。

ちょっと見ただけでは、レンツォはビジネスの世界とは無縁のようだが、それはあくまで表面だけだ。鋭い眼力を持ち、投資はことごとく成功し、彼は今ではたいへんな金持ちだという。

レンツォはそうするのが義務だと思ったのか、自分のことをいくらかジョージアに話した。

　彼はローマの旧家の出身で、一族はずっとテベレ川のほとりに立つ城に住んでいた。しかしタルモンテ家の財産は年を追うごとに少なくなってきて、ついにはレンツォと彼の弟の取り分がほんの少し金庫に残るだけとなった。二人がかろうじて教育を受けられるだけの信託資金と、代々伝わる宝石類が少々、それから貯蔵庫にいくらか残っているワイン。

　二人の兄弟はそれぞれ自分で財産をつくった。レンツォは生まれつきの音楽の才能を生かして作曲の道に進み、また映画、音楽産業への投資で財産を増やした。ステルビオは弁護士として成功を遂げた。

　弟が道ならぬ恋にうつつを抜かし、職業も結婚生活も危うくし、社会的信用をも失いかけていることが、レンツォにはよけいに苦々しく腹立たしく思えたのかもしれない。ステルビオの情事はまわりの者すべてを不幸にしたのだ。

　ジョージアはシャンペンを一口飲んだ。空の胃に流し込んだアルコールが頭をくらくらさせる。その様子を見て、ブルース・クレイトンは料理の並んだテーブルのところへ行くと、皿にハムとチキンサラダを盛って戻ってきた。ジョージアにぜひ食べるようにと勧める。

「食べられるかどうか……」言いかけてジョージアは黙り込み、小さなしゃっくりをした。「酔ったのかしら。私、シャンペンは飲み慣れてないから」

「こっちへ来たまえ。座って、何かおなかに入れたほうがいいよ」ブルースはジョージアをアルコーブの、空いた椅子に促した。「レンツォは今、コニー・キャスウェルにつかまっている。コニーは自分のゴシップ欄のねたになることを聞き出そうと必死なんだ」

「そりゃあ、ゴシップになるでしょうね。そうでしょう、ブルース?」ジョージアは皿の中の食べ物をフォークでつついた。「有名なイタリア人の作曲家が、美人モデルとの婚約を解消して二カ月もたたないうちにその妹と結婚したんですもの。みんなが噂《うわさ》して当然だわ。この部屋にいる人は全員、私のことをずいぶん手の早い女だと思ってるでしょうね」

「レンツォが幸運を引き当てたと思っている者も少なくないよ」

ブルース・クレイトンは静かに言い、引き寄せられるようにジョージアに目をやった。花嫁のベールに包まれたその清楚《せいそ》な顔を見ていると、突然この部屋にいるほかの女性たちが皆、くたびれた、化粧の濃すぎる顔に見えてくるから不思議だ。

「大多数の人は、私が幸運を引き当てたと思っているわ」

ジョージアはつぶやき、レンツォの姿を探した。コニー・キャスウェルの真っ赤にマニキュアをした指が、彼の腕をしっかりつかんでいる。レンツォはステッキで体を支えて、彼女のとめどもないおしゃべりに耳を傾けている。その姿勢から、ジョージアはふと、彼は脚が痛いのではないだろうかと思った。

レンツォはぶっきらぼうな口調で、なぜ脚が不自由になったかをジョージアに話したのだった。それは乗馬中の事故だった。レンツォは馬と一緒に転倒し、馬が彼の上に倒れ込んできたのだ。骨折はひどく、外科医は切断したほうがいいと言った。レンツォが十八歳のときだった。彼の母親は、切断しないで、折れた骨をつなぎ合わせてギプスで固定してくれと言い張って譲らなかった。

結果は満足のいくものではなく、それ以来、レンツォは歩くときステッキの助けを借りるようになった。若いころは不自由な体をのろったこともあった、と彼は率直に語った。それでも年を経るにつれて、不自由さをがまんできるようになったという。なにも、テニスやマラソンで男らしさを競うことはない。脚は不自由でも、水泳もブリッジもできるのだからと彼は言った。

「少しでも食べるようにしたほうがいいよ」ブルース・クレイトンが勧めた。「ウエディングケーキを一切れどう？　おいしそうだよ」

ジョージアは身震いしてかぶりを振った。「のどに詰まってしまうわ」

「ねえ、僕は君のことを心配してるんだよ」

ブルースはジョージアの前に身をかがめると、彼女の目をのぞき込んで言った。「結婚式の日に花嫁が神経過敏になるというのは知っているけど、君はそれ以上に何というか――自分の殻に閉じこもってしまってるように見える」

「そう？」

ジョージアは目をそらした。ブルースは観察力の鋭そうな緑色の目をしている。彼に必要以上のものを読み取られるのが怖かった。「私はこれまで静かな暮らしをしてたでしょう。でも今日はここに百人を超えるほどの人が集まってるわ。あなたやレンツォはいつも上流社会に身を置いているからいいけど、私はこういう洗練された人たちや、スマートな会話に慣れてないから、気おくれしてしまうの」

「それだけかい、君の悩みは？」ブルースは追及してくる。

「もちろんよ。ほかにどんな悩みがあるっていうの？」

ジョージアはそう言いながら、チキンとピーマンをフォークで刺して、唇の間に無理やり押し込んだ。「それに、私のようないなか娘が、レンツォみたいに第一線で活躍している人と結婚したっていう不安もあるわ。彼との暮らしは、牧師館での生活とはまったく違ったものになるでしょうね。私とアンジェリカは見た目は似てるけど、性格は大違いなのよ」

「君は本当にアンジェリカに似てると思ってるのかい？」ブルースは彼女をじっと見つめた。

「レンツォは似てると思っているようよ」ジョージアはせいいっぱい努力してハムを一切れとトマトを食べた。「レンツォはオリジナルを手に入れることができなかったから、コピーで我慢するというわけ。でもコピーというのはいつだって本当の価値はないわ。所有者の目から見ればね」

「君はレンツォをそんなふうに思ってるのか？　君の所有者だと？」

ブルースは眉根を寄せ、花嫁の指にはめられた結婚指輪に目を落とした。サファイアをあしらった金のリングだ。サファイアは、ジョージアの瞳の色に合わせて選んだのに違いなかった。

「レンツォを見て、ブルース。〝持てる者〟の血が彼の中に流れていると思わない？　彼はタルモンテ家の出身よ。一族の先祖はローマ時代までさかのぼるのよ。タルモンテの名は、ボルジアの名と並んで歴史の本に出ているわ」

ブルースが息をのんだのがわかって、ジョージアは自分が感情を表に出しすぎたことに気がついた。彼女は無理やり笑い声をあげた。

「私……私、たぶん、父が結婚式に来てくれなかったので、少し寂しかったんだと思うわ。父の世話はずっと私がしてきたでしょう。家を出ることになって、父は感情を害したの。きっと私が家にいることに満足してると思ってたんでしょうね……」

ジョージアはため息を押し殺した。ときどきアンジェリカが自由にしていることをうらやんだけれど、私はおおむね満足していた。ダンクトン村はサセックスの谷にあり、まわりの景色はとても美しかった。レンツォの突然の申し出があるまで、結婚など考えてもいなかった。引っ込み思案で、外に出たがらないジョージアは、ずっと父の世話をして、このまま独身で過ごすだろうと、彼女自身も村の人たちも思っていた。

ふいにブルースが立ち上がった。ジョージアはレンツォがこちらへ向かって歩いてくるのに気がついた。ステッキの助けを借りているが、姿勢はよく、堂々としている。

もし事故で脚が不自由にならなかったら、レンツォはどういう人間になっていただろう、とジョージアはふと思った。これほど近づきがたくなく、もっと気さくな人間になっていたかもしれない。不自由な脚のせいで痛みや苦しみを味わううちに、レンツォは他人の苦痛に無感覚になっていったのではないだろうか。

「そろそろハネムーンに出発するとしようか」レンツォはいつもの皮肉っぽい口調で言った。「もしよければ、フラヴィアと一緒にその衣装を着替えてきたまえ」

フラヴィアはレンツォの個人秘書で、披露パーティーの準備から、サセックス海岸のサンドボーンにあるデュークス・ホテルの予約までしてくれた。今もレンツォの後ろに控え目に立っている。パールグレイのスーツを着て、襟もとにピンクのカーネーションを刺していてさえ、ビジネスライクに見える人だ。

「私……」ジョージアは食べかけの皿をどこに置こうかと、あたりを見回した。ブルースが皿を受け取って、元気づけるようにかすかにうなずいてみせた。

ジョージアが立ち上がると、レンツォは思いがけないほどすぐそばにいた。二人の目が合い、レンツォの存在感に圧倒された。恐れで身がすくむ。この見知らぬ人が私の夫なのだ。そしてもうじき私は彼と二人きりになる。

「海に行くのが楽しみなんだろう？　もともとこれは君の発案だからね」

レンツォはからかうように言い、とまどい気味に二人を見比べているブルースに視線を移した。

「僕はハネムーンにカリブ海にでも行こうかと提案したんだ。ところが彼女はイギリスのサンドボーンというリゾート地がいいと言う。子供のころ、お母さんもまだ生きていたとき、夏休みに家族でよく行ったんだそうだ。いいだろう、と僕は言ったんだ。もし君が南国の心地よいそよ風より、イギリスの不安定な気候のほうがいいって言うのなら、僕たちはその子供時代のパラダイスに行こうじゃないかってね」

レンツォはまたジョージアの思いに沈む顔に視線を戻した。

「パラダイスが僕たちを待っているのに、君は床に根でも張ったように突っ立っている。今すぐ着替えに行かないなら、君を花嫁衣装のまま連れていってしまうぞ」

「今行くわ」

ジョージアはすばやく不安げなほほえみをブルースに投げると、ウエディングドレスの長いサテンのスカートを持ち上げて、フラヴィアとともにドアに急いだ。花嫁がハネムーンの着替えのために退場すると気づいた客たちが、あらためて拍手と歓声を送るのを背中に聞きながら。

フラヴィアは花嫁の着替えのために用意されたベッドルームのドアを開けた。ひえん草色のブルーのドレスがベッドの上に置かれ、アイボリーのカシミヤのコートがハンガーにかかっている。そのほかのハネムーン用の服はなめし革のボストンバッグに入れられて、すでにもうレンツォの運転する美しいロールスロイスのクラシックカーに収まっている。

エンジンはすばらしく高性能で、レンツォはそれをやすやすと繰る。まるで車がひとりでに動いているように思える。内装は上質の木で整えられ、座席には手袋に使うほど柔らかな革が使ってある。カクテルのキャビネットはさすがになかったが、その代わり高級なステレオ装置が組み込まれている。

フラヴィアはジョージアがサテンのドレスを脱ぐのを手伝った。

「結婚するって、どんな感じなんでしょう？」彼女がきいた。

ジョージアは長いサテンの下着を脱ぎ、むきだしになった肩をすぼめて身震いした。見知らぬ他人と結婚するためにあとにしてきた生活を思うと、胸が締めつけられるような寂しさしか感じないと言ったら、この人はどう思うだろう？

「そうね――少し感傷的になったかしら。でも、たぶんそれはシャンペンのせいだと思うんです。シャンペンを飲んだのは初めてだから」

「本当ですか？」

フラヴィアはかすかにほほえんだが、それは決して意地悪な感じではなかった。

「あなたが本当に清らかで質素な生活を送ってこられたのは、誰が見てもわかりますわね。ああ、その小さなホック、留めてさしあげますわ」

ブルーのドレスの生地は、最高級のフランス製のジャージーだった。レンツォが旅行用にぜひと言ってそろえてくれた服や靴は、すべて最高のものばかりだ。彼が惜しみなくお金を使えるだけでなく、非常にセンスのいい人だということにジョージアは気がついた。

レンツォは、ジョージアに似合いそうな服を一瞬のうちに選び出す。それを試着するたびに、ジョージアは鏡に映る自分の姿に驚いてしまうのだった。

レンツォが彼女に着せたがったのは、アンジェリカが選ぶような服ではなかった。彼はジョージア自身の雰囲気に合った生地や色を選んだ。柔らかな質感で、繊細で、カジュアルなもの。一見しただけではそれほど高価だとはわからない、シンプルなデザインの服ばかりだ。

「この色、よくお似合いですわ」フラヴィアはそう言って、二、三歩下がり、全体の感じをたしかめた。「お姉さまと似ていらっしゃるところもありますけど、でも、お二人はやっぱり違いますわね」

ジョージアはドレスに合わせた靴をはいた。ブルースほど親しい人は別として、ほかの人はアンジェリカがレンツォにした仕打ちを知っているのだろうか？　それとも彼は本当のことを隠しているのかしら？　たぶん弟のために、事件が表立ったスキャンダルになるのを極力避けようとしただろう。義妹と、子供たちのことだって考えなければならないのだから。

「アンジェリカはいつも目立ってましたから」

ジョージアはできるだけ気軽な口調で言って、ドレッサーの前に座り、シンプルなスタイルの髪をとかしはじめた。

大きな花びんが横に置いてある。ジョージアはカーネーションとアイリスと一緒に生けられた黄色いチューリップの香りを吸い込んだ。その香りが体にも心にも入り込んで、そのまままいつまでも残るような気がした。

「二人が合わないということに結婚前に気づいて、本当によかったですわ。レンツォはカトリックですからね」

フラヴィアがていねいにたたむウエディングドレスが衣《きぬ》ずれの音をたてた。

「旅行に行ってらっしゃる間に、このドレスとアクセサリーとヴェールをハンソン・スクエアのお宅に届けておきますわ、ジョージア。それから、もしお留守中に手紙が届いたら、どういたしましょう？　ホテルに転送しましょうか？」

父の気持が和らいで、手紙をくれるなんてことがあるだろうか？　そうなればうれしいのだけれど。これからもずっと父に裏切ったと思われるのは、とてもつらい。

「もし私宛《あて》に手紙が来るようなことがあれば、どうか転送してください」

立ち上がると、シルクのドレスがふわりと体にまとわりつくのを感じた。それが夢を見ているような、すべてが現実でないような感じをいっそう強める。

牧師館で私がいつも着ていたのは、こざっぱりしたシャツとスカートか、スラックスだったし、それをできるだけ長持ちさせるよう気をつかわなければならなかった。それなのに今、レンツォの強い勧めで、私は必要以上の衣装持ちになってしまった。

夢が実現したと、ふつうの娘なら思うだろう。でも私はなんだかかえって、捕らわれたような気持になる。

ジョージアはもう鏡を見ようとしなかった。なぜなら彼女の髪は姉と同じ淡い金色だったから。自分の目も見たくなかった。なぜならそれも同じ深いブルーだったから。ほっそりした体つきさえ、アンジェリカによく似ていた。

私はブルース・クレイトンに言った。〝レンツォはオリジナルを手に入れることができなかったから、コピーで我慢するというわけ〟と。

コートのシルクの裏地は、腕にひんやりと感じられた。ジョージアが身震いするのを見て、フラヴィアは心配そうに彼女を見た。

「結婚式っていうのは、花嫁さん自身より見ている列席者のほうが楽しむものですわね。そうじゃありません？」

「本当に」

ジョージアは心からそう言って、最新流行のわに革のハンドバッグを握り締めた。その中にレンツォは、わに革のさいふや、金のペン、金のキーホルダー、真珠貝のコンパクト、それに香水のスプレーを入れてくれた。さいふにはお金が、キーホルダーには車のキーが、スプレーにはシャネルの香水が入っていた。彼は残酷なのと同じくらい気前がいいわ……。彼の血の中には、キリスト教徒をライオンに八つ裂きにさせたというはるか昔のローマ人のなごりが残っているのかもしれない。

ジョージアがためらいがちな微笑を浮かべると、フラヴィアが彼女の手を軽くぽんぽんとたたいて言った。

「そのほうがよろしいですわ、ジョージア。外で待っている人たちは、あなたのほほえみを期待しているんですもの。それに、お気づきでしょうけど、あのキャスウェルっていう女は鷹《たか》のような目をしているんです。〝フリート街の脅威〟と呼ばれていて、どんな小さなゴシップの種も大火事にしてしまうんですよ。あなたはお姉さまのことを気にしておられるんでしょうけど、笑顔をつくってくださいな、レンツォのために」

ええ、レンツォのためにね。すべてが彼のためなんだわ。そうでしょう?

そんな思いを胸に抱きながら、ジョージアは、招待客に囲まれて立っている花婿のところへ戻った。その客たちも彼女にとってはレンツォと同様見知らぬ他人だ。

でも、その中の一人だけは、ジョージアの心を軽くしてくれた。ブルース・クレイトンと目が合ったとき、彼はがんばれよというようにすばやくウインクしてくれたからだ。

ブルースは本当に、レンツォとは正反対の人だ。どきどきするほどハンサムなそのレンツォは、ジョージアの指輪をはめた手を取って、自分の腕にからめた。

「お集まりの紳士淑女の皆さん」と、彼は呼びかけた。「そろそろ時間も迫ってきましたので、ジョージアと僕は出発します。今日はわれわれの結婚に立ち会っていただいて、どうもありがとうございました」

「お礼を言うのはこっちよ、ダーリン」コニー・キャスウェルが笑いながら言った。「あなたたちお二人は、何週間分もの記事を提供してくださったんですもの」

「そのようだね」レンツォは気軽に答えたが、ジョージアは彼の体がこわばるのを感じた。

レンツォにとっても、この結婚式はある種の試練だったようだ。自分の感情を上手に隠しているけれど、彼が式の間中アンジェリカのことを考えていたのははっきりしている。

ジョージアは誇り高くあごを上げた。レンツォが不幸せだとしても、それは彼が望んだ結果だもの、私のせいじゃないわ。愛のない結婚を強いたことを今さら悔いても、もう遅いわよ。

「ブーケを投げて！」誰かが叫んだ。

フラヴィアが手渡してくれたばらのつぼみとフリージアの花束を、ジョージアは力いっぱい投げた。花と一緒に結婚そのものも遠くへ投げ捨てたいという思いを込めて。誰かがそれを受け取ったのだろうが、誰かはわからなかった。というのも、レンツォが急にジョージアをせき立てて、出口に向かって歩きだしたからだ。

「楽しんでいらしてね」コニー・キャスウェルの声が追いかけてくる。「サンドバーンからはがきをくださいな――もし時間があればね」

レンツォは自分の国の言葉で何かつぶやいた。ロールスロイスに乗り込んだときには、ジョージアもほっとした。車にハネムーン用の派手なリボン飾りなどないのがありがたい。二人は雨の中を出発した。こんな天候なので、見送りの客たちもホテルの外まで出てくることはできなかった。

「雨になることはわかってたんだ」

信号で車をとめたとき、レンツォはラテン的な身振りで残念だという気持を表した。

「本来なら太陽の国へ向かって飛び立っていたのにな、君さえその気だったら」

ジョージアは彼の横顔にちらりと目をやった。私が、なんにせよ、この人の意のままになるなんてことがあると思っているのかしら？　ジョージアは指にはめているサファイアと同じくらい冷たく硬い表情でレンツォを見た。

ここにいるのは私を脅して無理やり結婚した人。自分の知らないところで弟と恋仲になり、駆け落ちした元婚約者と関係のある人間を、すべて罰せずにはいられない男性だ。

ラテン民族というのはそんなふうだと聞いたことがある。彼らの復讐《ふくしゅう》——ベンデッタ——は、相手と、その家族全員にまで及ぶという。レンツォはもう私と父の間に深刻な亀《き》裂《れつ》をつくってしまった。考えただけでも胸が痛むような亀裂を。

レンツォ・タルモンテはイギリスに住んではいるが、その黒い髪の先から、最高級の靴をはいた足の先までイタリア人なのだ。そして今日、彼は花婿の姿を借りてベンデッタをさらに一歩進めたのだわ。ジョージアがそっと横を見やると、レンツォは一人ほほえんでいた。

交通量の多い都会の雑踏の中を、彼は何を考えながら運転しているのだろう。何にせよ、とても楽しいことのようだ。復讐のプランはこれまで非常にスムーズに進んでいる。さて次のステップはどのようにしようかと、案を練っているのかもしれない。

「今日はすべてうまくいったね」レンツォが言った。「フラヴィアは何ごともてきぱきやってくれるので助かるよ。彼女がいなかったらどうしていいかわからない」

「彼女と結婚したんじゃなくて残念だったわね！」

ひどく張り詰めた気持をどこかで爆発させずにはいられなかった。自分を愛していない男と結婚式を挙げるという苦しい試練のあとでは。「なぜあなたは私の人生を壊すようなことをしたの？　私があなたに何をしたって言うの？」

「少し前、君は僕の妻になったんだ。君は花嫁姿で祭壇に立った。君の顔はまるで白いアイシングでつくったようだった、とコニー・キャスウェルは言ってたよ。彼女は大胆にも、あなたたちは愛し合っているのかと尋ねた」

「そう。あなたはどう答えたの？」

ジョージアは窓の外に目をやり、フロントガラスをたたく雨が、ワイパーで右に左に押しやられるさまを眺めた。

人々は、吹きつける風雨にかさを斜めにして舗道を急いでいる。ピカデリーを行く車の量はいつも以上に多い。ドライバーたちはいらだってさかんにクラクションを鳴らしているが、レンツォは小憎らしいほど落ち着いている。

「僕はコニーに、個人的な感情について人と話し合ったりはしないと答えた」

「実はお互いに相手をほとんど知らないんだなんて言えないものね、レンツォ。私たちの結婚の動機があなたの……憎しみだなんて」

「憎しみと愛は、夜と昼のように分かちがたいものだと誰かが言っていたよ、ジョージア。片方があれば、もう片方も必ずあるとね」

「そんなこと、信じられないわ」ジョージアはこわばった声で答えた。「夜と昼は区別がつくわ。どちらがどちらか、はっきり言うことができるでしょう。愛と憎しみもそうだわ。二つはまったく別のものよ」

レンツォは手際よく車をエンバンクメントへ向かう列の中に入れた。「続けたまえ、ジヨージア。君の理論はなかなか興味深い」

　彼が皮肉を言っているのはわかっている。でもかまわないわ。ジョージアは心に浮かぶままに話しつづけた。

「誰かを愛したら、人はその人と一緒にいたいと願うものでしょう。でも憎んでいれば、その人には近づきたくない。できるだけ姿の見えないところにいたいと思うわ。私の言いたいことわかるでしょう、レンツォ？」

「よくわかるさ。君は僕とハネムーンに向かう車の中にいたくないってことだ。でも、サンドボーンは好きなんだろう？」

「大好きよ。でも今回は楽しめそうにないわ」ジョージアは冷ややかに言った。

「それは残念だな、カーラ・ミーア。僕は楽しむつもりだよ。イギリスに住むようになって長いのに、なぜか海岸のリゾート地には行ったことがないんだ。新しい体験を楽しみにしている」

「あなたを見るのもいやだと思っている妻と一緒でも？」

　ジョージアはわざと針のように鋭い言葉を使い、それがレンツォに刺さるのを楽しんだ。唯一の防御の手段でもあった。私が容易にベンデッタの標的にはならないことをレンツォにわからせなければならない。

「僕が君にどういう影響を与えるかは、この際重要じゃないんだよ、ジョージア。肝心なのは君が僕に与える影響なんだ」

その言葉の意味をじっくり考えているうちに、頬がかっとほてってきた。積もり積もった感情が耐えられないほどになり、一瞬ジョージアはハンドルをつかんで、車をガードレールにぶつけたいという衝動を覚えた。感情のおもむくままに行動して結果を考えないですめば、どんなにいいだろう。

そのとき、蔦《つた》のからまるダンクトンの牧師館が目に浮かんだ。オークの板張りの書斎で、説教の準備をしている父。台所からはステーキとキドニーパイのいい匂《にお》いが漂ってくる。台所は長い間、私の聖域だった。

父の世界を壊したくはない。親不幸な娘と思われ、口をきいてもらえないだけでも充分悲しいのに。

「あなたは今日という日を後悔するようになるわ、レンツォ」

ジョージアは彼からできるだけ離れようと、カシミヤのコートの中で身を縮めた。レンツォが着ることを強いた立派な服の数々。あんなもの、本当はほしくなかったのに。

〝君に家政婦のような格好はさせたくないんだ〟とレンツォは言った。ジョージアをロンドンでも一流のブランドショップに連れていったときのことだ。

大理石の階段を上がると鏡をはりめぐらしたサロンになっていて、ジョージアの姿をあらゆる角度から映し出した。店員たちは彼女を値踏みするように見た。野暮ったいいなか娘を、金持の男が磨き上げようとしている。まるで映画か何かのようだと興味を持ったのだろう。

「私、あなたが大嫌いよ」ジョージアはきっぱりと言った。

「それでは、僕が君を愛してなくて幸運だったわけだ」レンツォがのんびりと言った。

「あなたのその不愉快な愛とやらがなくても、事態はすでに最悪だわ」ジョージアは車の窓を涙のように流れる雨のしずくを見つめた。「あなたはアンジェリカを愛している。愛してるからこそ傷つけたいのよね。でも、こんなことをしたって、彼女は傷つきやしないわ。あなたが傷つけてるのは、今この車の中にいる私なのよ」

「本当にそうかな」レンツォは感情のこもらない声できく。

「そうよ。わかってるでしょう！」ジョージアは激しく言い返した。

「君は僕と結婚しなくてもよかったんだ――君には選択の余地があったはずだよ」

「冗談でしょう！」

ジョージアは彼に軽蔑《けいべつ》を込めた視線を投げた。

「初めて見たとき、私がどういうタイプの娘かあなたはすぐに決めつけたんでしょう。父親に保護され、気づかわれて、世の中の楽しいことにもあまり興味を持たない、内気でおもしろみのない娘だって。父もあなたに言ったでしょう。アンジェリカと私はちっとも似てないって。あなたはその違いを、初めてダンクトンに来た日にもう見抜いてたんだわ。

結婚の話を持ち出したとき、あなたには私に選択の余地のないことがわかっていたのよ。私が父を悲しませたくないと思ってるのをよく知っていたから」

「もちろん、知っていた」レンツォは興味がなさそうに答えた。「そうでなければ、わざわざダンクトンまで出向いていかなかったさ」

「なんてこと」ジョージアは信じられない思いでレンツォを見つめた。「あなたのような人のことを、何と呼ぶか知ってる？」

「フランス人なら、〝オム・サン・メルシ〟と言うだろうね」

「慈悲の心を持たない男」ジョージアはつぶやき、なんと彼にぴったりの言葉だろうと思った。

「そのとおり」彼は答えた。

2

ポーターがなめし革のボストンバッグをロールスロイスのトランクから取り出している間に、ジョージアは夫と一緒にデュークス・ホテルのロビーに入っていった。ホテルは花壇のある広い車寄せのある、堂々たる建物だ。

昔、ジョージアが家族とサンドボーンに来ていたころ、このデュークス・ホテルは遠くから憧《あこが》れる宮殿のようなものだった。一流品を身につけた男女がエントランスから出てくるのを見るたび、アンジェリカはいつかは自分も最新流行のスタイルをして、ああいうホテルに泊まるのだと言っていた。

ジョージアが気おくれするのも無理はなかった。レンツォがフロントでサインをし、いろいろ質問している間、彼女はぼうっとしてそこに立っていた。私はいなかの小さな村の牧師の、ごく目立たない娘。それが、このデュークス・ホテルの客になるなんて、どうしても現実だとは思えない。

ジョージアは高い大理石の柱から、シャンデリアの下がった、凝ったつくりの天井へと目を移した。錬鉄製のケージの奥で、昔ふうのエレベーターが動いている。アーケードの下のラウンジでは、数人の客が籐《とう》椅子に座って午後のお茶を楽しんでいた。

私も紅茶が飲みたいとジョージアは心から思った。彼女がティーラウンジを見ているのに気づいたのか、レンツォはポーターに荷物を部屋まで運ぶように言いつけ、気前よくチップを握らせた。

「来たまえ」レンツォはジョージアの肘を取り、二人掛けの籐のテーブルに連れていった。「あんなにうらやましそうな目つきを無視するほど、僕は無情じゃないよ」

椅子に腰を下ろした二人に、近くのテーブルの客たちがさりげなく注目している。自分たちのどちらもが、新婚ほやほやという感じでないのがありがたいとジョージアは思った。レンツォはウエイトレスに紅茶とケーキを注文している。こんな超一流ホテルのラウンジでも、自分の家にいるようにゆったりとくつろいでいる。落ち着いたその様子は、もう結婚して何年もたつという感じだ。

ジョージアもリラックスして、柔らかなキッドの手袋を脱いだ。手袋は靴とまったく同じ色にそろえてある。それからコートを肩からすべらして椅子の背にかけた。

レンツォが自分をじっと見つめているのは気にしないようにした。彼の視線はジョージアの髪、口もと、そしてブルーのドレスを引き立てている色白のほっそりした首へと移っていく。

私を見ているとアンジェリカのことを思い出すのだろうか。二人は何カ月か婚約していた。だから一緒に食事をしたことは何度もあるだろう。今どきの人たちだから、恋人同士としてホテルに泊まったことだってあるに違いない。

できればそんなことはあまり考えたくなかった。アンジェリカの裏切りをよけいに思い出させるからだ。彼のさりげない、洗練されたマナーの下にどんな感情が隠されているかと思うと怖くなる。

脚が不自由ではあるけれど、レンツォは頑強な体をしている。グレイのスーツに包まれた肩はがっしりしていて広い。ホテルの部屋に二人きりになり、ドアで外の世界と隔絶されたらどうなるだろう。彼が胸にたまった苦い情熱を私にぶつけてきたら、とても太刀打ちできないだろう。

「お母さん役をして紅茶を注《つ》いでくれないのかい？」レンツォがのんびりと言った。

「ああ——そうね」ジョージアはティーポットを取り上げた。しっかりしなければと自分に言い聞かせたので、なんとか、そこら中に紅茶をこぼさずにすんだ。

レンツォが、砂糖はスプーン一杯入れるが、クリームは入れないのをジョージアは知っていた。ヘンナ染料で染めたみたいな、赤茶けた色の紅茶を飲むなんて、私は身震いしてしまうけど。

「はい、どうぞ」

「ありがとう《グラッツェ》」

レンツォはカップとソーサーを持って、ゆったりと椅子の背にもたれた。脚を伸ばしたのは、そうすれば少しでも楽になるからだろうか。

「ケーキを一つどうだい？　もちろん、二つでもかまわない。おいしそうじゃないか。君が披露宴で鳥のえさぐらいしか食べなかったのはわかってるんだから」

そんなことを大きな声で言わないでほしいとジョージアは思った。少し離れたところに座っている、明るいピンクの服を着た体格のいい女性は、特別耳ざといタイプではないかしら。鼻の高い女性はたいてい耳がよくて、他人の会話を一言ももらさず聞いているものだ。

レンツォの声は朗々としてよく響く。わずかに訛《なまり》はあるが、彼の英語は完璧《かんぺき》と言っていい。カップ越しに見る限り、ピンクの服の女性は私たちに興味をそそられたようだ。

「濃くてうまい紅茶だな」

レンツォは満足そうに言って、あたりを見回した。ふいにピアノの音が聞こえてきた。砂色の髪をした若い男がグランドピアノの前に座ったところだった。

彼は演奏を始めた。その場の雰囲気に合わせて、曲はミュージカルのヒットナンバーのメドレーだ。ピアノの音色はロココ調のアーチの下を流れていき、また戻ってくるように感じられた。ジョージアの神経を隅々まで鎮めてくれるようだ。

ジョージアはエクレアを一つ取った。こくのあるクリームが口の中に広がる。クリームとなめらかなチョコレートのかかったシュー皮は、『南太平洋』の曲とともに、疲れた神経にやすらぎを与えてくれる。ジョージアはとたんに空腹を感じた。

ひどく緊張していたから、朝食はまったく口にすることができなかった。それに、今朝はハイドパークの近くにあるフラヴィア・スコットのアパートメントでずいぶん早い時間に目を覚ましたのだ。

ジョージアは式の数日前からフラヴィアのところに泊めてもらっていた。家の中の気まずさに耐えられなかったからだ。

ベアトリス叔母は、ジョージアのゆううつは父親の賛同を得られないせいだと、当然のように決めてかかっていた。

「娘の幸せを喜んであげなきゃだめじゃないの」叔母は父をさとした。「ジョージアが、私の住んでいたホテルの女たちのようになってもいいの？　年取って一人ぼっちで、朝晩の賄いつきの安宿に頼るしかなくて。お昼だって、せいぜい薄っぺらな冷肉が食べられればありがたいという感じなのよ」

「ふん！」というのが父の唯一の答えだった。家を出てロンドンに来たときは、ほっとした。フラヴィアが自分のアパートメントに泊まらないかと言ってくれたのはありがたかった。

フラヴィアのアパートメントは明るくモダンで、ハイドパークを一望することができた。ジョージアはよくその公園を散歩しながら、思いがけない方向に進むことになった自分の人生について思案したものだった。

「ずいぶん考え込んでいるね」

ジョージアは二つ目のケーキから顔を上げた。レンツォと目が合ったとき、彼女はまたしても体の芯《しん》に響くようなショックを感じた。

レンツォの目はダークグレイで、まつげが濃い陰を落としている。眉毛は太くてまっすぐだ。レンツォ・タルモンテの、男らしい、際立ってハンサムな顔には、彼が復讐《ふくしゆう》の鬼であることをうかがわせるものは何もない。堕天使ルシファーと同じように。

「考えることはたくさんあるわ」ジョージアは答えた。

「その中に、僕に好意的なものは一つもないんだろうね?」

「ないわ」彼女はナプキンで口をぬぐった。「あなたが私に何を期待しているのかはわからないけど、レンツォ、もしそれがほほえみやキスなら、あなたはおおいに失望することになるわ。あなたの望みどおりに結婚はしたけど、結婚式での誓いは、私の心と同じくらい空虚なのよ」

「ああ、そうだった」レンツォは指をぱちんと鳴らした。「僕は女性のハートを揺り動かせるなんて信じるのはとっくにやめたんだった。君はさっきはこの世のものではないみたいな、はかなげな花嫁だったのに、今じゃ食欲を抑えきれないようにケーキをがつがつ食べてるんだものな」

　ジョージアは赤くなってケーキの皿を押しやった。「あなたが食べるように言ったからよ」

「もちろん君は食べなきゃならないさ」レンツォは皿を彼女の前に押し戻した。「そんなに感じやすくちゃ身がもたないよ。僕の言うことをいちいち本気に取るんじゃない。僕たちはこんな調子で朝晩おしゃべりすることになるんだから」

「そうね」

　ジョージアは顔をそむけて、ピアニストの方に目をやった。曲は今、『王様と私』のナンバーに変わっている。

「私が家にいて父の世話をしていたから、何でも人のいいなりになる、意志のない人間だと思っているんでしょうけど、そうじゃないわ。家にいたのは私が自分で決めたことなのよ。私をいつでも足がふける足ふきマットみたいに思ってるなら、考え直したほうがいいわ！」

「僕は自分の足にそんな特権を与えようなんて思ってないよ。それは大ばか者のすることだ」

　レンツォは上等の靴をはいた自分の足をちょっと上げてみせた。唇の端には、かすかなほほえみが浮かんでいる。

「もう一杯紅茶を注いでもらえないかな?」

「いいわよ」

ジョージアは熱い湯をティーポットに入れ、それからレンツォのカップを満たした。

「ピンクの帽子にピンクのドレスの女の人、さっきから私たちを動物園の動物でも見るみたいに観察してるわ」

「たぶん、われわれが相手ののどぶえに噛《か》みつく瞬間を見逃すまいとしてるんだろう」

「そうかもしれないわね」ジョージアは危険なほど甘い声で言った。

私たちの様子を見ていれば、新婚のカップルだなどとは思わないだろう。教会を出るときに浴びた紙吹雪を、車の中で二人とも同じくらい熱心に払いのけたのだった。レンツォがハンカチを出して紙の馬蹄《ばてい》や銀紙のベルを床に払い落としてくれたのは、単なるジェスチャーにすぎないとジョージアは思っていた。

「その残ってるケーキも食べたらいいよ、ジョージア」レンツォがやさしげな声で言った。

「これはあなたのために残しておいたのよ」

ジョージアは彼を見た。これをのどに詰まらせればいいのにと思いながら。

「食欲はほかのときのために取っておくよ」

「そう?」

ジョージアは平静を装ったが、レンツォの声の何かが、彼女の神経を刺激した。

部屋に上がってしまえば、私たちは完全に二人きりになる。牧師館のばら園で向かい合っていたときとは比べようもない。ジョージアはあのときとげを刺してしまったてのひらを見つめた。傷あとは残っていないけれど、レンツォが自分のもくろみを押しつけてきたときのことは忘れないわ。

閉まったドアの奥で、レンツォは夫としての権利を押しつけてくるだろう。ジョージアは彼の肩のあたりに目をやり、それからテーブルをとんとんとたたいている指に視線を落とした。

レンツォが静かな声で、しかしはっきりと言った。「そろそろ部屋へ行こうか」

ジョージアは椅子から飛び上がりそうになった。

「いやよ――」彼女は椅子を引いて立ち上がると、コートをつかんだ。「私、散歩に行ってくるわ」

「ばかを言うんじゃないよ」

だがジョージアはもう聞いていなかった。レンツォが怒ってもかまわない。彼女は目の前の男から逃げ出したい一心でラウンジを走り出た。コートに袖《そで》を通しながら、ロビーを小走りで通り抜け、エントランスの車寄せへ出る。

雨はしばらく前にやんだようだが、地面はまだ濡《ぬ》れていて海の匂《にお》いが強く漂っていた。

そよ風が肌を撫《な》で、髪をなびかせる。

ジョージアはホテルの門を出た。急いで歩けばレンツォに追いつかれなくてすむ――たとえあとを追ってきたとしても。彼は脚が不自由だから。

彼女は急ぎ足で道を横切り、海岸へ出て、浜辺へ下りていった。

こうして外に出て観光客の間に交じると、ほっとする。みんな休暇でサンドボーンに来ているのだ。誰もがくったくなさそうに笑っている。

腕を組んで浜辺を歩いている若い女性の三人組がジョージアはうらやましかった。悩みもなんにもなくて、おそらく頭の中は楽しいプランでいっぱいなのだろう。浜辺の散歩が終わると、三人はホテルかゲストハウスに戻って、シャワーを浴び、夕食の着替えをするのだろう。食事がすんだら、ダンスに行くか、桟橋の向かいにあるクイーンズ・シアターにショーを見に行くんだわ。

突然涙が込み上げてきた。自分を哀れみだすと止まらなくなりそうで、ジョージアは急いで頬をてのひらでぬぐった。

レンツォの言ったとおり、私には選ぶチャンスがあったのだ。アンジェリカなら、愛してもいない男から同じ提案をされたら、父の心の平安より、自分の幸福を選んだに違いない。

ああ、どうして私は顔かたちだけでなく性格も姉に似なかったのだろう。

子供のころから、私たちは同じ枝になった二つのりんごのようだった。でも、そのうち一つのりんごには芯に、利己主義という小さな虫が巣くっていた。

でも不思議なことに、人はたいていアンジェリカをねこかわいがりし、責任のほうは私に押しつけてくる。私のほうが一歳半年下だというのに。

ジョージアが十三歳、アンジェリカが十五歳のとき、母が亡くなった。家の仕事は当然のようにジョージアの肩にかかってきた。毎日学校から帰ると、彼女は宿題もそこそこに、夕飯のしたくや掃除に精を出した。

母が病気になって以来来てくれていた家政婦はもう六十代で、仕事が多すぎるといつもぼやいた。彼女をなだめるために、ジョージアはどんどん自分で仕事を引き受けるようになり、いつの間にか家の中で主婦の役割をこなすようになっていた。

アンジェリカのほうは全然違っていた。彼女は生まれつき、責任をうまく逃れるすべを身につけていた。

大きな目を見開き、いつわりのほほえみを浮かべて、自分のつくった料理はどうしようもないしろものだ、ジョージアのほうがずっと腕がいいわと言う。

また、情けなさそうにため息をついて、私が掃除機をかけると家具の上に置かれたものを片っ端から落としてしまうの、と嘆いてみせる。

「私は芸術家タイプなのよ」アンジェリカは笑って言ったものだ。そして、父を始めみんながそれを信じたのだった。

たしかに、アンジェリカはピアノがいくらか弾けたし、ファッション雑誌に載っているドレスをスケッチするのもうまかった。自分でオリジナルのデザインを考案することはなかったけれど。

そして彼女は、〝牧師さんのきれいなお嬢さん〟として近隣に知られていた。ジョージアだって外見は姉とそっくりだったのに——。

ジョージアには欠けていたこうした長所のおかげで、アンジェリカが、ロンドンに出てジーン・マーシャル・モデルスクールに通って訓練を受けたいと言いだしたとき、父はそれほど強く反対はしなかった。

父はこれまで手放さないでいた国債を現金に替えて渡し、アンジェリカはモデルとして成功するものと信じて、意気揚々とロンドンへ発《た》った。

自分は特別な人間だと固く信じ込み、その自信によって、アンジェリカはまもなく『モーディスト』『ボン・マルシェ』『エクスクルーシブ』といった雑誌で注目されるようになった。

写真の彼女はごく自然にくつろいでいて、しなやかな優美さが感じられた。生まれながらに持つコケティッシュな魅力のせいで、彼女が着れば、ずいぶん突飛な服にも買い手がついた。

アンジェリカが『エクスクルーシブ』の表紙を飾ったときは、マイケル・ノーマン牧師は雑誌を上着のポケットに入れて持ち歩き、照れながらも得意げにそれを教区の人たちに見せて回った。

「なんてすてきなんでしょう。私たちのかわいいアンジェリカは有名になるだろうって、初めからわかっていましたよ」みんながそう言った。

ジョージアのほうはマイケル牧師の右腕だと見なされていた。彼女の長所はアンジェリカほど目立たなかった。だがある老人などは、ジョージア善行は天国に行ったらきっと報われるだろうとまで言った。

信頼していたジョージアに裏切られたと思ったのだから、父がショックを受けたのも無理はない。長年、父は村の人たちと同じように考えていたのだ。アンジェリカは世に出てはなばなしい成功を収め、一方、ジョージアはこれからもずっとパイを焼いたり、牧師館の家具を磨いたり、庭の手入れをしたり、教区の婦人会の集まりがあれば、紅茶やケーキがいき渡っているかどうか気を配ったりするものと。

ジョージアは思いにふけりながら浜辺を歩きつづけた。聞こえてくるのは絶え間ない波の音と、かもめの鳴き声、そして靴の下で鳴る小石交じりの砂の音だけだ。

いつの間にか水平線の上の空は、嵐《あらし》を予告するような金色に変わっている。浜辺にいた人たちも皆、夕食のために宿に帰ってしまった。

私はこれからどうしたらいいのだろう？　ハンドバッグを置いたままホテルを飛び出したから、お金は全然持っていない。今浜辺に一人きりで立っている私にあるものは、着ている服と、指にはめたサファイアのリングだけだ。

ジョージアはくすんだ金色の夕暮れの光の中で、そのリングをじっくりと眺めた。これをお金に換えたらたいした額になるだろう。でも、店はそろそろ閉まる時刻だ。今から、このリングをかたにお金を貸してくれる宝石店を探すなんて、とうてい無理だわ。

ジョージアはリングを指の上で繰り返し回した。そして教会での、ひどく緊張したひとときを思い出していた。

何の意味もない誓いの言葉に、私は聞こえるか聞こえないかの声で答えた。私を脅して結婚させた人を、どうして〝敬う〟ことができるだろう？　レンツォと私の間には愛し合う者同士の苦しいほどの衝動もないのに、どうして〝いつくしむ〟なんて言葉を口にできるだろう？

海の微風がいつの間にか勢いを増し、髪を強く乱した。ジョージアは身震いし、コートの襟を立てた。

いつまでもここにこうしているわけにはいかない――もうすぐ夜になる。

デュークス・ホテルに帰るほかないだろう。そして冷静に、理路整然とレンツォを説得するのだ。いくら心が石のように硬いといっても、いくら復讐心に燃えているといっても、彼は品位も良識も投げ捨てて私にベッドを共にすることを強いたりはしないだろう。レンツォは映画やテレビドラマのために美しい音楽を作曲する、教養ある、才能にあふれた人なのだから。

よろいで固めたようなレンツォにも、どこかに柔軟なところがあるに違いない。そう自分に言い聞かせながら、ジョージアは重い足取りでホテルに戻っていった。

シャンデリアが明るく輝くロビーに入って、あたりを見回す。待っているかと思ったレンツォがいなかったのでほっとした。長身で黒みがかった髪の、こころもちステッキに寄りかかったその姿は、どこにも見えない。

客たちは部屋でディナーの身支度をしているのだろう、ロビーは閑散としている。ジョージアは広い中央階段を上っていった。自分たちの続き部屋《スイート》二〇二号室に行くには、もちろんエレベーターのほうが速かったのだが。

カーペット敷きの階段を足を引きずるようにして上り、かたつむりのようにのろのろと廊下を歩いていく。ボタンをきちんと留めたコートのカシミヤ地と、ドレスの柔らかな生地の下で、胸が激しく打っている。

ドアの前に立つとベルが目に入った。これを押さなければならないらしい。指が震えたが、思い切って押した。部屋の中にベルが鳴り響くのが聞こえる。

頬に手を当てると冷たくなっていた。ジョージアは風で乱れた髪を神経質に撫でつけた。

今では心臓がのどのところまで上がってきているようだ。

彼女は待った。ドアが開くのをひたすら待った。

たぶんレンツォはドアを開けないつもりなんだわ。私をいつまでもここに立たせておく気なのだろう。許されるのを待っている、いたずらっ子のように。

突然ドアが開いた。そしてレンツォがタオル地のバスローブ姿でそこに立っていた。ベルトをゆるく結び、はだけた胸もとには水滴がついている。

「どうぞお入りください、シニョーラ」レンツォは手で誘い入れるしぐさをした。「花嫁がいないんじゃ、何のためのハネムーン・スイートかわからないからね」

ジョージアは赤くなり、彼の横をすり抜けてスイートの居間のほうに入っていった。

花の香りが充満していることに、ジョージアはすぐ気がついた。見回すと広い部屋のあちこちに花が生けてある。窓にはブロケードのカーテンが引かれ、ひじ掛け椅子と奥行きのあるソファのそばのスタンドが、温かな光を投げかけていた。

ジョージアは、愛らしいキューピッドに支えられた壁かけ鏡に映る自分の姿をちらりと見た。寒そうにコートの襟を立てている姿は、いつもの自分ではないような気がする。

ドアを閉めて、レンツォがあとをついてきた。彼の視線を痛いほどに感じる。彼は私が口を開くのを——言いわけをするのを待っているのだろう。

ジョージアは勇気をふるってレンツォの方に向き直った。濡れた黒髪が乱れて額にかかっている。こちらを見ている目は鋼のような光を帯びていた。

「どうして逃げ出したりしたんだ？　おかげで、おおぜいの人の前で恥をかいたじゃないか」

　声も目と同じように冷たい。

「私……ちょっと外の空気が吸いたかっただけよ」

　ジョージアはコートのポケットの中でこぶしを握り締めた。

「今日一日、私がどれほど気を張り詰めてきたか、わかってくれてないようね。われながらよくやりおおせたと思うほどよ」

「まだ終わってはいない」レンツォはジョージアの方に一歩近づいた。「たしかに君はよくやった。指に僕の贈ったリングをはめ、結婚証明書に僕と一緒にサインをした。だから、好もうが好むまいが、僕たちは夫婦なんだよ、〝末長く〟ね」

「で、でも、事態はますます悪くなると思うわ。わかるでしょ、レンツォ。私たちはもともと結婚してはいけなかったのよ。アンジェリカがどういう仕打ちをしたとしても、あなたはまだ彼女を愛しているんだし、こういうのはよくないと思うの。つまり、もしあなたと私が……その……」

「続けたまえ。そこでやめないで。恥ずかしがることはない。われわれはどちらも大人なんだから、結婚式の日の終わりには何が起こるか、よくわかっているはずだ」

「なんて――いやな人！」

ジョージアはあとずさりした。バスローブ姿のレンツォはいつもと違う。ふだん、きちんとスーツを着ているときには目立たない男っぽさのようなものが、今はあらわになっているのだ。それに黒檀《こくたん》のステッキを手に持っていない彼は、いつもよりずっと若く見える。愛がなくても欲望は持つことのできる、男ざかりの男という感じがする。

「こんな茶番劇、ずっと続けるつもりなの？」ジョージアはそっともう一歩下がった。何か危険なものから遠ざかろうとするかのように。「あなたは自分の思うとおりにしたわ。この結婚は、万が一アンジェリカが戻ってきたときのためのバリケードなんでしょう？　それで充分じゃないの？　私をそれ以上のことに引っ張り込むことはないんじゃないの？」

「僕の親愛なるお嬢さん、君はどんなことに足を突っ込んだのかよくわかっているようだね。でも、もしさらに後ろに下がるつもりなら、気をつけたほうがいい。君のすぐ後ろのテーブルには花びんがあって、黄色いチューリップと赤いばらが生けてある。そのまま行くとぶつかって、ひっくり返してしまうよ」

ジョージアは振り返った。そのすきを突いて、レンツォが彼女の腕をつかんだ。

「君は僕にはかなわないさ」

彼の唇に嘲笑《ちょうしょう》が浮かんだ。

「君はホテルから飛び出していったけど、ハンドバッグを置いていったから追いかける必要もなかった。金がなかったら僕のところに戻ってくるより方法がないからね。そうだろう?」

「私が戻ってきたのは、この結婚について理性的に話し合いたいと思ったからだわ」
ジョージアは渾身《こんしん》の力を込めてレンツォの腕を振りほどこうとしたが、無駄だった。ふだんは育ちのよさと脚の不自由さで隠している力を思い知らされた気がした。
ジョージアはレンツォの顔を見上げた。不機嫌でハンサムなその顔は、悪魔のように感じられた。

「私たちはお互いに好きでもなんでもないでしょう、レンツォ。私はあなたの好みのタイプじゃないわ。これからだって、そうはなれないでしょう。私たちは水と油のようなもの――決して混じり合えないのよ」

「君がどういう娘かはよくわかってるよ」レンツォはジョージアの顔と髪を眺め回した。「牧師館で家事が一段落したとき、君はその小さくて誇り高い鼻をロマンチックな小説本に突っ込むんだろうな。そしてそこから〝愛とは心と魂から生まれる〟というような考えを吸収する。愛は非常に高尚で精神的なすばらしいものだ、などと思い込むんだ」
レンツォは言葉を切り、視線を彼女の唇に移した。

「そろそろ真実に向き合う時期が来てると思うよ、カーラ・ミーア。天国は地上で見つけることができる。もし君がその体を――」

「私、そんなことをするくらいならトラックにひかれて死んだほうがましだわ！」

ジョージアは身をよじったが、逆に、バスローブをはおっただけの大きくて温かい体に引き寄せられてしまった。

「放してよ――」

「僕が怖いのかい、おちびさん？　それとも、ただ恥ずかしがっているだけなのかな？」

レンツォの顔が近づいた。彼の温かい息が顔にかかる。

「君がアンジェリカと一緒に育てられたなんて、とうてい信じられないな。姉の手紙を読んでショックを受けたようだけど、君は本当に一度もないのかい、恋人の唇が自分の肌に触れるのを想像したことが？」

「私はアンジェリカとは違うわ」

レンツォの言葉とそれがよびさますイメージに、ジョージアは頭がくらくらするような思いがした。

「あなたは私の中にアンジェリカの姿を見いだそうとしてるんでしょうけど――今言ったとおり、私はあなたに身を投げ出すくらいなら、死んだほうがましなのよ！」

「僕のかわいい若い奥さん、君はほんとにおもしろいことを言うね」

ジョージアの言葉も彼の心の表面をかすめただけで、何の影響も与えなかったようだ。

「僕はたまたま君の夫になった。そして、君が自分から身を投げ出してくるのを待っていたら、その間に地獄だって凍りついてしまうということも、たまたま知っているんだ」

「あなたなんか――地獄に堕《お》ちればいいんだわ」ジョージアは息を切らして言った。まさか自分がこんな言葉を使うとは、夢にも思っていなかった。

私はやっぱり牧師の娘だし、アンジェリカとは性格がまったく違う。雨の降る日、舗道を虫が一生懸命歩いていたら、つまみ上げて土のあるところに返してやる。でもアンジェリカなら、温かな茶色の土を求めて必死に歩いている小さい生き物を、足で踏みつぶしたって何とも思わないだろう。

「地獄は天国よりも見つけるのが簡単だ。僕たちはどちらもそれがわかったんじゃなかったかな?」

レンツォはジョージアの頬に口を近づけてささやいた。彼の彫刻したように形のいい唇が肌をかすめた。

「ええ」

ジョージアは顔をそむけて唇を避けようとしたが、レンツォはその動きを追った。そして突然温かな唇が首筋に押しつけられた。

ジョージアは自分では望みもしなかった感覚に襲われ、身を震わせた。レンツォがコートのボタンをはずしはじめたときも、力が抜けたようで何もできなかった。彼はカシミヤのコートを肩から床にすべり落とし、ウエストをつかんでジョージアを引き寄せた。膝から力が抜けて、立っているのもやっとだった。

ジョージアはレンツォの心を取り囲む無関心の壁を突き破るにはどうしたらいいかと、必死で頭をめぐらせた。彼は私の人間としての権利もモラルもまったく無視している。そんなものには何の意味もないとばかりに。

「姉と妹か」レンツォはつぶやいた。深いグレイの瞳をまぶたが重くおおっている。「一人はあれほど熱心に人生の喜びを追い求めているというのに、もう一人はまったく無関心だ。それとも、君は努めてそうしようとしているのかい？　心の奥底ではアンジェリカと同じものを求めているのを認めるのが怖いから？　僕が証明してみせようか、アモーレ・ミーオ、君の氷も表面をおおっているだけだってことを？」

「あなたが証明しているのは、シニョール、あなたが幻想を見ようとしているってことよ」

言い返してみたものの、ドレスの生地の上を動く手に心が騒ぐのを止められない。その手が胸へと近づいている。力が抜けたのは膝だけではなかった。全身がしびれたようになっている。レンツォの体から伝わってくる力が、彼女の中の抵抗力を取り去ってしまったかのようだ。

「幻想って、何のことだい？」

レンツォはゆっくりとジョージアの顔に目をやり、きめ細かな肌がピンクに染まっているのを見て取った。

「あ、あなたは、自分がアンジェリカと一緒にいると信じ込もうとしているんだわ」

ジョージアは彼の発する熱気の中で、冷静でいようとむなしく努めていた。

いつだってレンツォは状況を自分の手でコントロールしている。すべてを自分の都合のいい方向へ持っていくすべを知っている。私が何を言おうと、気にも留めない。でも……何かあるはずだわ。彼の心に突き刺さる何かが。

「アンジェリカのことは言わないでくれ」ふたたびクリスタルのように硬い声になった。

「聞いているのか？」

「ええ、聞いているわ――ああ！」

ジョージアは息をのんだ。レンツォの唇がドレスのV字形の襟もとに当てられたからだ。

ジョージアは背中が痛くなるほど体をそらした。私は決して彼の言いなりにはならない。

彼女は意志の力を総動員して、肌に当てられた唇も、男らしい体の感触も無視しようとした。

「僕は君を傷つけてはいない。そうだろう？」レンツォが耳もとでささやく。

「あ、あなたは自分のしていることがよくわかっているでしょう？」

理性がどんどん遠のいていく……体のほうは、首筋に沿ってすべっていく唇がよびさます感覚を求めている。

五感が浮遊するような感覚の中で、ただ一つたしかなことがあった。レンツォは今、アンジェリカを腕に抱いているつもりになっている……。彼のまぶたは閉じられていた。彼は自分の見たいものだけを見ている。彼はアンジェリカに触れ、アンジェリカを抱いているのだ。

「あっちへ行って！」

ジョージアはありったけの力を込めてレンツォの肩を突いた。そして怒りにまかせて彼の頬を平手で打った。アンジェリカの身代わりにしようとしたことが許せなかった。

「あなたにさわられるのは我慢できないの。離れて！」

レンツォは青く燃え上がった彼女の瞳を見下ろした。彼の頬にはジョージアのつめの跡がついていた。

「僕には我慢できないというのか、ジョージア？」

「そうよ」ジョージアは激しく言い返した。「あなたは私もアンジェリカのように感じさせることができると思ってるんでしょう。たしかに、今私はアンジェリカのように感じてるわ、あなたのことをね。アンジェリカがステルビオに走ったわけが、私にもはっきりわかったってことよ！」

その言葉は二人の間に立ちふさがり、いつまでも消えなかった。一瞬レンツォの目に苦悩の色が浮かぶのが見えた。だが、すぐにそれはまつげに隠れた。

レンツォはジョージアのそばを離れ、バスローブのベルトを締めた。ジョージアは神経質に両手をドレスの脇《わき》でこすりながら、そんなレンツォの様子を見つめていた。

レンツォは部屋を横切って、葉巻のケースが置いてある、ぴかぴかに磨かれたテーブルに近づいていった。彼のぎこちない歩き方が急に目立ちはじめた。レンツォ自身が脚の不自由さを突然意識したかのようだ。

彼は手を伸ばしてひじ掛け椅子の背をつかんだ。指の関節が白くなるほど強く握り締めている。

「君の言うとおりだよ」レンツォは肩越しに振り返った。「アンジェリカが弟のもとに走ったわけは、僕にもよくわかっているさ。僕たちは二人とも成功しているが、弟は歩くのにステッキなどいらないものな」

沈黙の続く中で、レンツォは葉巻に火をつけた。煙を吐き出しながら、彼はつっけんどんに言った。

「夕食の着替えを始めたほうがいいぞ。夕食は一緒でもいいんだろうね？」

「私は――とくにおなかはすいてないわ……」

「僕は腹ぺこなんだ。それに、夕食を一人で食べるつもりもない」

「あなたは私の望んでいることを知っているでしょう、レンツォ」声がすがるような調子になるのが自分でも腹立たしい。

「さあね。よくわからないよ」

こちらを向いたレンツォの無表情な顔のまわりに煙が漂っている。結局、何事も彼を動揺させることはできなかったのだ。レンツォの顔がこれほど彫刻のように見えたことはなかった。それに、誇らしげな高い鼻の上の眉が、これほど黒々と見えたこともない。

「君は僕の妻だ」

レンツォは断言すると、香り高い煙を吐き出した。

「君は僕の名字を名乗っている。もしまた僕から逃げ出すようなことがあれば、君の敬虔《けいけん》なる父上のところへ行って、不義についての説教におあつらえ向きの材料を提供してこよう。彼はあまり寛大な人じゃない。そうだろう、ドンナ？　たとえ自分のお気に入りの娘でも、不義は許さないと思うね」

ジョージアはてのひらにつめが食い込むほど強くこぶしを握り締めた。

「あなたは是が非でもそうしたいと思っているんでしょう。アンジェリカが恥ずかしい思いをするのを見たいんだわ。彼女があなたを侮辱したから。あなたはアンジェリカを憎もうとしてるんだわ。そうでしょう、レンツォ？」

「君が僕を憎んでいるように？」レンツォがものうげに問い返す。

ジョージアは額にかかる髪を払いのけた。「あなたと一緒にいるほかないみたいね。でも、私はあなたに負けないわよ。私、人形みたいに簡単には壊れないわ」

「本当に？」

レンツォはブルーのドレスをまとったジョージアの姿を上から下まで眺めた。「その色、ほんとに君によく似合うよ、カーラ・ミーア。僕ははにかみ屋の女の子と結婚した。そしたら、腕の中にいたのは若く美しい女性だった。たいへん幸運なことだ――そうだろう？」

ジョージアは赤くなった。レンツォの言葉で、彼の唇が首筋やブルーのドレスのV字の襟もとを探ったときの感覚が、否応なしに思い出されたからだ。

フランス製のシルクが肌にまつわりつく感触が、突然ひどくエロティックに思われてくる。ジョージアは顔をそむけた。

「あなたが何をしようと、私たちが他人同士であることに変わりはないわ、レンツォ。あなたは私が友達にしたいような人じゃないもの」彼女はこわばった声で言った。

「君は夫に友達でいてほしいのかい？」レンツォの声にユーモアが交じった。「ラテンの国々では、男は男を友達にするものだがね」

「でも、ここはイギリスよ、シニョール。この国では結婚したカップルはお互い友達になるのよ。女の人たちは料理をしたり、ベッドを整えたりするだけじゃなくて、夫とゲームをしたりするの。女性のほうが勝負に勝つこともあるのよ」

「なんだか意味深長な言葉だな、ジョージア」

「そうかしら？」

レンツォは静かに笑って言った。

「僕は君の友達にはなれないけど、マイ・ディア、君の敵になるのはおもしろいだろうという気がしてきたよ」

3

　ジョージアはくしでよくとかした髪を、少し上向きにカールさせながら、ふんわりと肩の上でそろうようにした。両耳に小さなサファイアをつなげた滝のようなデザインのイヤリングをつけると、熱意のない目で鏡を眺める。ドレスの襟もとは適度に開いていて、鎖骨が見えている。レンツォの唇がそこに触れたときの感覚は、今も忘れることができない。

　ジョージアは唇をゆがめてほほえんだが、目の中の重苦しさは消えなかった。彼女は典型的な牧師の娘で、レンツォが腕に抱き寄せキスするまで、キスの経験はなかった。

　教会での結婚の儀式がすんで、レンツォは夫としての権利を手に入れた。私がふたたび自由を取り戻すことはとてもできないように思われる。

　私はここサンドボーンに、愛しているというよりはむしろ恐れている男と一緒にいる。そして、これは私たちのハネムーンの第一夜なのだ。

　鏡の前を離れたとき、光沢のあるナイトブルーのシルクが体のまわりでさらさらと音をたて、そのなめらかな感触を肌で感じた。ジョージアはあらゆる音、そして神経の高ぶり、ちょっとした体の動きまでも苦しいほどに意識していた。

もう一度、牧師館で日々の務めを果たす、心静かな生活に戻りたかった。でも、それはすべて過ぎ去ったこと。私の前には不確かな未来が広がっているだけだ。

レンツォ・タルモンテの妻として、私はハンソン・スクエアにあるジョージ王朝様式の大きな家に住むことになる。ハンソン・スクエアはロンドンの上流階級の住む地域で、ストランドにもエンバンクメントにも歩いていける。サセックスからは遠い遠い道のりだ。もっとも、イタリアからはさらに遠いけれど。

でもレンツォは音楽関係はもちろんのこと、ビジネスの場もほとんどがロンドンだという。あらゆる意味で、彼は国際人の感覚を身につけているのだ。

しかし、彼の目を見るたび、ジョージアはそこにラテン民族特有の美しさと、女性に関するラテン的な冷酷さを感じる。

体の奥深くでは恋い焦がれているとしても、レンツォにとって今ではアンジェリカは軽《けい》蔑《べつ》すべき女となっている。一人の男性に操を立てなかったから。レンツォはたとえアンジェリカをずっと愛しつづけていても、彼女のことを娼婦《プッターナ》と見なすようなタイプのイタリア人なのだ。

では、私は何者なのだろう？　ジョージアは両手を頬に当てて、自分自身に問いかけた。

「支度はできたようだね」レンツォが続き部屋《スイート》の小さいほうのベッドルームから出てきた。

主寝室には専用のバスルームとバルコニーがついている。長い窓には装飾的なカーテン・ボックスから牡蠣色《かきいろ》をしたブロケードのカーテンが下がっていて、オーク材でできたビクトリア朝風のベッドには、みごとな彫刻がほどこされている。

「ええ、できたわ」

ジョージアはレンツォが近づいてくる間、じっとそこに立っていた。彼のエレガントな魅力は黒檀《こくたん》のステッキによって少しも損なわれていない。

彼は部屋の中では、ステッキなしで歩いている。でも、人に見られているときは、必要なようだ。レンツォが人前でつまずいて転んでしまう光景を想像すると、なぜかジョージアは身のすくむ思いがした。

レンツォはシルクの襟のついた、申し分のない仕立てのディナースーツを着ている。真っ白な袖口に黒檀のカフスボタンで留め、肌にはかすかに香水の香りがする。きれいにひげを剃《そ》っているが、引き締まった頬に、もみあげだけが黒く残してあった。

「君を見ていると、ジョージア、牧師館の単調な骨折り仕事から救い出してあげてよかったと思うよ」レンツォは彼女の全身をゆっくりと眺め下ろすと、ポケットに手を入れて、宝石箱を取り出した。

彼は黙って箱を差し出し、ジョージアも黙って受け取った。中にはサファイアとダイヤをあしらったネックレスが入っていた。氷のようなブルーの炎が、目にまぶしい。

「こんなこと……してほしくなかったのに」ややあって、彼女は言った。

「自分の楽しみのためにしたことだ」

レンツォは答えると、ステッキを椅子に立てかけた。それから炎のように輝くネックレスをジョージアの手から取り上げて、彼女の後ろに回り、ほっそりした、むきだしのうなじに留めた。

「君には僕の妻の役を演じてもらうよ。たとえ気がすすまなくてもだ、ジョージア。牧師館の庭で話し合ったとき、僕は君に筋書きを全部伝えたつもりだよ。そして今朝、教会で君はほとんどためらうこともなく自分のせりふを言った。みんな、まんまとだまされたってわけだ」

「ブルース・クレイトンはだまされなかったわ」ジョージアはためらいがちに指先でネックレスにさわってみた。まるで指先が焼かれるような気がする。

「ブルースが？　いったいどうして彼が口出ししなきゃならないんだ？」レンツォはジョージアの肩をつかんで自分の方に向かせた。

レンツォの背の高さと、威厳と、肌につけた男らしいコロンの匂《にお》いがあらためて意識される。

「親切に気づかってくれたのよ。ブルースは私がずいぶん――沈んでるみたいだって言って」

「へえ、そうかい？」

レンツォは彼女のウエストをきつくつかんだ。細かい織りのシルクの上から、彼の指が肌を締めつけてくる。「僕は彼との友情を大切にしているんだよ、ドンナ。だから、その友情を壊すようなことはしないでほしい」

「それ、どういう意味？」ジョージアはいぶかしげに彼の顔を見やった。

「どういう意味かわかってるだろう、ジョージア。ロンドンへ帰ったら、ブルースとはしょっちゅう会うんだから」

「あなたは私がアンジェリカのようなことをすると思ってるの？」

ジョージアの目は青く燃え上がった。レンツォが首のまわりに留めた、ネックレスの炎を映し出したかのように。

レンツォがアンジェリカでなく私そのものを見るようになるときが来るのだろうか。彼が私とアンジェリカを見比べたりしていないと思えるときが、これから先あるだろうか。

「君にはっきり言っておくよ」レンツォは手に力を込め、ジョージアをじっと見つめた。「もし君が別の男を思い上がらせ、僕を笑い物にするようなことがあれば、君は生まれてきたのを後悔するはめになるだろう」

「もう今でも後悔してるわ」ジョージアは言い返した。「どう思っているか知らないけど、レンツォ、私は宝石なんかで買収される人間じゃないわ。お花を一輪もらったほうがうれしいぐらいよ」

「君なら、そうかもしれないな」

レンツォはジョージアを放し、一歩下がると彼女の顔をつくづくと眺めた。それからドレスに合わせたブルーの靴まで視線を下げていった。彼の目は白い肌の上で静かに燃え立っているネックレスの上にしばらくとどまった。

「ダンクトンの善良な村人たちが今の君を見たら、おそらく目を疑うだろうな。君を眺める楽しみ、これだけは君も拒むことはできないだろう?」

つまり、レンツォは私を見ているのではなくて、彼が軽蔑しつつも求めている女性とそっくりの誰かを見ているということだわ。

「お世辞を言っても無駄よ。口先だけなのはわかってるわ」

「グラッツェ」レンツォは頭を下げてみせてから、ステッキを手に取った。「君はそのソフトな唇でハードなことを言うのを楽しんでいるようだね。さ、行くとしようか。一杯か二杯のワインが僕らの雰囲気を和らげてくれるだろう」

「それにはぶどう園がまるごと一ついるわ」ジョージアは言い返すと、先に立って部屋を出た。

階段の方へ向かいかけたが、ふと思い直して、エレベーターに足を向ける。腹立たしいことに、私はどうしてもアンジェリカのように心底利己的にはなれない。レンツォが階段を歩いて下りるのはつらいだろうなんて、どうして思ってしまうのかしら？　階段から転げ落ちて首の骨でも折れば、一件落着なのに！

鉄製のエレベーターがダイニングルームのある一階へゆっくりと下りていく間、レンツォはジョージアに向かい合って立ち、彼女を見つめていた。その謎《なぞ》めいた目はジョージアの心を読み、なにかしらおもしろがっているように見える。

ジョージアは薄いハンカチを握り締めた。レンツォは私が彼に対して冷ややかなのを気にも留めていない。受けて立ってやるとばかりに楽しんでいる。イタリア人好みの、一つまみのスパイスのようなものだと思っているのだろう。

エレベーターが静かに止まった。ジョージアはこれから始まる試練に対して身構えた。人前では、節度のあるふるまいをしなければならないだろうから。

申し分のない英語を話し、すきのない服装をした、背の高い、物腰の穏やかな紳士が、実際は仮面をかぶった悪魔だということに気づく人が、食事をしている客たちの中にいるだろうか。みんなが目にするのはレンツォのハンサムな顔と、私へのていねいな態度だけなのだ。

ダイニングルームは広く、ビクトリア朝ふうのインテリアでまとめられている。テーブルは適度に離れており、ぴかぴかに磨かれたナイフやフォーク、グラス類が、リネンのテーブルクロスの上に美しく並べられている。

デュークス・ホテルはすべての面で期待どおりだった。ここが二人の少女にとって夢のお城でしかなかった遠い昔のことを、ジョージアはため息とともに思い出していた。

レモネードと砂のお城が大事だった子供時代から、ずいぶん多くのことが変わってしまった。ジョージアの父は愛する妻を持った満ち足りた男だったが、その妻に死なれてからは、幸せな人間を苦々しく思うようになってしまった。

父が甘い顔を見せるのはアンジェリカだけだった。アンジェリカは美しく、魅力があった。それは誰にも否定できない。たとえその見かけの下に、他人の感情を歯牙《しが》にもかけない無神経さが隠されているとしても。

ジョージアはホテルのオーナーの写真が表紙に刷り込まれた大きなメニューを開いた。実のところ、おなかがすいていた。考えてみれば、今日食べたものといえば、ブルース・クレイトンが勧めてくれた料理を二口ばかりと、エクレア二個だけだった。

「とても感じのいいホテルだね。君がどうしてここに来たがったのか、わかってきたよ」レンツォが言った。

「そう?」ジョージアはかすかにほほえんだ。「子供のころ、いつもすてきだなって思っていたわ。広くて、大きくて、宿泊客はみんな立派な車に乗ってくる人ばかり。ゲストハウスに泊まっていた私たちは、近づきがたい思いで眺めてたのよ。王室の方々もお泊まりになったことがあるんですって。ポーターたちの制服も、ほかとは違ってるわ。サンドボーンに来た観光客のほとんどが、デュークス・ホテルの絵はがきを家に送るのよ。自分が泊まってなくてもね」

「君が思い描いていたとおりだったかい？」レンツォはおもしろそうに尋ねた。ジョージアが十歳くらいだったころの姿を思い浮かべようとしているみたいだ。

「ええ」ジョージアはそう答えたが、手放しで褒めるのはやめた。

レンツォがどんなことをしようと、私はうれしがったりはしないと言いたかった。高いホテル代を彼が払うことになっても、どうして私が気にしなければならないの？　私のためにたくさんお金を使わせることが、彼に対する唯一の報復になるかもしれないし。

サファイアとダイヤのネックレスはとてつもなく高価だったに違いないが、それだって、もとはといえばアンジェリカのために買ったものに決まってるわ。サファイアはアンジェリカの目の色にもぴったりだもの。

ウエイターが注文を取りに来た。ジョージアはオードブルに舌びらめのバターソテーとマッシュルームの網焼き、メインディッシュにかもの胸肉を注文した。つけ合わせはブロッコリー、ベビーキャロット、そしてじゃがいものソテー。

「それからグレイビー・ソースを。ブラウンの、こくのあるのをね」

「かしこまりました、マダム」

ウエイターはメモを取り、それからレンツォの方を向いた。彼はまず、がちょうのパテ、メインディッシュは極上のローストビーフ、つけ合わせの野菜はジョージアと同じものを注文した。

「ソースはグレイビーだ」レンツォはのんびりとつけ加えた。

ウエイターが行ってしまうと、レンツォはジョージアに向かって黒い眉を上げた。

「僕たちの選んだ料理で問題が出てきたよ、カーラ」

「ワインでしょう」

「僕につき合って赤ワインにするか、それとも君だけ白を取るかい？」

「シャンペンがいいわ、レンツォ」

「牧師館の娘がシャンペンを？」彼がからかうような口調できき返す。

「ベル・エポック・ロゼって、すてきな響きじゃない？」

ジョージアは前にその広告を、アンジェリカが載っているファッション雑誌で見たことがあった。牧師館にはそういう雑誌が山積みされていた。父が娘の成功に気をよくしているのを知っているアンジェリカが、次から次へと送ってくるからだ。

「ロゼでもいいのかい？」

「ええ、かまわないわ」

ジョージアは何げなくあたりを見回した。昼間ティーラウンジでこちらを見つめていた体格のいい婦人が、またピンクのドレスを着て、薄い茶色のレースのドレスを着たやせた女性とテーブルについているのが目に入った。間違いない。二人の婦人は私たちにひとかたならぬ関心を抱いている。

もちろんあの二人が未亡人で、ベアトリス叔母のようにホテルで自由気ままに過ごしているということも考えられる。だとすれば、新参の客が数日間注意を引いたとしても、少しも不思議ではない。

ジョージアは、レンツォがソムリエとワインの相談をしているのを聞いていた。彼らはフランス語で話している。私の夫になったこの人は、ほかにいくつぐらい外国語を知っているのだろう。

私のことは、さぞ世間知らずのいなか者と思っていることだろう。〝牧師館の娘〟と、彼は呼んだわ。

アンジェリカは、初めてロンドンに行ったときからすでに、慣れているふうを装い、都会的で洗練された服装をしていたようだ。私たちは外見はよく似ているけれど、中身に共通するところは何もない。

「あなたは何カ国語が話せるの?」ウエイターが行ってしまうと、ジョージアはきいてみた。

「五つ六つかな」レンツォは謎めいたほほえみを浮かべた。「感心したかい?」

ジョージアは肩をすくめた。「予想してたから。でもそう聞くと、ますますあなたの大胆不敵なところが危険に思えてくるわ。あなたがしようとしてるのはベンデッタなんでしょう？」

「ベンデッタ？　復讐《ふくしゅう》だって？」レンツォは片方の眉を上げた。

黒と白のディナージャケットを着た彼は際立ってハンサムだ。流暢《りゅうちょう》なフランス語を話し、誰にも本当の自分を見せない男――。

「あなたはメディチ家の時代の男の人みたいだわ、レンツォ」

彼の顔には、何代も続く家系のプライドのようなものがうかがわれる。でもいつものように、彼が何を考えているのかはわからない。中央の細い花びんに一輪の赤いばらを生けた二人掛けの円テーブルの向こうから、今もレンツォはじっと私を観察している。

「君は僕が袖《そで》の中に短剣を隠し持ってると思ってるのかい？」レンツォの形のいい唇に、ほほえみがちらりと浮かんだ。

「心の中に持ってるわ」ジョージアは青くかげりのある目でレンツォを見返した。「あなたに理屈を説いても無駄でしょうけど――あなたは自分がひどい目にあわされたという思いを晴らそうとしてるんだわ。そのためなら、何だってするつもりなんでしょう？　でも、私のほうの思いはどうなるの？　私には良心の痛みさえ感じないの？」

「君は骨折り損の仕事ばかりするような生活から救い出してもらったことに、感謝のかけらも感じないのかい？　君のお父さんは、君がどれだけ、父親とあの牧師館のために尽くしてきたかわかっているのかな？　君に一度でも礼を言ったことがあるかい？」

レンツォはいかにもイタリア人らしく両腕を広げてみせた。

「お父さんは君も自分の娘だということを忘れてたんじゃないかな、僕が君を連れに行くまで」

レンツォの言葉は苦い錠剤のように飲み込みづらくて、のどに引っかかるような気がした。

「あなたに父や私の気持がわかるっていうの？　父と私は理解し合っていたわ。あなたが来て私たちの生活に干渉するまでは」

「お父さんの生活は君の力で支えられていたんじゃないかい？」

レンツォは小さく震えるジョージアの唇に目をやった。

「君は文句一つ言わず、あれこれ使い走りをしていた。そして、お父さんが君の姉さんを一家の星のように賞賛するのを、もっともなことだと思っている。君は愚かなまでに献身的な心を持ってるんだな、カーラ」

「そして、あなたの心は石のようだわ」

ジョージアはあごをぐっと引いた。くやしいことに熱い涙が込み上げてきて、今にもあふれそうだ。なんてこと！　デュークス・ホテルのダイニングルームでわっと泣き伏すほど、みっともないことがあるだろうか。

「君の胸も石を抱いたように重いんだろうな」

 レンツォはゆっくりとジョージアの体に目を走らせた。上質のシルクがほどよくしなやかに、体のラインに沿って流れている。

「君がどんなふうに感じているか、わかるよ。アンジェリカがステルビオに宛《あ》てた手紙を義妹から見せられたとき、僕の胸がまったく痛まなかったと思うかい？　ステルビオはあの手紙を焼くべきだったんだ。でも、書いてあることにすっかり気をよくして、つい残しておく気になったんだろうな。それにしても家の中に置いておくなんて、愚の骨頂だった。妻に見つかるかもしれないとは思わなかったのだろうか……。恋愛っていうものはわれわれを愚かにするようだ。あとさきを考えない愚か者にね」レンツォは肩をすくめた。

「そうかもしれないわ。でも、私はあなたにこんな仕打ちをされるようなことは何もしていないわ」

ジョージアは震える唇を、罰でも与えるようにきつく噛《か》んだ。レンツォに震えを気づかれたくなかった。

「君は僕のことをサド侯爵みたいに思っているんだな。正義の名のもとに、君を鎖につないで責め苦を与えてると」

「そんな低俗な話、読んだことないわ」ジョージアはさげすむように言った。

「でも君はアンジェリカの手紙を読んだ」

ジョージアの顔から血の気が引いて、氷のように白くなった。「あなたは冷酷ね。冷酷そのものだわ、レンツォ」

「たぶんそうだろう」レンツォは何と言われようと気にも留めないというふうだった。「復讐というのはたしかに邪悪なことだが、そういう思いを抱くのはごく自然なことだと思うね」

「あなたの場合は自然じゃないわ。あなたは私に悪意を向けてきてるんだもの」

「いつ僕が君に悪意を向けたっていうんだ？　僕が君に触れるのは、シルクのような肌のなめらかさを感じたいからにすぎないのに」彼の目にはかすかなからかいの色が浮かんでいる。

「そ、そのことよ、私の言うのは……」

「どういう意味だい？」

レンツォは手を伸ばして、テーブルの上のばらの花びらにさわった。「言ってくれ。僕が触れても、君は何も感じないのかい？　いいや、感じているはずだよ、カーラ。君はまだ誰も手を触れていない二十二歳の女性だ。君の感情は目覚めを待っている。それが僕の腕の中であって何が悪いんだい？」

「愛もないのに？」ジョージアはショックを受けてレンツォを見つめた。

「おやおや、君が現代に生きてる若い女性だとはとうてい信じられないよ」

レンツォは静かに笑った。

「ダンクトンじゃ時間が止まってしまって、君は世界でただ一人のバージンになるんじゃないか?」

ジョージアは髪のつけ根まで真っ赤になった。「あなたはローマ時代のサビニ人の話に出てくるけだものみたいだわ」

「僕はずいぶんいろいろなものにたとえられるんだな。話に出てくるあらゆる悪党にね。でも夫とは言ってもらえない」レンツォは嘆いてみせた。

「たいした夫だわ」

「たいした妻だ。いい勝負だよ」

「うさぎとがらがらへびのようなものね」

「すばらしいたとえだよ、マイ・ディア」

「それほどでもないわ」

ジョージアは、マッシュルームを添えた舌びらめを運んできたウエイターにほほえみかけた。あまりにおいしそうなので、彼女はウエイターがワインを注《つ》ぎ終わるのを待ちかねて料理に手をつけた。

ワインはリースリングだった。あとでかも料理と一緒に出てくるロゼと重なると悪酔いするかもしれない。でも、贅沢《ぜいたく》な料理と珍しいワインで気分が悪くなったってかまわないわ。そうなればレンツォだって手が出せないだろうから。

「とてもおいしい舌びらめだわ。口の中でとろけそう」ジョージアはつぶやいた。

「君が食事を楽しんでいるのがわかるよ」レンツォがのんきそうな声で相づちを打つ。

ジョージアはおいしいマッシュルームを一かけ口に入れた。ときどきレンツォをいらだたせることができるのがうれしい。彼女はワインを飲み、香ばしいパンにバターをつけた。

皿には骨しか残らなかった。

「お気に召しましたか、マダム？」ウエイターがにこやかに彼女を見た。

「ええ、とても。ありがとう」

ジョージアはワイングラスを手で回しながら、少しとまどっていた。まるで飢えているみたいにがつがつ食べて、みっともなかったかしら。

でもサンドボーンはそういうところなのだ。空気はいいし、海辺を散歩したせいですっかりおなかがすいてしまったんだもの。

そうだわ。あのとき考えたことや決心したことはどうなったのだろう。レンツォは取るに足りないこととばかりに、問題にもしなかったけれど。

ジョージアはダイニングルームを見渡した。ほかの女性たちはみんなリラックスして自信に満ちているように見える。あの人たちは自分の内面について考えたりしないのだろうか。こんな贅沢な場所で、申し分なく料理され、申し分なく給仕される食事をとる資格が、自分にあるのかどうかを自問したりはしないのだろうか。

私はこういう人たちのようには決してなれないだろう。私のドレスは混じりけのないシルクで、宝石も正真正銘本物だけど、私は自分が質素な人間だということを知っている。私の目には、このダイニングルームが劇場で、客たちはみんなお芝居をしているように見えてしかたがない。

一人の婦人が笑い声をあげた。それがあまりにうわべだけの笑いだったので、ジョージアはまた逃げ出したくなった。レンツォ・タルモンテとの生活によって、血の通っている人間から、贅沢のためだけに生きている、大理石のような人間に変わってしまう前に。

「ずいぶん物思いにふけってるね、ジョージア」

「考えていたの――」

「そうらしいね」

「このダイニングルームにいる女の人たちを、あなたはどう思う?」

「どういう答えを期待してるのかな?」ラテン民族らしい目に、光が戻った。「お世辞を言ってほしいのかい? ここには一輪のばらがあって、あっちにはつくりもののゆりの花束があるようだと」

ジョージアは目を見開いた。瞳が大きくなって、虹彩が透き通るようなブルーに変わった。

「じゃ、あなたもそう思うの？」

「どう思うって？」

「お芝居をしてるみたいだって」

「人生は舞台で、人間はみな役者じゃないのかい？　そう言ったのは、たしかシェークスピアだろう？」

「だって——わかるでしょう、レンツォ。私は決してあなたのような生活にはなじめないわ。ロンドンの立派なお屋敷の女主人になんか、なれっこないわ。あなたの求めてるような役割を演じるには適役じゃないの。だから——お願い、私を自由にしてちょうだい」

「また、その話かい？」レンツォの目が突然怒りで燃え上がった。「君には六週間の猶予があった。お父さんに事実を打ち明けるチャンスはいくらでもあったはずだ。しかし、君はすべてをベールで隠すほうを選んだ。よく考えてみることだ。君は本当に単調な家政婦の生活に戻りたいのかい？　姉さんのほうは一家の輝く星として賞賛を集めてるというのに？」

レンツォはグラスに残ったワインを一気にあおった。

「もしそうだとしたら、ジョージア、君はマゾヒストだよ！」

ジョージアは目を伏せて、今の言葉を噛みしめた。たしかに彼の言うことには一理ある。結婚式までの六週間の間に、父に真実を打ち明けることはできたのだ……何もかも。

毎日毎日、私は勇気をふるい立たせようとし、そして毎晩毎晩ベッドの中でその勇気が萎《な》えていくのを感じた。

妻も子もある男性との関係を赤裸々に、詳細につづったアンジェリカの手紙を父に読ませることはどうしてもできなかった。手紙の中でアンジェリカは何度もステルビオが結婚していることに触れているし、妻と子を捨てるのは自分への義務だとまで言っている。結局ステルビオはそのとおりにした。それも父にはショックだろう。彼は牧師として生涯、貞節こそ永続的な結婚の基礎だと説いてきたのだから。

「泣くんじゃないよ」レンツォは半ばからかうような口調で言った。「この部屋にいる男の半分が、君を賞賛の目で見ているんだからね。泣いたりしたら、連中は僕のことを、真っ黒な心を持ったけだものだと思うだろうよ」

「実際そうだもの。だけど心配しないで。私はあなたの前でなんか、決して泣いたりしないわ」そう言いつつも、声のかすれに内心の苦悩がにじんでいた。「私をからかおうたって、そうはいかないわ」

「からかってなんかいないよ」

「いくら私がいなか育ちだからって、私をだしにしておもしろがっているのぐらいはわかるわ」ジョージアはレンツォから目をそらした。「あなたの言うことには、みんな裏があるもの。イギリスにはこういう言い伝えがあるのよ——黒い眉の男は信用するなって」

「僕の国には、青いいちじくはもぐなというのがある」レンツォは黒い眉の下の目を考え深げに細めた。「たぶん、君がもっと熟れるまで、もぐのを待ったほうがいいんだろうな」

その言葉にジョージアの胸は騒いだ。「どういう意味？」

「この意味がわからないなんて、君はなんて青いんだろうね」

そうじゃない。私には彼の言う意味はわかっている。でも、レンツォが手をこまねいて、ベンデッタを先に延ばすなんて、考えられない。

「あなたはねずみを追い回すねこみたいに、ゲームを楽しんでいるんだわ。でも私はあなたに捕まるつもりはありませんから」

「僕が君の魅力にさからえると思うのかい、ジョージア？」

「あなたは、私のために使ったお金の見返りを得たいという気持に、さからえないと思うわ」

「ずいぶん金銭ずくに考えるんだね、マイ・ディア」

「私はあなたの〝かわいい人〟じゃないわ。それに、私が長年、父の給料だけでやりくりしていたのを忘れたの？　ときどき教区の人が卵やとり肉をくださるのを、天の恵みのように思ったものよ」

「なかなか大変だっただろうというのはわかるよ、ジョージア」

「いいえ、あなたにはわからないわ」

ジョージアはレンツォの着ている最高級のジャケットと、シャツのカフスについたきらきら光るボタンに目をやった。

「実家の財産がなくなったといっても、あなたたち兄弟が充分な教育を受けるだけの信託資金はあったのでしょう？　私には勉強をする時間なんて、ほとんどなかったわ。母が亡くなったあと、誰かが牧師館を救わなければならなかったんですもの」ジョージアは肩をすくめて続けた。「ぐちを言ってるんじゃないのよ。私は姉のように野心家じゃないし、必要とされているというだけで満足だったのよ」

「今は、必要とされているって感じられない。そうなんだろう？」

ジョージアにはレンツォの表情が読めなかった。彼が皮肉を言っているのかどうかもわからない。

二人が黙り込んだところへ、ウエイターがテーブルの脇《わき》にワゴンを押してきた。ワゴンには肉汁の多い、いかにもおいしそうなローストビーフが乗っている。ビーフがレンツォの前に置かれる間に、ジョージアのかもが運ばれてきた。まだ子供のような顔をした若いウエイターは、ジョージアのネックレスにすっかり目を奪われた様子だった。

料理が並べられると、ジョージアは思いに沈みながらナイフとフォークを取り上げた。

青いいちじくの話がまだ心に引っかかっている。レンツォは私を妻として扱うのはやめようと決めたのだろうか。私たちの間にはひとかけらの愛情もない。愛してもいない男性とそういう関係になるのは、お金で買われるのと同じぐらい卑しいことに思える。

ジョージアはロゼ・シャンペンのグラスに手を伸ばしながら、そっとレンツォの方を見やった。彼はいかにもおいしそうに料理を味わっている。結局レンツォもジョージアと一緒にシャンペンを飲むことにしたのだった。

レンツォはデュークスの雰囲気にこのうえなくしっくり溶け込んでいる。このホテルは内装からして、時代の流れにかかわりなくかたくなに独自のスタイルを守っている。現代社会は、窓とドアでシャットアウトされて中に入ってくることはできない。ここはレンツォのように古き良き時代の雰囲気と趣味を持つ人々に合うようにデザインされている。

ジョージアは自分に自信が持てなかったから、この部屋にいる男性の半分が君を賞賛の目で見ているというレンツォの言葉を、無視することにした。

どんなときでもまわりの人の注目を集めてしまうアンジェリカではあるまいし。私は自分が人の注意を引くとは思わないし、それを望んでもいない。

レンツォはきっと、私がアンジェリカだったらと望むあまりにあんなことを言ったんだわ。彼はそれほどアンジェリカに一緒にいてほしいのだ。彼女のことを顔が美しいのと同じくらい、心も愛情深いと信じ切っていたのだろう。

「乾杯をしなくちゃな」レンツォは言って、グラスを取り上げた。「二人の将来に乾杯するかい？　それともそんなことを言うと、皮肉はやめろって非難されるかな」

ジョージアはかすかに頬を染めた。「私たちの将来はどういうふうになるの、レンツォ？」

「君はどうなってほしいんだ、ジョージア？」

「そうね――わからないわ。ほとんどのことがあなた次第だもの。そうでしょ？」

「君は僕の所有物になるよりは、僕の家の飾りになりたいのかい？」

「少なくとも――訪問者ぐらいに思ってもらえれば――」

「訪問者！」レンツォは声にも目にも皮肉を込めた。「ミセス・タルモンテがお客さんみたいにふるまったら、うちの使用人たちはさぞ妙に思うだろうな。できれば、僕と一緒に暮らしてるというふりぐらいはしてもらいたいものだね」

ジョージアは気を落ち着けるために、シャンペンを一口飲んだ。

「ということは、あなたはこの結婚を単なる見せかけだと考えてるの？　あなたはたしか、前に言ったわよね。この結婚はアンジェリカがあなたのところに戻ってきたときのための防御壁だって」

「便宜上の結婚《マリアージュ・ド・コンヴナンス》だな、フランス人の言うところの」彼はシャンペンをぐっとあおった。「それに、障害者が脚を引きずりながら、いやがる花嫁を部屋中追い回しているっていう図ほど悲惨なものはないからね」

「そんな……そんな言葉、使ってほしくないわ」

「そんな言葉って？」レンツォは声を低めた。

「つまり」ジョージアは彼と目を合わせることができなかった。「私――私、あなたのことを障害者だなんて思っていないわ。脚が不自由だといってもほとんど目立たないし、そのステッキもあなたにいっそう品格を添えてるって、みんな思ってるんじゃないかしら」

レンツォは黙り込んだ。ジョージアは息を詰めた。彼はきっと何かとげのあることを言い返してくるだろう。ところが、彼は何も言わなかった。ただ黙々と食事を続けている。つややかな黒い髪の頭は皿の上にうつむいたままだ。

この人は本当にわけのわからない人だわ。彼のことを理解しようとするのはあきらめたほうがいいのかもしれない。少なくとも、彼は私にベッドを共にしろと強いるつもりはないらしい。その点はひとまず安心だ。

結局、私はアンジェリカの姿を映し出す鏡でしかないのだ。私は影にすぎず、彼が本当に求めているものではない。

それでも、ベッドを共にしなくていいと思うと、なんだか彼のことも少しは好きになれそうな気がしてきた。

「デザートを詰め込むところは、少しは空いてるかい？」レンツォが尋ねた。

ジョージアはうなずいて、おいしいストロベリー・ソースのかかったバニラ・アイスクリームを選んだ。レンツォはチーズとビスケットだった。

この人のことを、一種の保護者と考えてはいけないかしら？　彼はとても頭がよさそうだから、一緒にいれば私も少しは賢くなれるかもしれない。

ダイニングルームを出るころには、ジョージアの心もずいぶん軽くなっていた。大理石の柱が並んだ廊下の向こうから、音楽が聞こえてくる。予定では、これからラウンジに座ってコーヒーを飲むことになっていたが、音楽と、ダンスをしているらしい軽やかな足音を聞くと、ふと心を惹《ひ》かれた。ジョージアはレンツォの腕を取ると、しばらくダンスを見物しないかと誘った。

レンツォは彼女の熱心な表情をからかうように見やった。

「お望みとあらば。だけど、ただ見ているだけでは満足できなくなるんじゃないかな。僕はダンスのパートナーにはなれないよ」

「私も踊れないのよ」

ジョージアは言ったが、それは必ずしも本当ではなかった。ダンクトンのホールでときどきダンス・パーティーがあり、牧師の娘の彼女はいつも招かれて行っていたから。

二人で音楽の流れる広間へ入っていったとき、ジョージアは思わず笑みをもらした。村のダンス会場とは大違いだわ。天井にはシャンデリアがきらめき、壁際にはぐるりとエレガントな椅子が並べられている。

「ここでは時間が止まっているみたい。まるでエドワード七世時代に戻ったようね」ジョージアはほほえんだ。

「でも楽団はフォックストロットを演奏している。そして曲はジェローム・カーンのものだ。彼はこれまでの中で最高のポピュラーソング・ライターだろうな」

「あなたは音楽にとてもくわしいのよね。そうでしょう、レンツォ？」

ジョージアの心はずいぶん軽くなっていた。贅沢な料理と慣れないワインで体調をくずせばいいとまで思っていたことが、今では信じられない。たぶん、シャンペンのせいだわ。

「そのつもりだよ」

彼はウエイターの姿に目を留めると、手を上げて合図した。ウエイターはしなやかな動作で近づいてきて、コーヒーとコニャックの注文にうなずいた。

「ナポレオンを頼むよ。もしあれば」

「かしこまりました」

ブロケードを張った椅子に腰を下ろしながら、ジョージアは、レンツォのように自然で、しかも品位と自信に満ちたマナーを身につけている人は少ないだろうと考えていた。彼が横の椅子に腰かけたとき、ジョージアはつい彼の左脚に目を留めた。

複雑骨折をしたということだが、医師が切断を勧めたとき、その脚はどんなふうだったのだろう？

切断手術を拒否したというそのお母さんは、まだ生きているのだろうか？　ジョージアは突然知りたくなった。でもそれはずいぶん個人的な質問に思えて、きくのがためらわれた。

「今演奏している曲は何かしら？」ジョージアは代わりに尋ねた。

「『すてきなロマンス』だよ。この場に打ってつけだ。そう思わないかい？」レンツォはドライな口調で言った。

「どうして？」

「歌詞を聞いたことがないんだね」レンツォはおもしろがっているように唇をゆがめた。「それは、キスのないロマンスなんだ。男は、娘がゆうべのマッシュポテトみたいに冷たいと嘆く。これなら年取ったおばさんとブリッジをしていたほうがましだってね。娘はほほえみもしなければ、寄り添ってもこない――つまり、このロマンスに未来はないってことさ」

「私たちのように？」

「そう、われわれのように――。グラッツェ」

レンツォはウエイターからコーヒーとコニャックを受け取り、ジョージアもこぼさないように注意しながら自分の分を手に取った。音楽はもう終わっていたが、レンツォが教えてくれた歌詞がなぜか心に残った。

ダンスフロアにいたカップルがそれぞれの席に戻ってくる。しばらくの間話し声と笑い声で広間はにぎやかだったが、やがてふたたび音楽が流れはじめた。

「失礼ですが、そちらの若いご婦人とダンスをご一緒させていただいてよろしいでしょうか?」突然男の声がした。

思いにふけっていたジョージアが顔を上げると、レンツォの前に、スポーツマンふうの肩幅の広い若い男性が立っていた。彼は蝶《ちょう》ネクタイに手を当てて、ジョージアのびっくりした顔を見返している。

レンツォがゆっくりとジョージアに視線を移す。彼女はあわてて言った。

「残念ですけど、私、踊れないんです」

「簡単ですよ。すぐに覚えられます」男は引き下がらなかった。

「やってみたらいいじゃないか」レンツォはのんびりと言うと、ジョージアの手からカップとソーサーを取り上げた。「行ってきたまえ。ずっと僕と座っていてもつまらないだろう」

「だけど私――」

「さあ、さあ、思い切って」

若い男はジョージアの手を取り、椅子から立ち上がらせた。「楽団は一流だし、床はシルクのようになめらかだし、誰だってワルツが踊れますよ! これがデュークスのいいところでね。昔ふうのダンスが楽しめるのが」

「そうですね」レンツォがいくらか皮肉を込めて相づちを打つ。

「本当にかまわないの――?」

ダンスをしてみたい気持はおおいにあったが、それではレンツォに申しわけないという気がしていた。彼がなめらかに磨かれた床を自由に動けない事実を思い知ることになるからだ。

「彼はちっともかまわないって言ってますよ」

若い男はせきたてるようにジョージアをフロアの方に促した。彼女は半ば笑いながら、引っ張られていった。

男の腕がウエストに回る。すぐに、ジョージアは彼に合わせて軽やかにステップを踏んでいた。村のパーティーでも、ダンスはいつも大好きだった。でも、あそこではみんな知り合いだった。デュークス・ホテルの大広間で、初対面の男性と踊るのはやっぱり気おくれがする。それにこの人は私をきつく抱きすぎる。

ジョージアが少し体を離そうとすると、男はにやっと笑った。

「どうして踊れないなんて言ったんです? あのお友達に気をつかって? 彼は部屋へ入ってくるとき、たしかステッキを使っていましたね」

「あの人、私の夫なんです」

「冗談でしょう」

「どうして？」

「彼はあなたよりずっと年上のようだし、それに外国人じゃありませんか」

「それは、悪いことかしら？」

「そう思いますね」

その声には、私立校で身につけるような傲慢《ごうまん》さが感じられた。彼は無遠慮な目でジョージアのネックレスを見やった。「彼はたいそうな金持のようだけど」

「私はお金目当てに結婚したんじゃありませんわ」

楽しい気分はどこかへ消え去り、背中が痛みだした。ジョージアは男に、あなたは自信過剰だし、マナーにはおおいに問題があると言ってやりたくなった。

「じゃあ、彼のどういうところがよかったんです？　あのマキャベリふうの顔つきかな？」彼のほほえみには、人を小ばかにしたようなところがあった。

「あなたはずいぶん好奇心が強いのね」ジョージアは硬い声で言った。

「誰だって興味をそそられますよ。僕はあなたの写真を何度か雑誌の表紙で見たことがあるんです。あなたがさっきホテルのダイニングルームに座っているのを見たときは、自分の目を疑いましたよ」

彼の言葉があまりに衝撃的だったので、ジョージアはステップを間違えてしまった。

「ご、ごめんなさい」

「気にしないで」彼は媚《こ》びるように言った。「ラグビークラブの連中に、アンジェリカ・ノーマンと踊ったと自慢できるのが楽しみだな。だんなさんがいたっていうのはショックだったけどね」

ジョージアは彼の思い違いを正そうとはしなかった。流行のドレスを着て、豪華な宝石をつけているせいで、よけいアンジェリカに似て見えるのだろう。一つはっきりしているのは、レンツォと同じように、この人もジョージアである私に関心を持ったのではないということだ。

音楽に合わせて踊りながら、男は指をますます強くからませてくる。ジョージアは今では、早く演奏が終わってくれないかしらと、そればかりを願っていた。

「ところで、あなたがポルノに出演していたっていうのは本当なんですか？　僕の知り合いであなたが出ているのを見たというやつがいるんですよ。彼が言うには、とびきり上等のできだったらしいですけどね」

男の言うことがすぐにはのみ込めなかった。それから突然、大広間の天井とそこにいる客たちがぐるぐる回りはじめた。ジョージアは男の肩を思わず強くつかんだ。それを誘いと思ったのか、彼は頬をジョージアの髪に押しつけてきた。肌の熱が、アフターシェイブ・ローションのじゃこうの香りとともに伝わってくる。

なれなれしくされるのは不愉快だったし、耐えがたかった。ジョージアはさっと身を引いた。

自分をアンジェリカだと思い込んでいるこの男の言ったことに、ジョージアはひどい衝撃を受けていた。そんなことはあり得ないと笑い飛ばしたい。でも、あのラブレターを読んでからは、アンジェリカのことがわかっているとはもう断言できなくなっていた。

「次のダンスもご一緒にいかがです？」

いつの間にか音楽は終わっていた。ジョージアはほっとして、まだウエストに巻きついていた男の腕から身をほどこうとした。

「いいえ、私はもうこれで――」

「ポルノのことは、金持のご主人には内緒だったのかな？」ジョージアの顔を無遠慮に眺める男の目には、さげすみの色が浮かんでいる。

「放してください！」

ジョージアは男の手を振りほどくと、背を向けて歩きだした。その目にはショックと苦悩が色濃くにじんでいる。彼女はレンツォを捜した。だが、彼の姿はどこにも見当たらなかった。

途方に暮れて突っ立っていると、あのピンクのドレスを着た体格のいい婦人が近づいてきた。

「ご主人をお捜しなんでしょう？」

親切そうな口調だったが、彼女の目は、薄いレースのハンカチをもみしだいているジョージアをしげしげと眺め回している。

「ご主人はカードルームじゃないかしら。そちらの方へ歩いていらっしゃるのを見かけましたよ」

「そうですか。ありがとうございました――」

行きかけたジョージアを、婦人のふっくらした手が引き止めた。「私たちとご一緒に飲み物でもいかがですか？」

「ありがとうございます。でも――疲れていますので。もう部屋に戻ろうと思います」

「たしかに少しお疲れのようね。サンドボーンまで長旅をしてらしたのでしょう？　ご主人はイタリアの方ですよね？」

「ええ、そうです」

ジョージアは指輪をずらりとはめた手から腕を引き離した。「失礼しますわ。おやすみなさい」

彼女が友達のところへ戻ったら、さぞ活発な議論が始まることだろう、とジョージアは思った。ずいぶん年の離れた、世間知らずの妻をデュークス・ホテルに伴ってきた、際立ってハンサムなイタリア人について。詮索《せんさく》したいだけしたらいいんだわ。事実はあの人たちの想像をはるかに超えたものなのだから。

エレベーターを待っている人が何人もいたので、ジョージアは階段を上った。ドアの前まで来て初めて、キーを持っていないことに気がついた。

キーはレンツォの上着のポケットに入っている。そして彼は今、カードルームにいる……。

そのとき、ほっとしたことにドアが開いて、メイドが出てきた。「ああ、お帰りなさいませ、奥さま。ベッドの支度を整えておきました」

「ありがとう」ジョージアは急いで部屋に入った。片隅のスタンドに明かりがついて、くつろいだ雰囲気が漂っている。ジョージアはソファに身を埋《うず》めた。力が尽き果てた感じがする。

頭の中はただ一つのことでいっぱいだった。あれは本当なのだろうか。アンジェリカがポルノに出ているなんて……。男たちのパーティーで酔っ払いがおもしろがって見るような、あの低俗なものに？

もし本当だとしたら……どうしてそんなことができるのだろう？　カメラの前で服を脱いで、自分にとって何の意味もない男たちと、想像したくもないような行為をするなんて！

あのラブレターのことだってショックだったけれど、アンジェリカはステルビオ・タルモンテを愛しているのだし、手紙は彼しか読まない前提で書かれたのだから、まだ理解できるけれど……。

考えるのに疲れ果て、ジョージアは足をソファに伸ばし、クッションに頭をあずけた。しばらく休んでいよう。そうすれば、ベッドに行く元気も出てくるかもしれない。カードをしているなら、レンツォはあと何時間も帰ってはこないだろう。

なんておかしな新婚初夜だろう。私は一人きりで、耐えがたい思いに沈んでいるし、十時間前に夫となった人は、知らない人たちとゲームのテーブルを囲んでいる。

しだいにまぶたが重くなり、頬がシルクのクッションに埋まった。時計の針が時を刻む音をおぼろげに聞きながら、ジョージアはいつの間にか眠りに落ちていった。

4

まぶしい太陽の光がテラスからガラスドアを通して室内に入ってくる。ジョージアは見たことのない大きなベッドで目を覚ました。わけのわからない夢を見ているようで、彼女はしばらくぼんやりと横になっていた。徐々に頭がはっきりしてくると、いろいろなことが思い出されてきた。でも、どうしてここにいるのかわからない。

私は居間のソファに横になっていた。服はちゃんと着ていたはず。それなのに、今はこの大きな四柱式ベッドに寝ている。しかも服を脱がされて。

つまり、スリップ一枚になっているということだ。ほかの衣類は椅子の上に無造作に積み上げられている。

ジョージアはベッドの上に起き上がって、その衣類を眺めた。どうしてこうなったのか、考えられることはただ一つ――。

そのとき、日光がまぶしく差し込むテラスのドアが開いて、背の高い姿が現れた。

「おはよう《ボン・ジョルノ》」

レンツォは薄茶色のホップサッキング地のズボンと栗色《くりいろ》のストライプの入ったグレーのシャツを着ていた。襟もとのボタンははずしている。どこから見てもイタリア人だ。日の光を浴びて立っていると、髪と眉がいっそう黒々として見える。ジョージアにとって、彼はあらゆる面で、夫というよりは見知らぬ外国人だった。

それでも夫である以上、彼には堂々とベッドに近づく権利はあった。胸もとまでシーツを引き上げたジョージアを、彼はしげしげと眺めた。

「よく眠れたかとはきかないよ、ドンナ。そのことなら誰よりこの僕がよくわかっているからね。ゆうべ二時に戻ってみたら、君は居間のソファでぐっすり眠り込んでいた。ベッドへ運んだときも、身動き一つしなかったよ」

「じゃあ、あなただったのね——!」

「ほかに誰がいるんだい?」

レンツォの目がおもしろがっているようにまたたく。

「そんなふうに怒った顔をするものじゃないよ、おちびさん。この年くらいになれば、女性の体ぐらい見たことはあるさ。もっとも、そんな顔をされたら、男は、何か隠したいことがあるんじゃないかと勘ぐるだろうな」

「お、起こしてくれればよかったのに——」からかうような目に見つめられて、ジョージアは赤くなった。

「そんな罪なことはできないよ。君は赤ん坊のようにぐっすり眠っていたからね。僕が抱き上げたときも、まったく目を開けなかった。ああ、そうか――ずいぶんびっくりしてるようだけど、いくら脚が悪くても、そのくらいはできるんだよ」

「わかってるわ――」ジョージアは唇を噛《か》んだ。「ダンスフロアにいた人があなたはカードルームに行ったって教えてくれたの。それで、邪魔してはいけないと思って、一人で部屋に戻ったのよ。運よくメイドさんがベッドの支度をしに来ていて、部屋へ入れたというわけ。あなたは小さいほうのベッドルームで寝たの？」

「わかってるだろう？」

レンツォはジョージアの横の、使われた形跡のない枕《まくら》に目をやった。

「取り決めは守るさ。それとも、僕が君の眠っているのに乗じて思いを遂げたとでも思っているのかい？　僕はそれほど見境なく君の体を求めてるわけじゃないよ。もちろん、おおいに気はそそられるけどね」

レンツォの言葉で一つのイメージが心に浮かんだ。彼に服を脱がされる自分自身の姿――彼のしなやかな長い指がドレスと、レースのブラジャーのホックをはずす。ガーターの留め金をはずして、ストッキングをくるくると丸めていく――恋人同士だけに許される親密な行為だ。

でも私たちは恋人同士ではない。

「朝食を注文したよ。テラスで食べよう」レンツォが言った。

「今すぐ行くわ」ジョージアはシーツをつかんだ手に力を込めた。「その前に、シャワーを浴びたいんだけど」

「どうぞ」

レンツォはテラスに出ていった。彼は今朝もステッキの助けなしにすたすたと歩いていく。二人だけのときはいつもそうだ。人前ではあの黒檀《こくたん》のステッキを持つのが習慣になっているのかもしれない。精神的な支えのため？　あるいはそれが人格の一部になってしまっているということ？

ステッキをついていないレンツォは、いつもよりずっと若々しく、よりしなやかで身軽に見える。がっしりした体の男っぽさが際立ってくる。

アンジェリカのしたことは正しいことではない。でも、それ以上に愚かなことだったのではないだろうか。こんなすてきな男性を手放してしまうなんて……。

バスルームもまたすばらしかった。広くて、真っ白で、熱い湯がふんだんに出る。牧師館のバスルームはひどいものだった。ぬるい湯しか出ないし、ドアの下からすきま風が入るので、急いで体をふかなければならない。

それでも、改築するお金なんかなかったし、父によれば〝質素にしたからといって、誰が傷つくわけでもない〟というわけだ。

たしかに傷つきはしない。でも少しの間でも贅沢《ぜいたく》を味わえば、満ち足りた気分になれることはたしかだわ。デュークス・ホテルのバスルームで、大きなふわふわしたタオルで体をふきながら、ジョージアはそれを実感していた。

今日ジョージアが身につけたのは、船の給仕《キャビンボーイ》のような膝下までのズボンに、柔らかな長《なが》袖《そで》のシャツ。父がこんな格好をした私を見たら、どう思うだろう。アンジェリカがこういう服を着た写真は楽しそうに見ていたが、私が同じ格好をしたら眉をひそめるのではないだろうか。父は私が丈夫なだけが取り柄のスラックスやスカートの上にエプロンをしている姿を、見慣れているから。

ジョージアは日の光がさんさんと降り注ぐテラスに出た。朝食が並べられたテーブルに近づくと、レンツォが礼儀正しく立ち上がり、彼女のために椅子を引いた。ジョージアは、レンツォが自分をたたえるような目で見ているのを感じながら、腰を下ろした。

「とても陽気な感じだよ」彼が言った。「朝食がすんだら、サンドボーンを案内してくれるかい？」

「いいわよ。気持のいい朝だから、歩いていきましょうか？」

ジョージアが皿のおおいを取ると、おいしそうな、焼いたベーコンの匂《にお》いが広がった。

「僕は君ほど軽快に歩けないかもしれないけど、それでかまわなければ」

レンツォはもう一つのおおいを取った。中からこんがりと焼き上がったソーセージと、トマトが出てきた。

「うーん、うまそうだな」

ジョージアはうなずくと、それぞれ少しずつ自分の皿に取った。「あなたの脚のことはちっとも気にならないわ、レンツォ」

「昨日、君は気になるようなことをほのめかしたようだけど」彼は温めたロールパンを包んだナプキンを広げた。

「本気じゃないわ。まさか信じたわけじゃないでしょう?」ジョージアは、彼の目を避けながらパンを一つ受け取った。

「さあ、よくわからないね」

レンツォは長い指でロールパンをちぎった。太陽の光が指に当たって、金色のリングがきらめいている。ジョージアが昨日教会で彼の指にはめたリングだ。

「でも、私はあなたの脚のこと、欠点だなんて思ってやしないわ。あなたが言わせたのよ――昨日のようなこと……」

「極上のベーコンだ」レンツォは言った。「僕が君にキスをしたから? そしてこういう状況ではキスは罪深いことだと、君は思っているんだね?」

ジョージアはロールパンを小さくちぎり、バターをつけて口に運んだ。努めて冷静に見せようとしたが、内心では、レンツォの言ったことに動揺していた。

私がこういう人間になったのは、牧師館で育ったせいじゃない。私はもともと人間に対してある種の理想を抱いて生まれてきたという気がする。ところが、その理想がまわりの人々によって一つ一つ打ち砕かれてきたのではなかったか。

アンジェリカの欠点はよくわかっていたけれど、それは彼女の長所が充分に補っていると思っていた。彼女の輝くばかりの魅力が。でも、それはアンジェリカの本当の姿を隠す、華やかなマスクにすぎなかったのかもしれない。

ジョージアが皿から目を上げると、レンツォが妙に深刻な面持ちでこちらを見ていた。彼はアンジェリカのことをすべて知っているのだろうか？　もし知っていたとしたら、どういう気持でいるのだろう。婚約者がポルノに出ているのを見せられたら、どれほどプライドが傷つくことか。

まるで、ジョージアの気持を読んだかのように、レンツォがゆうべのダンスは楽しかったかと尋ねた。

「いいえ、あまり」ジョージアはカップにコーヒーを注《つ》ぎ足すと、アプリコット・ジャムのふたを開けた。

「あの若い男、君に言い寄ってきたのかい？」

「まあ、ある意味では……」

「どういうことだい？」

「あの人は——つまり、私をアンジェリカだと勘違いしてたの」ジョージアは思い切って言った。

「へえ、それはまた」レンツォは眉根を寄せた。「たしかに似てるところはあるが——。イブニングドレスを着て、化粧をしてたから、よけい似て見えたんだろうな。間違えられて、気を悪くしたのかい？　自分はアンジェリカじゃない、と言ったんだろう？」

ジョージアはかぶりを振った。「このジャム、おいしいわ——。いいえ、もう二度とあの人と踊るつもりはなかったから、私、何も言わなかったの。どうでもいいことですもの」

「気にならないのかい？」レンツォは眉根を寄せたまま、ジョージアの顔を探るように見やった。

「あの人がどう思おうと、べつに——」ジョージアは軽い嫌悪感に口をゆがめた。「ああいうタイプ、知ってるでしょ。パブリック・スクール出身の人に特有の気取ったしゃべり方。そして、ていねいだけど、人を見下したような態度。そういう人って、たいてい知性は低いのよね」

レンツォは眉を上げた。「ずいぶん手厳しいんだな、ジョージア」

「彼が私をアンジェリカと間違えたせいじゃないのよ」ジョージアは急いで言った。「イギリスのパブリック・スクールは、もともと役立たずの俗物を養成してるって、日ごろから思っていたの。あの人たちは本当の意味で高い教養を身につけてはいないわ。ただ古い伝統があるというだけで、国を動かす力があるってみんな信じ込んでるのよね」

「じゃあ、ゆうべのダンスの相手は、鼻持ちならない気取り屋だったというわけかい？」

「そうよ」

ジョージアはほほえんでみせたが、彼がアンジェリカについて言ったことを思い出すと、心は重く沈んだ。

「ねえ、バナナも食べたら、食いしん坊だと思われるかしら？」

テーブルには、朝食と一緒に果物を盛ったかごが置かれていた。レンツォはバナナを一本選んで差し出した。それから椅子の背にゆったりともたれると、褐色の細い葉巻に火をつけた。

「たしかに君の国は奇妙で、予想のつかないところがあるよ、ドンナ。今日は雨が降って空が灰色だと思ったら、次の日はぱっと晴れ上がるというのも僕には不思議でしょうがない。でも、ハネムーンにサンドボーンを選んだのは正しかったよ。ここから見ると、海はなめらかで厚いシルクのようだ。ほら、見てごらん！」

ジョージアはバナナを食べながらうなずいた。レンツォは私のこともイギリスの天候のようだと思っているのかもしれないわ。どういう人間なのかよくわからないと。でも、私自身にもわからなくなってきている。もっとも、レンツォはそんなことを思いもしないだろう。

「とても広いテラスね」ジョージアは椅子を引いて立ち上がり、手すりのところまで歩いていった。テラスは半円形になっていて、真下にホテルのプールを見下ろすことができる。プールはそら豆の形をしていて、まぶしいほど青い水をたたえていた。

もう何人かがそこでのんびりと泳いでいる。ラウンジチェアに寝そべって、日光浴を楽しんでいる人たちもいた。

人生って、なんて不思議なんだろう。十歳のころ私は、一度デュークス・ホテルの中を見てみたいと思っていた。その夢は実現する運命にあったということなのだろうか。

実際、この手の下にあるのは日光で温められた石の手すりだし、プールから聞こえてくる笑い声も本物だ。そしてテラスの向こうのテーブルに座っている男性は、何にもまして現実そのものだった。

突然椅子を引く音がして、レンツォが立ち上がった。途中でちょっと立ち止まったが、まっすぐ歩いてきて、ジョージアのそばに立った。背の高い彼の姿を間近に感じて、思わずジョージアは手すりを握り締めた。

彼の肌も、筋肉も、髪も、すべてがひどく男っぽかった。葉巻と香水の香りの混じった、温かな彼の匂いは、もう親しみのあるものになっていた。彼の声の魅力的なイントネーションと同様に。

「プールもいいけど、僕は海で泳ぐほうが好きだな。そのほうがずっと気分爽快《そうかい》だよ」レンツォが言った。

ジョージアがちらりと驚いたような視線を向けたのを、彼は見逃さなかった。

「僕はそんなに体が不自由に見えるかい？」

「いいえ、そんなことは全然――」

「僕と一緒に泳いでみればわかるよ。水の中じゃ、障害は関係ないってことが」

「あなたは自分の脚のことを気にしすぎてるわ。私はもちろん、あなたがやりたいことはみんなやってきただろうなと思っているわよ。乗馬だって、やめてないんじゃない？」

「ロンドンの厩舎《きゅうしや》に二頭、預けてるよ」レンツォは認めた。

彼は葉巻をくゆらした。煙が潮風の中に漂っていく。

「君もやっぱり馬が怖いのかい、姉さんと同じように？」

「いいえ、怖くはないわ」

ジョージアはむっとして、石の手すりをつかむ手に力を込めた。

「みんな私と姉を一緒にしちゃうのね。まるで私が姉の影だと言うみたいに。私にだって、自分の好き嫌いはあるわ。怖いこともあれば、怖くないことも。このごろ、ときどき思うのよ、アンジェリカの――」

「――妹でなければよかったって？」

「ええ」

ジョージアは海の方を見た。風に吹かれた髪が横顔をおおった。

「私――自分自身のというより姉の人生を生きてるような気がするの。こんないつわりの結婚をしてしまったし、事態は悪くなる一方だわ。私はスターの代役でしかないのよ」

「君はタルモンテ夫人なんだよ」

彼の温かい手が、しっかりとジョージアの手を握った。

「今、この時点で、アンジェリカが何だというんだ？　僕のばかな弟の恋人《アマンテ》でしかないじゃないか。そして大多数の男と同様ステルビオも、禁じられた恋の興奮がさめれば、妻のもとに帰ってくるに違いないんだからね。ああ、そんな一時的な恋など、早晩終わりになるに決まっているさ。なんといっても、ステルビオはローマ・カトリック教徒だ。良心のとがめからまずは教会で告解をして、それから家族のもとへ戻るだろう」

「弟さんの奥さんは彼を受け入れるかしら？」

「モニカはまだあのばかを愛しているんだ。イタリアの女性は夫の過ちには寛大なところがあってね。わが国の女性たちは、非常に母性的なんだと思うよ」

「でもモニカは、あの手紙をあなたに見せたんでしょう」

「ああ、でもそれは彼女が傷つき、怒りに駆られていたからだ。君だって同じように感じるだろう？　いや、もちろん――」レンツォは低い、皮肉めいた笑いをもらした。「もし君が、モニカと同じくらい夫を愛していたとすればだけどね」

「女は男を許すべきだと思っているようだけど、あなたのほうはアンジェリカを許すつもりはないのでしょう?」

「ないね」レンツォはむっつりと言った。「女性は自尊心を持たなくてはならない、と僕は思ってるんだ。子供を産むという特別な力を与えられているのだから、女性たちは特別なんだ。情事にふけるような女は、礼拝堂で石を投げるヴァンダル人のようなものだよ！」

　語気の強さにはっとして、ジョージアは顔を上げてレンツォを見やった。彼の顔は冷たく、彫刻のように見えた。目にはうっ積した感情がくすぶっている。

「アンジェリカは――」彼は吐き捨てるように言った。「彼女は〃死の花《イル・フィオーレ・デッラ・モルテ》〃だ」

「あなたはアンジェリカが死ねばいいと思っているの?」ジョージアは驚いて叫んだ。

「彼女は、われわれが死者の上に置く黒っぽい葉のついた白い花のようだと言ったんだよ。でも、本当のところ、僕にとってアンジェリカは死んだも同然なんだ」

　レンツォの表情と声の荒々しさに、ジョージアは息が止まる思いがした。彼に対して一種恐れに似たものを感じる。ダンクトンの生活では、これほど激しく愛したり憎んだりする人は見たことがなかったから。

　ダンクトンでは、生活は毎日同じように過ぎていった。それが乱されるのは、作物が不作のときや、品評会で賞をもらった牛が、子牛をなくしたときぐらいなものだ。人々を、自分が見たいように見ていたのだろうか。それとも私は父の家で、あまりにも世間知らずに暮らしていたのだろうか。

アンジェリカのことをいつも褒めそやし、その美しさと快活さに免じて性格の欠点はたやすく許してしまう教区の人たち……。ジョージアはレンツォに握られた手を落ち着きなく動かした。私は知らず知らずのうちにアンジェリカの人気をねたんでいたのだろうか？でも、今記憶をたどってみても、私は姉に対して、ほかのみんなと同様、いつもあこがれと賛美の気持しか持っていなかったように思う。

レンツォがアンジェリカの死までも願っているなんて、信じられないことだわ……。

「君にはショックが強すぎたかな、ジョージア？」

ジョージアは彼を見上げた。濃いまつげの間に見える目は、相変わらず鋼のように冷たい。ジョージアは胸を締めつけられるような気がした。

アンジェリカが彼を牧師館に連れてきた日のことを思い出す。初めて二人が一緒にいるのを見たとき、ジョージアは、二人がお互いを誇らしく思い、たたえ合っていることに感心したものだった。二人はまるでダンテとベアトリーチェのようだった。

姉が体のハンディキャップはどんなささいなものも嫌っているのを、ジョージアは知っていた。それなのに、姉の婚約者のハンサムなイタリア人は、ステッキの助けを借りて歩いている……。そのとき本能的にアンジェリカに不信感を抱いたのを覚えている。

アンジェリカはいつも自分の望みのほうが他の人の幸福よりも大事だった。自分がかかわりを持った人たちに迷惑をかけたり、傷つけたりしても、ほとんど気にもかけない。レンツォが深く傷つき、苦々しい気持を抱いたとしても、それは無理もないことだ。でも、それほどまでに傷ついているということは、彼がそれだけ深くアンジェリカを愛していたということだ。婚約者《フィダンツアータ》として。

レンツォが牧師館にやって来たあの日、アンジェリカは何度も何度も左手の薬指にはめた婚約指輪を眺めていた。それは金のつめに支えられた大きなスクエアカットのダイヤモンドの指輪だった。

姉妹が以前一緒に使っていた部屋に落ち着くと、アンジェリカはまたすんなりした手を差し出して、まばゆく光る宝石にほほえみかけた。

「レンツォはたいへんなお金持なの」彼女はジョージアに言った。「それに、彼はイタリアのとても高貴な家の出なのよ」

「あの人を愛してるんでしょう？」ジョージアはきいた。

「もちろんよ、ダーリン。でも、あなたの考えてる愛というのとはちょっと違うかもね」

「どう違うの？」

「そうねえ——」

アンジェリカはコンパクトを開けて、申し分なく化粧をした顔を映した。「あなたなら、男に身も心も捧《ささ》げるって感じでしょ。でも、そんな献身は今どきはやらないのよ、おちびさん。現代の女性は、現実的にならなくちゃ」

「タルモンテさんはお姉さんのことを愛しているのでしょう?」

「そうでなきゃ困るわ!」

アンジェリカはコンパクトを閉じると、しなやかなしぐさで立ち上がった。訓練されたモデル特有の、常に自分自身を意識している優雅で自信に満ちた身のこなしだ。

「彼は簡単には捕まえられない人だけど、私はハートの真ん中を射抜いたのよ。魅力的な男だわ――あのやっかいな脚を除いてはね。残念だけど、どうにもならないわ。これ以上手のほどこしようがないって、彼は言うのよ。でも、私はまだ何かできるんじゃないかと思っているわ。彼にはお金がたっぷりあって、どんな腕のいい外科医にだってかかることができるんだから」

「あの人の脚、それほど目立たないと思うけど」

あのときの二人の会話を、ジョージアは今でもはっきり覚えている。アンジェリカがモデルになるためにロンドンへ発《た》ったあとも、姉妹の部屋はそのままにしてあった。姉が週末に帰るときのためにツインベッドも残してあった。

しかし、アンジェリカはモデルとして成功して以来、めったに実家へは帰ってこなかった。時間がないというのが口ぐせだった。レンツォと一緒に来たのも、婚約者を家族に紹介しなければならないという義務感からだったのだろう。

レンツォの大きな車で二人が行ってしまったあと、父はひじ掛け椅子に座ったまま、黙り込んでいた。お気に入りの娘がとうとう結婚するのだという感慨にふけっていたのかもしれない。

「お父さん、お姉さんの婚約をどう思う?」ジョージアは紅茶のカップを渡しながら、つとめてさりげなくきいた。

「かわいいアンジェリカには幸せになってほしいと思っている」父が答えた。「あの子が幸せになれるのだったら、何だって認めよう。あの子がどうしても結婚したいと言うんだから、あのイタリア人は紳士なんだろうし——」

その父の意見は、ジョージアがレンツォ・タルモンテの急ごしらえの花嫁になるために牧師館を発った日には、百八十度変わっていた。

その日のことを考えると、今でも寒気に襲われる。ロンドンまでの寂しくみじめな列車の旅。窓から外を眺めていたが、実際は何も見ていなかった。浮かんでくるのは、父の苦々しい顔ばかり。アンジェリカが幸せの星のもとに生まれたなんて嘘《うそ》だわ。彼女は人を傷つける星のもとに生まれたのよ。

「寒いのかい?」レンツォは腕をジョージアの肩に回した。

「いいえ――ちょっと考えごとをしていたの」

「どんな？」

「わかってるんじゃない？　あなたはいつでも私の考えを読むのがうまいから」ジョージアはレンツォの腕の中で身を硬くしていた。

「本来なら、このテラスで僕と一緒に海を見ているのは、アンジェリカだったのにと考えていた？」

「そうね」

「はっきり言っただろう、ジョージア。アンジェリカはもう、僕の人生とはかかわりがないんだよ」レンツォは肩に回した手に力を込めた。「もしアンジェリカが僕のところに来てひざまずいて、もう一度考え直してくれと頼んでも、僕は追い返すよ。ふざけるなと言って」

「あなたはそんなことしないと思うわ」

「僕がすると言えばするんだ」

表情をくもらせて、レンツォはジョージアをくるりと自分の方に向けた。その目は警告と脅しに満ちていた。

男と女の力の差を見せつけられたような気がした。そして、突然の怒りのために彼の力はさらに強くなっていた。

「君は僕をどれほど知ってるというんだ？　男の何を知ってるんだ？　キスのしかたさえ知らない、牧師館の娘が！」

レンツォはほとんど乱暴といっていいほど激しくジョージアを抱き寄せ、驚きで半ば開いた唇に自分の唇を押しつけた。

キスは荒々しく怒りに満ち、ジョージアを圧倒した。まるで自制するという約束を忘れたかのようだった。

「ゆうべこうすべきだったんだ」レンツォは息を切らしながら言った。「冷淡で禁欲的な娘ではなく、大人の女とはどういうものかをはっきりわからせるために」

怒りの言葉の合間に、レンツォはキスを続けた。硬くて温かな唇が目に、耳に、のどに押しつけられる。ジョージアはめくるめくような感覚の中で立ち尽くしていた。顔と首に集中砲火を浴びているような気がする。

ふいに、レンツォはキスをやめた。ジョージアは身動きできないまま、目を大きく見開いて彼の顔を見つめた。

「レッスンはこれで充分だろう」彼が余裕のある口ぶりで言う。

ジョージアは息切れがして、何も答えられなかった。レンツォは彼女の手を取ると、部屋の中に促した。

「散歩に出かけよう」レンツォは無表情に言った。居間を通りながら、黒檀のステッキを取り上げる。彼はふたたびレンツォ・タルモンテになったのだ。男っぽさでジョージアをとまどわせたりしない、冷静で礼儀正しい紳士に。

彼はやっぱり私を冷淡で禁欲的だと思っただろうか。きっとそうだろう、アンジェリカに比べたら。レンツォは彼女にもあんなふうにキスをするのだろうか。でももちろん、今みたいに怒りに駆られてじゃない。アンジェリカを腕に抱くときは激しい情熱に駆られてキスをするに違いない。

エレベーターで下りていく間、ジョージアはずっと思いにふけっていた。唇にはまだ彼の力強いキスの感触が残っている。私の体はこれでまた少し、彼の男らしい体を知ったわけだ。

「あら、おはようございます」

ロビーを歩いていくと、後ろから声をかけられた。あわてて振り向くと、ジョージアがひそかにピンクの婦人と呼んでいる女性が、気取った歩き方でこちらへやって来た。新聞を小脇《こわき》に抱え、信じられないことに、今日もまたフリルのついたピンクのブラウスに、くすんだピンクのスカートをはいている。

「自己紹介をさせてくださいな」

婦人はレンツォに向かって言った。

「私、ミセス・カートライトと申します。このデュークスとは古いなじみなんですけど、ここで同じ階級の方とお会いできるなんて、本当にうれしゅうございますわ。幸いこのホテルはある程度の水準を保ってくれていますけど、宿泊客の質は、私が主人とよく来ておりましたころに比べると、ずいぶん低下しておりますからね」

彼女は言葉を切ると、レンツォに口を開く間も与えず、また続けた。

「ゆうべ奥さまとお会いしましたわ、シニョール。お聞きになりまして？　奥さまはあなたが見当たらないので、それはそれは心細げにしておられましたのよ。それで私、あなたがたぶんカードルームにいらっしゃるのではないかとお教えしましたの。うまくお会いになれましたかしら？　心配していましたのよ。さっきも申しましたように、奥さまは今にも泣きだしそうだったんですもの」

レンツォはちらりとジョージアを見やり、それから頭を下げた。「どうぞよろしく、シニョーラ。ゆうべはありがとうございました。ご覧のとおり、私はダンスをやりませんが、ジョージアにはパートナーと一緒にオーケストラの音楽を楽しんでほしいと思ったものですから」

「あなたの若い奥さまはおとなしくていらっしゃるから」

ミセス・カートライトは太った手をジョージアの方へ振ってみせた。ジョージアは思わず頬を赤らめた。

「私は、奥さまがすぐにダンスをやめられたのに気づきましたの。きっとご主人とご一緒のほうがよろしいんだろうと思いましたわ。ちょうど新婚当時の私のようにね」

その言葉をはっきりわからせようとしてか、婦人は言葉を切った。見つめられて、ジョージアは顔がますます赤くなるのを感じた。

「あら、大丈夫ですよ、奥さま」

ミセス・カートライトは寛大な笑みを浮かべてジョージアに言った。

「私は誰にも何も言いませんから。私だってハネムーンのホテルでは、未熟な花嫁より成熟した妻に見られたいと熱烈に思っていましたからね。それは自然なことですわ。中には詮索《せんさく》好きな人っていますもの」

「まったくね」レンツォは皮肉を込めて相づちを打った。「では、失礼させていただきます、シニョーラ。これから海辺を散歩するつもりなんですよ。私はサンドボーンは初めてなので」

「充分楽しめると思いますわ、シニョール。ここは私の知ってる――ええ、名前は挙げませんが――ほかのリゾート地ほど俗化していませんからね。幌《ほろ》のついてない四輪馬車《ランドー》をお使いになるとよろしいわ。おみ足が疲れませんでしょう」

ミセス・カートライトは同情を込めてレンツォの腕をぎゅっと握った。

「私もときどき腰の右側が痛むことがありましてね。体の不自由な方の気持はよくわかるんですよ」

ジョージアは彼女にさっさと消えてもらいたいと思ったが、レンツォのほうは彼女の言葉をごく気軽に受け取ったようだった。

「あなたも楽しい一日をお過ごしください、シニョーラ。日差しがこんなに強いなんて、まるでサルディニア島にいるようですね」

「あなた方にとっては、どこにいても二人だけの世界でしょうね」

「では失礼します」

これ以上、そんな話を続けられては冷静でいられそうになかった。ジョージアは急ぎ足で婦人から離れた。太陽の下へ出ると、レンツォがおかしそうに笑って言った。

「ミセス・カートライトぐらいの年になると、他人のことに立ち入ってもかまわないと思うものなんだよ。君みたいに、そんなにいちいち気にしてちゃ、身がもたないぞ」

「あの人、私たちの事情を察してるんじゃないかしら」ジョージアは不安げに言った。

「それにゆうべのことだけど、あれはオーバーよ。あなたがいないからって、私、泣きだしそうになんかしてなかったわ」

「そりゃがっかりだな、僕にとっては。あの人の口ぶりだと、花嫁は僕がダンスをずっと見ていなかったのが、ずいぶんショックだったみたいに聞こえたんだが」

「ダンスはあなたが勧めたのよ。私はただ座ってみんなが踊るのを見ているだけでよかったのに。それにカードルームに行きたかったのなら、言ってくれればよかったんだわ。私はあなたの邪魔をする気なんてちっともなかったのよ!」

「怒ることはないじゃないか。あの人が君に顔を赤らめさせるようなことを言ったからって。僕たちがハネムーン・カップルだと知られるのが、どうしていけないんだい? 僕が君に機会あるごとに情熱的な愛を注いでいると思われても、一向にかまわないじゃないか。それとも、そんなことを考えるだけでもいやだって言うのかい?」

「ええ、いろんなことがわかった今ではね」

「何がわかったって言うんだい?」二人は道の脇に立ち止まった。

四人家族を乗せた、華やかに飾りつけをしたランドーが横を通り過ぎていった。馬は軽快な足並みを見せていく。ジョージアは遠い昔を思い出した。サマードレスを着たアンジェリカと私が両親と向かい合ってランドーに揺られていたわ——。楽しくて、始終笑い転げていたっけ。お城を訪ねていくお姫さまになったような気分で。

目を閉じただけで、またあのころに戻ることができたらどんなにいいだろう! 二人ともまだ子供で、この先人生がどんなふうに変わるか知らないでいられたら。

レンツォの追及を恐れるように、ジョージアはやみくもに道を横切った。

「どっちへ行く? 町の方がいい、それとも岬の方?」

レンツォはジョージアの顔にちらりと目をやり、それからこのリゾート地を三日月形に囲んでいる、海に延びた高い断崖《だんがい》をステッキで指し示した。

「あまり人の多くないところへ行こう」

「この道を下りなくてはならないわ――」ジョージアは浜辺へ続く石段を指さした。

「そのくらいなら、転がらないで下りられると思うよ」レンツォが言った。

「私はただ――」ジョージアは唇を噛《か》んだ。「脚に力が入らないというのはどんな感じなのか、よくわからないから。あなたは慣れているんでしょうけど、もちろん」

「君もそのうち慣れるさ」レンツォは淡々と言った。そして、ジョージアが想像したよりずっと軽々と石段を下りていった。

下まで行くと、浜辺に沿った道に出た。砂浜では水着姿の若者たちがバレーボールをしている。その中の一人がジョージアの姿に目を留め、じろじろと眺めはじめた。あまり長い間見ていたので、その若者はボールを胸で受けとめてしまった。

「誰に見とれてるんだ？」という声が飛んだ。

「わかってるだろ！」砂浜の向こうから別の声があがったが、そう答えた者もジョージアに視線を向けている。

ジョージアは困惑してレンツォを見上げた。彼はブロンズ彫刻のような冷静な横顔を見せている。その毅然とした態度に、若者たちは一様に顔を赤らめた。

みんなはまた私をアンジェリカと間違えたのだろうか。あれがポルノに出ていたモデルだと指さされるのではないかと思うと、ジョージアの心は重く沈んだ。噂《うわさ》があの宮殿のようなホテルの廊下を駆けめぐり、私とレンツォが公共の場所に出ていくたびに、氷のように冷たい目で迎えられることになったら……。

女たちは私を見やり、そのあとでささやき合う。あの人はおとなしそうに見えるけど、実際はたいした女なのよ……。男たちはゆうべの若い男と同じような目つきで見るだろう。あのとき、はっきりと間違いを正せばよかった。私はアンジェリカ・ノーマンではないと。

ジョージアは半ズボンのポケットに手を突っ込んだ。潮風で髪が顔のまわりにまとわりつき、シャツのふわふわした袖《そで》がはためいた。

砂浜に沿った道を歩いていくと、海岸はしだいに荒涼としてきた。有史前からあるように見える大きな切り立った岩が二つ、海から突き出ている。そこは金色の光の中で空を舞ったり、魚を取ったりしている海鳥たちの休み場になっていた。

子供のころは、あの大きな岩と砕け散る大波が怖かったものだ。潮流の向きが変わると、サンドボーンの海はたちまち危険になり、遊泳禁止の立て札が出される。

ジョージアはある夏の日の奇妙なできごとを思い出した。川から海へ出ようとした二羽の白鳥が、河口のところでその二つの大岩のすきまにはさまってしまったのだ。そして、一人の女性がその鳥たちをどうにかして助けようと、岩に取りついて近づこうとした。

しかし夕暮れが迫っても、その女性にはどうすることもできず、とうとう沿岸警備隊員たちが彼女を説得して連れ戻した。

その光景を見ているうちに、なぜかジョージアは泣きだしてしまった。母は、あの人たちは無事にホテルに戻ったから大丈夫なのよと言った。

白鳥たちはどうなったの、ときく勇気はなかった。つるつるすべる岩の上を危険をものともせず歩いていったあの女性と同じように、ジョージアにもわかっていたのだ。白鳥たちは羽が使えなければ、慣れない海の中で生き残れるはずがないということを。

ジョージアは、二羽のうち一羽が羽を傷めているのではないかと思った。だから、もう一羽もそこを離れようとしないのではないか。傷ついた仲間と一緒に死を持って——。白鳥は一度仲間になった相手には終生忠実だと聞いているから。

ジョージアはレンツォにその日のことを話そうかと思った。でも、なんとなく恥ずかしくて、とうとう言い出せなかった。

あのころの思い出には、いつもアンジェリカが出てくる。そう言えば、レンツォとの共通の話題といえば、アンジェリカしかないのだ。私たちの間にあるものはすべて、アンジェリカとかかわりがある。彼女はまるで私たちに取りついた美しい亡霊のようだ。

「サンドボーンのこのあたりは本当にきれいでしょう?」ジョージアはとうとう口を開いた。

レンツォが黙っていると気づまりだった。彼が厳しい顔つきで黙りこくっているのを見れば、考えていることもおよそ察しがつくというものだ。私たちがこうして歩いているとき、アンジェリカも横を歩いている。私たちが話をすれば、アンジェリカも会話に加わってくる。ジョージアはアンジェリカと関係のない話題はないものかと思いをめぐらした。

「こういうもの——こういう景色を見ると、曲想がわいてくる？」彼女はきいてみた。

「雄大な景色だな」

レンツォは空を飛んでいたかもめが海をめがけて急降下し、銀色の魚をくわえてまた飛びあがるさまを目で追った。「サンドボーンにこんな野性的な美しさがあるとは思わなかったよ」

「思いがけないでしょう？」ジョージアは潮風を胸いっぱいに吸い込んだ。「気に入ってもらえてうれしいわ」

「君の子供時代の楽園だものな」レンツォはつぶやいた。「今振り返っても、雲一つない黄金色の日々に思えるだろう。子供には心配ごとなんてないからね。毎日の生活と夢を楽しんでいればいいんだから」

ジョージアは彼にはにかんだ目を向けた。「そんなふうに話すのを聞くと、あなたは音楽家なんだなとつくづく思うわ」

「そう？」

「ええ」

「君は音楽が好きかい？」

「大好きよ」

レンツォは彼女の方を振り向いた。「君の好きな曲を当ててみようか。『美しき青きドナウ』、『ロミオとジュリエットのテーマ』、それからアイリッシュ・ハープで演奏する幻想的なメロディーの曲。違うかい？」

ジョージアはかすかにほほえんだ。「私のことをまるで女学生みたいに思ってるのね——でも忘れてるわよ、ショパンを」

「ああ、ショパンね。心が軽いときはプレリュードの七番、そしてロマンチックな気分のときは、ノクターンの二番」

「牧師館の生活でロマンチックな気分になるときがあるかしら？」ジョージアは軽い口調で言った。

「そうだな、カーラ。でも今はどうだい？　時間はたっぷりある、そうだろう？」

レンツォは立ち止まると、ステッキで道をふさぐようにした。あたりに人影はない。彼が答えを待っている間、静けさを破るのは海鳥の鳴き声だけだった。

ジョージアは黙って立っていた。目を伏せて、心の動揺を隠す。

「僕たちは形だけの結婚を本当のものにすることができるんじゃないかな、ジョージア」

ジョージアの心臓は激しく打ちはじめた。レンツォはいつもたった一つの言葉や、まなざしだけで私をこんなふうにしてしまう——。

「でも、ゆうべ食事のとき――私たちが決めたこと、覚えているでしょう?」

「僕たちが話したことは覚えているよ、ジョージア。でも今朝、海の風が僕の心を吹き抜けて、ささやいていったんだ。男と女が一つ屋根の下に住んでいて、お互いを知らずにいるなんて不可能なことだってね。僕は人間だ。ノーマルな結婚生活を送るほうが、何か――不愉快なことが起こるのを待つよりいいんじゃないか?」

ジョージアが不審そうな目を上げると、レンツォは短く笑った。

「わかるだろう? 君はそれほどどうぶじゃないはずだ」

ジョージアはレンツォの言うことを理解した。今朝テラスで彼がキスしたときのことがよみがえってくる。あのとき、レンツォの性的な衝動の強さを感じた。彼の中には、彼自身も抑えられないものがあるのだ。

ところが私ときたら、あの食事のテーブルで、自分たちが修道院の住人のような生活をするプランを練ったつもりでいたなんて……。

海風が髪をなびかせ、シルクのシャツを体の曲線に沿ってまとわりつかせる。レンツォの目がじっと彼女に注がれた。黒いまつげが、そのまなざしをいっそう官能的に見せる。

半ば現実となったイメージと、長く抑えられてきた思いとが、その瞬間ジョージアの心にわき上がった。素肌で男の人に抱かれるって、どんな感じなのだろう? 女性も、男性と同じくらい激しい喜びと情熱を感じるものなのだろうか?

レンツォに考えを読まれるのではないかと、ジョージアはあわてて目をそらした。私が想像していることは、レンツォはすでに経験している。彼は男だし、私のような生活をしてきた娘の持つ恐れを知らないのだ。

私は一度も男の人の情熱というものに触れたことがない。まして義兄になるはずだった人とそういう関係になるなんて、考えてもみなかった。初めてアンジェリカから紹介されたとき手にキスされたけれど、それ以上のものをレンツォ・タルモンテから受けることになるなんて……。

そう、たしかに恐れている……そして、アンジェリカと一緒にしてほしくないとも思っている。

レンツォの腕に抱かれると、私は私らしさを失ってしまう。彼は私に触れ、私をアンジェリカのようにつくり変えてしまうような気がする。

「僕を見るんだ！」

ジョージアはゆっくりと顔を上げた。そこに内心の不安が浮かんでいるに違いないということはわかっていた。

「ずいぶん顔が青ざめているね。前に一度きいたことを、もう一度きくよ。僕と男女の関係になることがそんなにいやなのかい？」

「私――わからないわ」

「わからなきゃならない」彼の声は硬くなった。「僕が触れると、君は何か感じるはずだ」

「感じるわ」ジョージアは急いで言った。「あなたが腕に抱きたいのはアンジェリカなんだろうと考えずにはいられないわ。私はアンジェリカの代わりになるのはいやよ！」

「またその話か！」

レンツォはステッキを置いてジョージアの腕をつかみ、抗《あらが》う彼女を揺すぶって言った。

「姉さんのことは、今後いっさい忘れろ。僕らは二人とも、彼女を忘れるんだ、彼女そのものを――いいね！」

レンツォの温かい息が顔にかかった。彼はゆっくりと唇を重ねてきた。彼の唇が、まさぐるようにジョージアの唇の上で動いた。

「やめて、こんなこと……」ジョージアはつぶやいた。

通りの真ん中で抱きすくめられるなんて、途方もないことで、危険すぎて、現実とは思えなかった。でも、彼の小刻みに震える体にぴったりと抱き寄せられると、このうえない喜びが体中に満ちてくる。

レンツォのがっしりした体には、抵抗しがたい魅力があった。この人は私たち家族を脅したのだと自分に言い聞かせてみても、私はアンジェリカの身代わりにすぎないのだと思ってみても、むだだった。いつの間にか腕を彼の首に回し、唇はすすんで彼を受け入れていた。

ジョージアの反応に気づくと、レンツォは彼女を抱く腕にいっそう力を込めた。彼の筋肉と血管が脈打っているのがわかる。震えが体の奥深くを貫いて走った。

ジョージアはレンツォの首をかき抱いた。彼の唇と、手の感触と、今までに感じたことのない、高まってくる欲望以外のことは、もう気にするまいと思った……。それはときめきと誘惑、そして自分自身の体の、初めての目覚めだった。

ジョージアは彼のものになりたいと願った。それ以外のことはどうでもよかった……彼女はすべてを忘れ去ろうとしていた。

5

レンツォは部屋のドアに〝入室御遠慮ください〟の札をつるした。それからベッドルームに戻ってきて、ジョージアに、いくぶん物問いたげなほほえみを向けた。

ジョージアの胸は高鳴った。彼女はまったく無防備で、次に何をすればいいのかもわからなかった。ただそこに立って、レンツォの行動を待つほかはなかった。

「カーテンを閉めるかい?」

レンツォがきく。部屋は昼の光に満ちていたが、二人が求めていたのは夜だった。夜のベルベットのような影のほうが、太陽の大胆なまなざしよりよかった。

「ええ――そうね」

ジョージアは窓に近づき、カーテンを閉めた。部屋は薄暗く、親密な雰囲気に包まれた。

ジョージアは体の奥深くで何かが震え、騒ぎだすのを感じた。全神経がただ一つの、抗《あらが》いがたい関心ごとへ集中していくかのようだ。

「このほうがいい。そうだろう?」

レンツォが彼女に近づいた。背の高い、決意に満ちた姿で。

薄暗がりの中で、彼の目はきらきら光っている。ジョージアは彼の前にただ無力に立ち尽くしていた。彼の望みに従うしか、方法はなかった。

これを愛とは呼べない。今感じているのは、これまで牧師館を切り盛りしていくために抑えなくてはならなかった欲求とあこがれだけだ。

ジョージアは、料理をし、掃除をする二本の手だった。また、使い走りをする二本の足だった――そしてその間、彼女は自我を殺して過ごし、そのことを不満に思ったことはなかった。

レンツォはジョージアの髪を手ですいた。彼の指は豊かな髪の中に埋まった。

「君は小麦のような匂《にお》いがするね。太陽をいっぱいに浴びた、小麦の束のような」

レンツォは顔を近づけると、まぶたにやさしくキスをした。それからジョージアの目をのぞき込みながら、ゆっくりと、ほとんどじらすようにシャツのボタンをはずしていった。シルクのシャツがすべり落ち、むきだしの白い肩と三日月形のレースに包まれた胸があらわになる。

彼の手がそのレースのおおいを取った。シルクのようになめらかな肌とローズピンクのつぼみに、彼の唇がそっと触れる。

ハイネックの、おとなしいデザインのブラウスに隠されて、これまで決して知られることのなかった部分に、レンツォの挑発的な唇が触れていく。ジョージアの体に戦慄《せんりつ》が走った。

これまでは浴室の鏡だけが彼女の体を知っていた。でも今は男の目が、くすんだグレイの、官能の喜びに半ば閉じられた目が、あますところなく彼女の姿をむさぼっている。

レンツォは彼女の半ズボンのファスナーを下ろして下に落とした。すんなりした腿から、細い足首へ、そしてスリムな足の甲から、まっすぐなつま先へ彼の視線が移っていく。

それとともに手のほうも首から下へと伝っていった。指先で肌をいつくしみ、新たな発見を繰り返しながら。まるで血管の中を、火のついた液体が駆け巡っているようだ。

「たまらなく君がほしい」レンツォが言った。そして熱を帯びた目でジョージアを見つめたまま、彼は自分のシャツのボタンをはずし、ズボンのファスナーを下ろした。

ベッドの上でレンツォの力強い脚が自分の脚にからまったとき、ジョージアは彼の体のエロティックな熱とエネルギーが、そして力と情熱が伝わってくるのを感じた。彼のキスは深く、官能的で、首筋から肩へのなだらかな線を伝い、いつまでも消えない感覚を残していく。

ジョージアの手は彼の黒い髪をまさぐっていた。強い興奮が彼女の体をとらえ、絶え間ない、震えるようなスリルが彼の唇の触れるところからわき起こってくる。ジョージア自身も知らない体の部分部分を、レンツォのやさしい唇は熟知しているように思えた。

ジョージアの頬は熱く燃えていた。彼女はすべてをレンツォにゆだねていた。そして自分自身も、これまで想像もできなかった喜びを全身で受け止めていた。

埋もれて、秘められていた感覚が、彼の手によって目覚めさせられたかのようだった。体全体が熱くなって輝き、深く揺り動かされていた。

そこにあったのはセクシャルな欲求だけではなかった。心をうずかせるような、何かやさしいもの、求められているという感覚があった。だからジョージアは枕《まくら》から頭を上げて、そっと、ねだるように、彼の顔に口づけをした。

「ジョージア！」

彼の温かな唇が、いっそう狂おしく彼女を求め始めた。彼は愛撫《あいぶ》し、強要し、引き下がり、また進んだ。

ジョージアの手は、熱くなめらかな肌に包まれた、鉄のように硬い背中の筋肉をつかんでいた。そして頬は、彼のがっしりした首すじに当てられていた。

脈動が激しくなり、一瞬の痛みが体の中心から指と足の先端まで走った。指先がこわばり、つめが彼の肌に食い込んだ。

が、そのあとは情熱がほかのすべてを圧倒した。次々に襲う欲望の波。ジョージアのほっそりした体は、完全に彼に捕らえられた。

明るく熱い光が目をくらませ、心をやすらぎで満たし、レンツォ以外のものをすべてどこかに消し去った。レンツォ、私の恋人……私のもの！

ジョージアののどもとに唇を押し当てて、レンツォはイタリア語をつぶやく。彼の手はジョージアの肩の曲線を、胸のより柔らかな曲線を愛撫する。そして、熱く濡《ぬ》れた唇がその先端をおおう。

二人の体は、交錯する感覚の中でいっそう寄り添い、一つに溶け合っていった。

ジョージアは頭を左右に振った。ああ、私の体をおおうこの温かく力強い体をどれだけ愛していることか。このまま死んでしまいたい……そうでなければ、この限りない不思議な感覚の中で、永遠に生きていたい。

この人のほかには、何もいらない。情熱を込めてしっかりと抱き締めてくれる彼は、私にとって天国そのもの……。

「君は本当にきれいだ」レンツォはささやいた。「このうえなく魅惑的だよ」

ジョージアはためらいなく自分自身を与えた。隠されていた欲求と、牧師館での生活で抑えられてきた感覚がすべて、束縛を解かれていった。

ジョージアは、これまで自分でも知らなかった人間になったような気がした。レンツォの腕の中で、自分が何を感じ、何ができるのかがわかったことが何よりもうれしかった。

レンツォと私は深く結びついている……ジョージアは、のどからかすかな声がもれ、喜びの涙があふれるのを感じた。

「レンツォ！」頭の中に星が渦巻くのを感じながら、ジョージアはいとしい彼の体にしがみついた。「ああ……レンツォ！」

時が過ぎ、二人は手と脚をからませて横たわっていた。ジョージアの胸は激しい息づかいで大きく波打ち、そのたびに先端がレンツォの汗に濡れた胸に触れた。

ジョージアは自分をふしだらな女のようにも、天使のようにも感じていた。笑いたかったし、泣きたかった。私は自分自身を発見したけれど、そうすることで、どうしようもなく彼に恋をしてしまった。

それとも、私はナイーブすぎるのだろうか。レンツォを愛することなしに、彼のベッドの相手になり、それを楽しむことはできないのだろうか？

ジョージアは重いまぶたの下からレンツォの顔を見上げた。力強い骨格、大胆な唇の線、のどもとにはっきり見える脈動。

仕立てのいい、最新型のスーツをまとっていない今のレンツォは、ローマ人そのもののようだ。肌の浅黒さは生来のものだろう。何世紀にもわたって蓄積された太陽の光が、ラテン民族の生まれながらに持つ財産だから。

つややかでなめらかな彼の肌はとても魅力的だ。黒い髪が乱れて額にかかっているのが、妙に心を引きつける。

ジョージアは胸に甘い痛みを感じた。レンツォは私を一人前の女にした。とうとう、そして永遠に、私をダンクトンの大きな古い台所から、オーブンとエプロンの生活から引っ張り出した。そして彼の腕の中で、私の体と心をおおっていたものをはぎ取ったのだ。

今は将来のことは考えたくなかった。このことがどういう結果をもたらすかについても。

レンツォは眠たげに横たわっている。よびさまされた欲望が、完全に充足させられたことに満足して。

たとえはっきりした形として残らなくても、歓喜が続く間は狂おしいほどにリアルで、絶頂感と満足感を与えてくれる。ジョージアの感覚は水に浮かぶ水銀のようにきらめき、彼女は今なお甘い陶酔感に浸っていた。

レンツォの唇が、うれしい思いを抑え切れないかのようにゆるんだ。彼は腕をジョージアの体に回してささやいた。

「しばらく休むといい」

ジョージアは唇を彼の胸に当てたままほほえんだ。でも、何と言っていいかはわからなかった——彼が感じさせてくれたことを、言葉でどう言い表せばいいのだろう。

「ずいぶんおとなしいね、ドンナ。大丈夫かい?」

「私は大丈夫よ」

ジョージアは頬が熱くなった。レンツォは思いを読んだかのように、彼女を抱き締めた。

「君はとってもすばらしかったよ!」彼の声は深い満足感に満ちていた。

「それは……うれしいわ」

「今はこれまでよりずっと、自分が女性だと感じるだろう?」

ジョージアは息をのんだ。レンツォは静かな笑いをもらした。

「直接的すぎる言い方だったかな。そういうふうに言われるととまどうかい?」

「ええ、少しだけ」

ジョージアは正直に答えた。唇に当たる彼の肌にかすかに塩けを感じる。彼の男らしい匂いが漂っている。

「いいね、そういうのは」レンツォはいかにもイタリア人らしい言い方をした。「そういう初々しさも好きだし、君の奔放なところも大好きだよ――ああ、こう言ったからといって、気にしないで。男は公の場ではレディを求めるが、ベッドの中では生身の肉体と炎でできた女をほしがるものだ。これは男の自然な欲求なんだ。だから恥ずかしがることはないんだよ」

「私――あまりそんなふうに思われたくないわ」ジョージアは彼のキスでまだはれぼったい唇を噛《か》んだ。

「君は僕の若い奥さんだ」

レンツォはうつむくと、ゆっくりと彼女の右の胸に、それから左の胸に唇を寄せた。ばら色のつぼみに唇がそっと触れる。

「君の体はどこもみなかわいいよ。食べてしまいたいくらいだ。コニャックの入ったボンボンみたいに」

ジョージアは笑った。二人の関係がこれまでとは変わってきたことにとまどいを感じる。彼女は震える指でレンツォの体をなぞっていき、ためらいがちに彼の体を探った。

レンツォが息をのみ、胸が大きく波打った。ジョージアは目を閉じて彼の胸に頬を寄せ、手で彼の肌を愛撫した。どうしていけないの？　彼が私の体を知ったように、私も彼の体が知りたい。それはいけないこと？　いいえ、そんなはずはないわ。手の動きにつれて彼の息づかいが深くなるのをジョージアは感じた。

レンツォはアンジェリカともこんなふうに寄り添って寝たのだろうか。彼女もレンツォの体をまさぐって、まるで虎《とら》がのどを鳴らすような、満足げなこのうめき声を聞いたのだろうか。

ハネムーンの温かいベッドの中で、ジョージアはアンジェリカをレンツォの体の隅々から追い出してしまいたいと思った――彼のしなやかな褐色の体から、永遠に。

私は彼を喜ばせることのできる、ただ一人の女性でいたい……二人きりのベッドルームで、彼のただ一人の恋人でいたい。

「君は僕を休ませないつもりなんだね」レンツォがうめいた。

「ハネムーンなんだから当然でしょう、シニョール」

レンツォは笑いながら、虎のようなすばやさと油断のなさで彼女を抱き寄せると、自分の上に引き上げた。

彼の手がジョージアの肌を上に下にすべっていく。彼の目に輝いている情熱を分かち合いたいと、ジョージアは熱烈に思った。

彼女はふと、こんなふうにしているとレンツォの脚が痛むのではないかと思った。たとえそうでも、彼は認めないだろうけれど。

ジョージアは全身でレンツォを愛した――彼がそうしたように。彼ののどからもれるうめき声にジョージアは幾度も幾度も戦慄が走るのを感じた。

二人の息づかいがもとに戻ると、ジョージアはレンツォの顔に、目に、のどにキスの雨を降らせた。彼の整った顔立ちは、見るのと同じぐらい触れるのも快い。

私はレンツォの子供を持つことができるだろうか――彼の息子、彼と同じように目鼻立ちのはっきりした、かわいい子供。そう考えただけで胸がときめいてくる。

ジョージアは彼の脇《わき》にそっと体を横たえた。レンツォの脚の、きれいに縫い合わされた傷跡が目に入る。膝がしらのない脚は、かなりショキングだった。ジョージアは彼に身を寄せ、唇からもれる満ちたりた吐息を聞いた。二人はともに眠りに落ちた。

目覚めたとき、部屋は真っ暗で、二人の体はまだからみ合ったままだった。眠り込んだあとも離れなかったのだろうか。

ジョージアは彼の男らしい匂いを吸い込んだ。充分に満ちたりた、情熱的な男の匂い。彼女は暗闇《くらやみ》の中で一人ほほえんだ。あれはまさに地上のものだったと同時に、天上のできごとでもあった。

人生というもののすばらしい神秘。これまで自分に課せられた義務に追われて、心の奥に押しやっていたもの――。

私はあのまま独身でいるつもりでいた。男女の間の愛のことは、図書館や、ダンクトンの村で毛糸やしじゅう糸を売る、二人の老婦人から借りる本で読むだけで。

ダンクトンが千キロも遠いところのように思える。でも実際はサンドボーンからそれほど遠くはないのだ。牧師館は曲がりくねった道の少し奥まったところにある。窓からは遠くに村の灯が見えた。

ジョージアはその道を四季折々に自転車で通ったものだった。雨の中、三月の風の中、そして真夏の明るい太陽の下で、軽快にペダルを踏んで。

村での生活には、時間はないも同然だった。都会で起こるような変化は何もなかった。ジョージアはその変わりばえのしない日々に慣れていた。反発は感じなかった。そこで一日を過ごし、一生を送ることが自分の運命だと思っていたから。

ベルベットのような暗闇の中、温かいベッドで男性とともにやすらぎに満ちて横たわっている――。そのことにジョージア自身が一番驚いていた。それはまるでエロティックな夢のようだった。でも、これはすべて現実で、本当に起こったことだ。今ではダンクトンのほうが夢なのだ。レンツォと一緒に眠る喜びに比べたら、ほかのものは何もかも意味のないものに思えてくる。

レンツォが目を覚ましているかどうかはわからない。私のことを考えているかどうかも。わかっているのは、私の人生がもう前のようではなくなったということ。私は人を欲し、求める、激しい思いを知った。私の体が欲望というものを覚え込んでしまったから。

ジョージアはレンツォからそっと体を離すと、ベッドを下りた。バスルームに行くために、ローズ色のスタンドをつけた。足もとのスツールに置いてあったバスローブを取り上げる。レンツォに対してまだ少し恥ずかしさが残っているのが不思議だ……でも、それは本当にそんなに不思議なことだろうか？

レンツォとのこういう関係は、まだ始まったばかりで、そしてまったく思いがけないことだったから、ジョージアはシャワーを全身に浴びながら、壁の鏡に映る自分のほっそりした姿から目を離すことができなかった。

あれほど激しい情熱だったのだから何か痕跡が残されているに違いないと思ったが、鏡の中にいる彼女はいつものジョージアと変わりなかった。

それでも、シャワーの下で体をねじったり回したりすると、肌が敏感に反応することに気づいた。レンツォがキスし、愛撫したところに指が触れるたび快い感覚が体を走り抜ける。

　鏡に映った自分自身をよく見ると、頬が上気し、大きく見開いた瞳はバスルームのまぶしい白さを集めて光り輝いているようだった。

　突然、胸が激しく締めつけられた。私はなんてアンジェリカに似ていることだろう……そっくりだと言ってもいい。

　私を腕にかき抱いて、あれほど激しく容赦のない情熱を注いだとき、レンツォはアンジェリカの顔を思い浮かべたのだろうか。彼をあれほど燃え上がらせたのは、私ではなく、アンジェリカの幻影だったの？

　目に涙があふれてきた。初めて経験する熱い思いに突き動かされて、ジョージアは涙を流しつづけた。

　たとえレンツォの心が今もアンジェリカのとりこになっているとしても、私たちはもう、もとの関係には戻れない。私は与え、彼はそれを受け、私たちの間はすっかり変わってしまったのだ。痛みは残っていても、私の心は人生を知った喜びに満ちあふれている。

　ジョージアは涙をぬぐうと、アイスブルーのバスローブに袖《そで》を通した。なめらかなサテン地が肌に柔らかくまつわる。それから、もつれた髪にシルクのようなつやが出るまで何度もブラシをかけた。

　これで外見は少し落ち着いたものになった。さっきほどアンジェリカに似てはいない。

でも、私と姉は外見だけでなく、女としての感覚も似ているということがわかってきた。そんなこと、これまで夢にも思わなかったけれど。

ベッドルームに戻ってみると、レンツォが夕食を部屋に運んでほしいと電話をしているところだった。スタンドの明かりでブロンズ色の体が輝いて見える。ジョージアの姿に視線をとめたまま、彼は注文を続けた。

子牛のパテとトースト、ディアーブルソースで煮込んだビーフ。つけ合わせの野菜はポテトのソテーとブロッコリー、ベビーキャロット。デザートにはフルーツとブランデー・アイスクリーム。それからベル・エポックのボトル。コーヒーとコニャック、砂糖菓子《フォンダン》を何種類か、そしてカリブ産の葉巻一箱。

「グラッツェ！」

レンツォは受話器を置き、部屋を横切ってジョージアの方へ歩いてきた。ジョージアは窓の前に立っていた。ブロンドの髪にブルーの目、唇にはかすかに不安げなほほえみを浮かべている。

脚のことを除けば、レンツォの体はがっしりしていて均整が取れている。浅黒い肌は、ふと手を伸ばしてさわりたくなるほどなめらかだ。そして、彼自身はまるで虎のようだ——決して噛みつくことはないけれど。

「君は……とても純粋無垢《むく》に見える」レンツォが彼女を見下ろした。

「あなたはギリシア彫刻みたいに見えるわ」ジョージアはほほえんだ。

「何の彫刻?」彼は黒い眉を上げた。

「アドニスよ」

「あの愛の神?」

「そう……少なくとも性愛《エロス》の神には違いないわ」ジョージアは言った。

レンツォは彼女のブルーの瞳を濃いグレイの目でじっと見つめた。まつげが黒々としたその目は、さっき情熱に燃えて輝き、彼女をおののかせたのだった。

「後悔はしていない?」

ジョージアはかぶりを振った。声を出す自信がなかったからだ。

愛のことを話すのはやめよう、と彼女は思った。愛について考え出したら、強いられてしたこの結婚のことを思わずにはいられない。それにたった今生まれた貴重な何かが失われてしまいそうだ。

愛のことは忘れて、その代わり感覚のもたらす喜びのことを考えよう。体の結びつきは、今ちょうどバスローブのサテンを通して伝わってくる彼の肌の温かさのように快くて、どんな悩みも忘れさせてくれるだろう。

レンツォはジョージアのウエストに手を置いて、アイスブルーのサテンに包まれた体を裸の胸に抱き寄せた。

「君に真珠を贈りたいな、その肌に合わせて。そしてルビーも。その唇に合わせて。ダイヤモンドはあまりに硬くてきらびやかで、君にはふさわしくないね。サファイアはどこか邪悪な感じがする。君にサファイアを贈るなんて、僕は何を考えていたのだろう——」

アンジェリカのことを考えていたに違いない、とジョージアは思った。彼女は静かに言った。「お花をちょうだい、レンツォ。そのほうがずっとうれしいわ」

「ああ、でも花はすぐに色褪《あ》せてしまう。それに、僕は君が真珠かルビーをつけてるのを見たいんだ。君は僕が思っていたよりずっときれいだよ」

「そう思うのはあなたが感謝してるからよ」

「感謝？」レンツォはかすかに眉根を寄せた。

「今日のことで——」

「僕にすべてを許してくれたから？」

「ええ」

「僕は未熟な若者じゃないんだよ、ジョージア。お世辞で、相手に懇願するような」

「ええ、わかってるわ。もちろん、あなたは未熟なんかじゃない」ほほえみがジョージアの口もとに浮かんだ。「あなたはどこから見ても立派な大人の男よ。そして——私を一人前の女だと思ってくれたことに感謝してるの。あんなふうにいなかの牧師館で生活してたでしょう。母が亡くなってからは、誰かを抱き締めたり、キスしたりなんてことは一度もなかったのよ」

一瞬の沈黙があり、それから口の中で何やらつぶやくと、レンツォは頭を下げて、ジョージアの唇に甘いキスの雨を降らせた。

「本当に、どうして君はあの石の家の中で、こんなに美しく、やさしく育つことができたんだろう？　気むずかしくなっても不思議じゃないのに、君はしなやかで熱い心を持ちつづけている。それが僕をおかしくさせるんだ。ああ、頼むから少し離れていてくれ。でないと夕食が朝食になってしまうから」

「そういうのをお世辞と言うのよ」ほほえんだ唇がかすかに震えた。

レンツォのグレイの目が、ジョージアの頭からつま先まで眺め下ろした。

「君は今でもバージンのように見える。僕はまた、うんと冷たいシャワーを浴びてこなきゃならないようだ」

レンツォがバスルームに入るのを見送り、残されたジョージアは一人くすくす笑った。

ああ、どうか私たちをつなぐ魔法のきずなが切れませんように。それがただ、肉体的な欲望という、熱い、でもシルクのように細い、一本の糸にすぎないとしても。

レンツォは私の本能を目覚めさせた。私はもう二度と、あの温かく男らしい体のそばを離れては眠りにつけないだろう。

でも、私たちの関係が安定したものではないことはわかっている。私たちを引き離すのは簡単だ。レンツォ自身も言っていたじゃないの。初めの興奮がさめれば、ステルビオはアンジェリカのもとを去って家族のところに戻ってくるだろうと。

その先はあまり考えたくなかった。ジョージアはベッドのところへ行くと、くしゃくしゃになったシーツとカバーをはずした。それから十分ほどかけて、あたりをもとどおりに直した。

これでいい。これでベッドはメイドが今朝整えて以来全然使われていないように見える。ジョージアはしわ一つないように、ベッドカバーをきれいに伸ばした。

居間でレンツォを待っていると、ボーイがワゴンを押して夕食を運んできた。思わずつばを飲み込みたくなるような、いい匂いが漂っている。

ボーイは窓と窓の間にテーブルをしつらえた。銀色のワインクーラーの中には氷に埋まったシャンペンが入っている。次にセットされたのは、ワイングラスと花束のようにアレンジされたフォンダン、ふたに砂漠を行くキャラバンを描いた葉巻の箱。

ボーイの慎み深い顔からは彼が何を考えているかわからなかった。それでもジョージアは、自分の顔に、夫のたくましい腕の中で過ごした数時間の痕跡が表れているに違いないという気がした。

レンツォが入ってきた。ウエストを革ひもで結んだ、修道士のローブのような焦げ茶色のカシミヤを着ている。

「すばらしい。食欲をそそるね」レンツォは手をこすり合わせ、テーブルを見やった。

「すべてお好みに合うとよろしいのですが」

ボーイはジョージアにちらりと視線を投げてから、ていねいに頭を下げると出ていった。

彼らはまた二人きりになった。

「さあ、始めよう。そして、楽しい気分になろう」

レンツォはベル・エポックの栓を抜き、泡立つロゼ・シャンペンをグラスに満たした。

二人はグラスを合わせ、一緒に口に運んだ。

「おいしいわね」ジョージアはつぶやいた。

「そうだね」レンツォは彼女の瞳にほほえみかけた。「ベッドを整えたんだね」

「ええ――だって、ノルマンディー上陸作戦のあとみたいだったから」

「君はそんなもの知ってるのかい？　まだ生まれてもいなかったじゃないか」

レンツォはトーストにパテをたっぷり塗ると、ジョージアに渡した。

「父が行ったのよ」

パテはかすかにコニャックの風味がして、シャンペンを飲んだあとには最高においしかった。

「あなたは父のことを、鬼のような人だと思ってるようだけど、私は母が生きていたころの父を覚えているの。父は母を心から愛していたわ」

レンツォは白い歯で、パテを塗ったトーストをさくっと音をたてて食べながら、思い出にふけっているジョージアの青い目を見つめた。

「もし、お母さんが君に似ているなら――」

「父が好きだったのは母の外見だけじゃないわ」ジョージアは声に悲しみをにじませて言った。「母は親切で、明るくて、陽気な人だったの。父と母はとても愛し合っていたわ。母が亡くなってからの父は、もう以前の父じゃなくなった。母のお葬式のときのことは、今でも小さなことまで覚えているわ。柩《ひつぎ》を埋める大きな穴に父も一緒に入ろうとするんじゃないかと思ったわ。心配で、私は父の腕をしっかり押さえていたくらいよ」

牧師館へ帰る道々、父がアンジェリカの腕にすがっていたことはレンツォには言わなかった。父が自分より姉のほうが好きなことをジョージアはずっと昔から知っていた。アンジェリカの目の表情、ほほえみ方、立居ふるまいには、どこか男性を引きつけるものがあった。ベアトリス叔母はそれを〝イブの手口〟と呼んでいたけれど。

「そんなに悲しそうな顔をしないで」レンツォは身を乗り出して、グラスにシャンペンを注《つ》ぎ足した。「僕たちのことだけを考えようよ。それがハネムーン中の二人の特権だよ。二人はお互いのためにだけあるんだ」

「あなたは幸せ、レンツォ?」

ジョージアはシャンペンを口に運びながら、彼は心の中で何を考えているのだろうと思った。私はレンツォの心をいくらかでも揺り動かすことができたのだろうか。それとも彼の喜びは表面だけのものだったのだろうか。肉体的な結びつきから生まれた、ほんの一時的な喜び？　彼が私に求めているのはそれだけなのだろうか。

「僕は幸せな男に見えないかな？」レンツォの目は大胆にジョージアの表情を探った。「今例のピンクのドレスの婦人に出会ったら、君は顔を赤らめても不思議じゃないね。僕らは本物のハネムーンを過ごしてるんだから」彼はジョージアの表情を見て笑った。「あの人の言う、デュークスのレベルについては賛成だな。たしかに五つ星の値打ちはあるよ。ベッドの寝心地のよさと広さには六つ目の星を進呈したいところだ。僕たちのベッドがノルマンディー上陸作戦のごとき様相を呈していたとしても、それは獲得する値打ちの充分ある海岸だったよ」

レンツォの愉快そうな目に見つめられて、ジョージアは赤くなった。

「あなたの言うことはわかるわ、レンツォ。でも、メイドさんには、あの戦いのあとを見られたくなかったの。彼女はきっと――二つのうち一つの結論を出すと思うわ」

「僕が君を力ずくでものにした――そうでなければ、君が僕を無理やりベッドに引きずり込んだ？」

「まあ、そんなようなことよ」

「メイドたちが僕の武勇伝を噂《うわさ》し合っても一向にかまわないよ」

レンツォはほほえみ、勢いよく肉と野菜をぱくつきはじめた。スタミナを蓄え、次の戦闘に備えようとしているかのように。

そう考えただけで、羽根で撫《な》でられたように背筋がぞくっとした。その刺激的な感覚が体中に広がっていくのを感じて、ジョージアはどうにかしなければと焦った。

「そうね——」

彼女は小さくあえいでシャンペンのグラスに手を伸ばした。そして一息にぐっと飲んでのどを冷やした。手を触れることもなしにこれだけのスリルとときめきを与えることのできるレンツォを、ジョージアは驚きの目で見つめずにはいられなかった。

「君は大きな目をしてるね。こんな大きな目、今までに見たことがないよ」レンツォが言った。

それは本当じゃない。そう思ったとたん、アンジェリカの亡霊がまた部屋の隅から現れたような気がした。ジョージアはあわてて話をそらそうとした。アンジェリカのことを二人の間から締め出すために何か言わなければ……。

音楽——そうだ、音楽なら無難な話題だわ。

「あなたは映画が完成してから曲をつくるの？　それとも、映画づくりと並行して、ブルースと——ミスター・クレイトンと——協力しながら仕事をするのかしら？」

「ブルースと呼んだらいいじゃないか」レンツォはどこか引っかかるような言い方をした。

「彼は結婚式で君を僕に引き渡す役目をしてくれたんだから。なかなか意味深長な役目だった。そうじゃないか？」

「私はあなたの仕事の話をしたいと思ってるのよ、レンツォ。それとも、あなたは私に興味を持ってほしくないの？」

レンツォの警戒したような目を見て、ジョージアの顔からほほえみが消えた。

「私は単なるあなたの……ベッドルームの相手にすぎないの？」

「一緒に過ごすのに、それ以上の場所があるかい？」レンツォがきき返す。

ジョージアはブランデー・アイスクリームを口に運んだが、それを飲み込む前から体の中には冷たい風が吹き抜けていた。

ベッドタイムはもう終わったのよ。今はレンツォがベンデッタを実行するためにどんなに残酷な手を使ったかを思い出すときだわ。突然、レンツォの腕の中で過ごしたあの熱に浮かされたような時間が、現実味を帯びて思い出された。

好きなときに抱き、そうしたくないときには一人きりでほうっておく。レンツォは私をその程度の相手としか思ってないんだわ。彼の夢や、彼の抱えている問題に首を突っ込もうとするなんて、ばかげたことだった――。

男は愛している女とだけ生活のすべてを分かち合おうとする――楽しみを追求するための女はベッドだけを共有すればいいのだ。

ジョージアはアイスクリームを唇の間に押し込み、かろうじて飲み込んだ。レンツォに私を愛してくれとは頼まない。だけど、私をただの肉体よりは少しましなものに見てほしかった。あれほど熱っぽく応《こた》えたのだもの、レンツォは私が彼を愛しているのだと思ったかもしれない。でも、愛しているなんて考えたくない。それではいくらなんでも私がみじめすぎる……プライドが許さない。

「あなたがどういう仕事をしているのかききたかっただけだわ。そうすれば時間がたつと思ったのよ。ベッドの中でお互いをわかろうとするだけじゃ、二人とも退屈してしまうと思ったから」自分の声に敵意がこもっているのがわかったが、ジョージアは口調を和らげようとはしなかった。

レンツォは長い間黙ってジョージアを見つめていた。それから彼はデザートスプーンを置いた。浅黒い顔の中で目が鋼のように光っている。ちょうどあの日、ダンクトンで、アンジェリカのショッキングな手紙を私に見せたときと同じ目だ。

あの日私を見つめていたレンツォの目は、今でもはっきり覚えている。黒くて濃い眉の下の目は、冷たく、しかも火のように燃えていた。

あのとき、レンツォは私にとってほとんど身知らぬ他人だった。私はまだ、彼の温かくしなやかな体を知らなかった。彼の唇が私の肌をさまよい、喜びへ導いていったスリリングなときめきも。今では私はあの夢みるような感覚をふたたび味わいたいと求め、心待ちにしている。

頭では欲望に負けてしまうことを嫌悪しているのに、体のほうはそうじゃない。レンツォに抱かれることを欲している。肉体の奴隷にはなるまいと、固く決心しているのに。

「でも、あなたはあんなふうにしてしか私とわかり合おうとはしないんだわ」ジョージアの声は挑戦的になった。「男の人って、娼婦《しょうふ》とはふつう仕事の話なんかしないものですものね」

その恐るべき言葉は、発せられたまま消えそうになかった——それからレンツォが乱暴に椅子を引いて立ち上がり、テーブルを回ってジョージアに近づいた。ジョージアは身をすくませた。彼が目の前に立ちはだかる——きっと暴力をふるうに違いない。肩をつかんで、歯が音をたてるほど体を揺すぶって。

「よくもそんなことが言えたものだ！」

レンツォはかろうじて怒りを抑えているようだった。くすぶったようなその目を見て、ジョージアは彼がアンジェリカともこういうけんかをしたのだろうかと、ふと思った。

「僕がそんなふうに侮辱されて我慢していられると思っているのか？　今まで君は誰に対してもそんな言い方をしたことはないはずだ。僕にならしてもいいなんて、どうして思うんだ？」

ジョージアは震えだした唇を噛んだ。私は彼をとほうもなく怒らせてしまったらしい。

牧師館の庭でレンツォが私の手からばらのとげを抜いたときのように、自分が無力で無防備に思える。とげを刺してしまったときも痛かったけれど、抜いたときも同じくらい痛かった……。

「まったく、君をどうしてやればいいんだ」レンツォは手を伸ばした。

ジョージアはわずかに身をすくめて、その手をよけた。飼い主の機嫌がどのくらい悪いのか判断しかねているねこのように。

「いったいどうしたというんだ？　結局君はさっきのことを後悔してるのか、ジョージア？」

そうかもしれない。あの親密なひとときを持たなければ、こんなに気持が混乱することもなかっただろう。そうしたら、私たちはこんなふうに憎み合わないですんだはず……。

人と人がある一定の距離を保っているうちは、つらい事実によって傷つけられることもずっと少ないものだから。

ジョージアは唇の震えを抑えようとした。「私はやっぱり牧師館の娘なのよ。それに、短い間にあまりにたくさんのことが起こりすぎたんだわ。私たちのようなこういう結婚は――たやすく慣れるというわけにはいかないわ」

「僕にとってはたやすいとでも思っているのかい？」レンツォがきき返した。

答えははっきりしていると思ったが、ジョージアは何も言わなかった。レンツォは葉巻の箱に手を伸ばし、いらいらとシールをはがした。焦げ茶色の細い葉巻を一本取り上げて、端を噛みちぎる。ポケットを探ってライターを取り出し、火をつけた。吸い込んだ煙をふうっと大きく吐いてから、レンツォは視線をジョージアに戻した。

「古いことわざにあるね。〝キスが終わると、話が始まる〟って。そのアイスクリーム、食べるつもりがないなら、そんなふうにかき回すのはやめてソファのところに来たまえ。コーヒーとコニャックを注いでくれよ」

ジョージアは言われたとおりソファのところへ行くと、コーヒーを注ぎ、その中にダークゴールドのコニャックを少したらした。そうして、自分のカップを取り上げて、レンツォから少し離れたところに腰を下ろした。

彼と私の間にはアンジェリカがいる。実際には遠く離れた場所にいるはずなのに、アンジェリカはこの部屋に、私たちと一緒にいる。レンツォと私の関係の根本に、アンジェリカの存在があるのだ。というのも、もしもアンジェリカが彼に誠実だったなら、私たちの結婚式も、このハネムーンもあり得なかったわけだから。

アンジェリカが裏切らなかったなら、レンツォがほかの女性に目を移すなどということはあり得なかっただろう。レンツォという人が一人の女性を全身全霊で愛するタイプであるのは、直感的にわかる。

ジョージアはのどの熱いかたまりを飲み込もうとするように、コーヒーを口に運んだ。

「フォンダンも食べるといい」レンツォは皿を手に取ると、彼女の方へ差し出した。「ほら、おいしそうじゃないか。さ、取りたまえ。僕を喜ばせるために」

ジョージアは一つ取ってソーサーの上に置いた。今甘いお菓子を食べたら、きっとのどに詰まらせてしまうだろう。

なんだかまるで『イースト・リン』の登場人物にでもなったようだ。それは村の図書館の本棚にあるたくさんの古典書の中の一冊だった。いつもその本を読んでいる私をアンジェリカはからかったものだ。

「目が悪くなるわよ。それに、愛について妙な考えを持つようになるわ。そんなに本ばかり読んでると、きっとそのうちめがねをかけなきゃならなくなるわよ。そうなったら、いっそうさえない感じに見えるじゃないの」

ジョージアがそんな思いにふけっていると、レンツォがソファの上で体をずらしてこちらに近づいてくる気配がした。神経が張りつめていたうえに、アンジェリカのことを考えていたこともあって、ジョージアは瞬間的に飛びのいて、レンツォから離れた。

それはとっさの反応で、どういうことになるのか考える間もなかった。ジョージアは、まるで高圧電流から飛びのいたような行動に、自分でもショックを受けていた。

「結局そういうことなんだな」レンツォはむっつりと言った。「君はまた冷淡で禁欲的になってしまった――僕はまたかちかちに凍った妻を受け入れなければならないわけだ。数時間だけ雪解けを楽しんだあとで」

レンツォは力ずくでまたその〝雪解け〟を実現させるつもりかもしれない。もし彼が冷たい怒りに駆られて私をベッドにさらっていったとしても、私には止める力はない。私がどんなに暴れようと、彼は無理にでも自分の欲望を満足させようとするだろう。私を罰するために情熱を燃え立たせるなんて――それには、抗うつもりだけれど。

牧師館の庭で経験した、あの冷え冷えとした絶望感が戻ってくる。レンツォの目が復讐《ふくしゅう》に燃えていたあのときと同じ深い絶望感が。

「私――私はあなたとけんかするつもりはないわ。私が求めているのは、ただ……人間として扱われたいということだけよ」

「一日中、ベッドの中で、僕は君をそんなふうに扱ったんじゃなかったかい？」レンツォは皮肉っぽくきいた。

「私は今のこと――ベッド以外のところでのことを言っているのよ」

ジョージアは守勢になって言い返した。レンツォの顔はこわばっている。彼が思いやりを持って私の言うことを聞いてくれるとは思えなかった。

「あなたが私に求めているのは姿かたちだけなんだわ。あなたもわかっているでしょう！あなたは私の髪や目や、外から見えるものは何にでも関心を持つけれど、私がどう考え、どう感じているかには全然興味がないのよ！」

レンツォは葉巻をくゆらせながら、黙ってジョージアを見つめている。細めた目が、銀色の光を帯びてさらに細くなる。

「たいていの女性は外見と、男に対する反応を褒められれば満足するものだけどね。君の言うとおりだ、ジョージア。僕にとっては君の外見と反応だけで充分だ。それに、君に相手をしてくれとひざまずくつもりもないよ。僕はそうしたいときにいつでも君を抱くし、それを楽しむつもりだ」

「私があなたをほしくても、ほしくなくても、おかまいなしに？」

自然にそんな言葉が口をついて出た。ずいぶん直接的だと思ったが、彼の言ったことが言ったことだけに、気にはならなかった。

レンツォははっきりさせたのだ。あれほどの情熱を交わし合ったあとでも、彼の気持はちっとも変わっていないことを。私はやはりアンジェリカの妹にすぎないのだ。レンツォが私と結婚したのは、私が情熱と喜びをかき立てる姿かたちをしているからなんだわ。

怒りで体が熱くなった。ジョージアはカップに残ったコーヒーをレンツォの顔にぶちまけてしまいたくなった。

「女性にはねつけられて傷つくのは一度でたくさんだ」

レンツォは立ち上がった。葉巻は彼の白く硬い歯で噛みしだかれている。

「残りの夜を一人で静かに楽しみたまえ、親愛なる奥さん。僕は下のカード・テーブルで

「私だって、一人きりのほうがずっといいわ」ジョージアは言い放った。そのときは本心から出た言葉だった。

レンツォが少しぎこちない足取りで歩きだすと――それを見るとジョージアはいつも胸が詰まってしまうのだが――彼女はしだいに怒りがつのってくるのを感じた。

「あなたみたいに尊大で横柄な人大嫌い！　悪魔とでもカードをやればいいんだわ。どうなったって私は知らないから！」

レンツォは化粧室のドアのところで振り返った。「僕はノーマン家の娘の言う〝愛〟は信じないことにしたよ。だから嫌われるのはおおいに歓迎だね」

彼の後ろでドアが閉まった。静まり返った部屋の中で、ジョージアはぽつねんと座っていた。目にクリスタルのような涙があふれてくる。

デュークスへ向かう途中で、レンツォは愛と憎しみは表裏一体のものだと言った。今ジョージアはその言葉に込められた真実がわかったような気がした。愛と憎しみは、コインの表と裏のようなものだ。いつなんどき表が、あるいは裏が出てくるかわからない。

レンツォが私を置いてさっさとカードをやりに行ってしまったのだから、私もここにじっと座ってはいられない。サテンのバスローブをはおったまま、ジョージアは立ち上がってテラスに出た。

石の手すりにもたれ、海風が髪を乱すにまかせる。涙がいつの間にか流れ出ていることに、頬が濡《ぬ》れるまで気づかなかった。

〝女性にはねつけられて傷つくのは一度でたくさんだ〟と、レンツォは言った。

〝僕を傷つけられるのはアンジェリカだけだ〟という意味だわ。

ジョージアは涙をてのひらでぬぐったが、抑えようとしても涙はあとからあとから流れてきた。

6

カードルームに行こうとしたレンツォはテラスにジョージアがいるのに目を留めると、後ろからそっと彼女の肩にコートをかけた。

「おとなしそうな顔をしてるくせに、君は相当なかんしゃく持ちなんだな」

レンツォはホテルの庭に設置された投光器の照明の中で、ジョージアの顔をつくづくと眺めた。

「ここに一晩中いるんじゃないよ。いいね?」

「そうしたら、困ることでもあるの?」ジョージアはむっつりと言い返した。

「どうしてこういうことになったんだろうな」レンツォは彼女の肩に両手を置いた。「君はワインのように甘くなったと思ったら、次の瞬間、自分を娼婦《しょうふ》と呼ぶんだからな」

「だって私、似たようなものだもの」

ジョージアは、彼の肩の向こうに見える星に視線を向けて言った。

「祭壇の前に立ったからといって、私たちの結婚の理由が変わったわけではないわ」

「理由？」レンツォは彼女を静かに揺すぶった。「唯一重要な理由を教えてやるよ。君は僕の腕の中で一瞬一瞬を楽しんだんだ。そのことに罪の意識を感じるなんてばかげている。僕たちは夫と妻なんだよ。正々堂々とベッドを共にしていいんだ。それに、どう思ってるか知らないけど、君がさっき僕と一緒に味わったような満足感にすべての女性が到達できるとは限らないんだよ。君の体をせいいっぱい楽しむことだ」

「あなたのように？」

「ああ、僕のようにだ」

レンツォは荒々しくジョージアを引き寄せ、唇を重ねた。

「まだ僕に下へ行って悪魔とカードをさせたいかい？　それともここに残って、ベッドで愛の証明をしてほしい？」

愛という言葉がジョージアの胸を刺した。それが本当に愛だったらどんなにいいか！　でも、レンツォの抱いているのは単なる欲望にすぎない。それも、私を見て、簡単にスイッチを切ったり入れたりすることのできるような欲望。アンジェリカを思い浮かべることができる私の姿を見て。

ジョージアは身を振りほどいた。それがレンツォの問いに対する答えだった。

投光器の照明に照らされたレンツォの顔は、暗く危険に見えた。今にもジョージアを抱き上げて強引に自分の思いを遂げそうだ。彼女は体を硬くした。だから、レンツォがきびすを返してさっさと部屋の中へ入っていってしまったときは、がっかりしていいのか、ほっとしていいのかわからなかった。

ジョージアはそこに長いことたたずんでいた。さっき二人が交わした言葉が、頭の中を駆けめぐっている。

レンツォとの肌の触れ合いを思うと、体中の感覚が騒ぐような興奮とときめきを感じるのはたしかだった。彼の手には不思議な力があって、その手が私の体の上をすべり、とどまってほしいと思うところで少しだけとどまるときのことを想像しただけで、体から力が抜けていく。

プライドばかりが高い、愚かな小娘のように、私は彼を追い払ってしまった。男の人を傷つけて平気でいるアンジェリカと同じように思われたことが、我慢ならなかったのかもしれない。

ジョージアはコートを体のまわりにしっかりと巻きつけた。これがレンツォの腕だったらどんなにいいだろう。強く抱き締めてくれて、互いの脈動を感じられるほど間近に引き寄せてくれる、あのたくましい腕だったら。

ホテルの大広間からダンス音楽が流れてきた。そのロマンチックなメロディーを聞きながら、ジョージアはどうしようもないほどせつない気持になっていた。

私はレンツォを愛しているのだろうか。それとも、彼の性的な魅力に惹《ひ》かれているだけなのだろうか。私はこういうことには情けないほど未経験だから……。

アンジェリカがレンツォを牧師館に連れてきたとき、私は彼に魅力を感じたかしら？すばらしくハンサムな男性だとは思った。それに、彼がアンジェリカに夢中だということもよくわかった。そのことは顔中に書いてあったから。だから、もしアンジェリカが戻ってきたら、レンツォは無関心ではいられないということもわかっている。

この前言ったように、彼女を追い返すなんてことは決してしないだろう。愛している女に、そんなことができる男はいない。それが愛というものの不思議なところだ。

ジョージアはテラスに一人立ち、刺すように冷たい夜の風が顔や髪に吹きつけるのを感じながら、彼女自身、愛の不思議さを噛《か》みしめていた。

レンツォを愛するのは、賢明なことではない。そんなことになったら、アンジェリカを恐れながら暮らさなければならなくなる。にっこりほほえむだけで男の人にわれを忘れさせてしまうアンジェリカ。男たちは彼女の輝く魅力のほかは何も目に入らなくなってしまうのだ。

流れてくる音楽を聞いているのがあまりにつらくなって、ジョージアは部屋の中に入った。テーブルはきれいに片づけられていたが、砂糖菓子《フォンダン》だけは、コーヒーテーブルの上に残っていた。ジョージアは皿を取り上げ、ベッドに持っていった。もっと甘いレンツォのキスの代わりにするつもりだったのだと、あとになって気がついた。

ベッドサイドには雑誌が置いてあった。ジョージアは甘いストロベリー・クリームのフォンダンをほおばりながら、カラフルなグラビアのページをめくった。すばらしくシックな服に身を包んだアンジェリカがほほえみかけているのに出合うのではないかと、半ば恐れながら。

アンジェリカから逃れられないという予感は前からあったような気がする。私たち姉妹の遺伝子の中には、外見をこれほどそっくりにするものがある。そして、それが、私たち二人を一人の男性に引き寄せるのかもしれない。

二人の違いは、内面的なものだ。私はいつだって、ばらの香りをかいだり、庭の石のテーブルに飛んでくる野鳥たちを眺めるのが好きだった。だから、常にテーブルにパンくずやピーナッツのかけらを置いておいた。日曜日のごちそうに、ティータイムのケーキを焼く前にびんから少し取り分けたレーズンをふるまったものだ。

ジョージアはため息をついて大きなベッドの中に体をすべり込ませた。手を伸ばして、ひんやりした隣の枕《まくら》をさわってみる。

レンツォがいくらアンジェリカを愛していても、私には関係ないこと。そんなことはかまわないじゃないの。何度そう自分に言い聞かせてもだめだった。さっきレンツォと楽しんだようなごちそうをアンジェリカはありがたがりもせず食べたのだと思うと、自分がパンくずをつついている庭の野鳥になったような、みじめな気持をぬぐい去ることはできなかった。

私のほうが心は温かいし、誠実だわ。そうひそかに自負してはいた。でも恋愛に、徳などというものはまったく関係ない。恋という鳥はしばしば冬の枯れ木のところに飛んでいく。身を切るような冷たい風を防いでくれそうもない、実を一つもつけていないような枯れ木のところに。

次々に浮かんでくる思いを断ち切ろうとするかのように、ジョージアはスタンドの明かりを消し、頭から毛布をかぶって、一人きりでいるのを忘れようとした。

一人でいたいなどと強がりを言ったけれど、それは嘘《うそ》だった。暗闇《くらやみ》の中で、彼女はレンツォの腕を求めていた。レンツォの温かい息が顔にかかるのを、そして彼のやさしい手が肌を愛撫《あいぶ》するのを感じたかった。

ジョージアはベッドの中で足を丸めた。レンツォを求める気持をどうにも抑えることができない。彼女は枕に顔を埋《うず》めて、孤独のうめきを押し殺した。

これは私が招いたことだ。だからみじめさにも耐えなければならない。抱擁の甘いときめきに比べたら、ちょっとしたプライドなんて取るに足りないことだったのに。今なら、レンツォと分かち合う荒々しい喜びのために、さっき口にしたばかげた言葉をみんな引っ込めたっていい。

ダンクトンで時に男と女の結びつきについて考えることはあっても、それがこれほど奥深いものだとは思いもしなかった。何か計り知れないものによって結びつけられる男と女。たぶんそれは、魂を輝かせ、体を喜びに満ちた充足感に導く生命の力のようなものなのだろう。

〝私の恋は赤い赤いばら〟と、スコットランドの詩人、ロバート・バーンズは書いた。ほかのどんな本で出合う言葉より、シンプルで率直だ。

レンツォとこういうつながりを持ってしまった以上、少しばかり――いえ、たくさんの胸の痛みを覚悟しなければならないのかもしれない。将来の見通しは何もないし、もしアンジェリカが彼の人生に戻ってきたら、この結婚はどうなるかわからないのだから。

大きなベッドに一人横たわりながら、ジョージアはレンツォに自分の胸に戻ってきてほしいと切実に願った。彼をこの腕で抱き締めたい。彼のために温めておいたこのベッドの中で。性急で熱い彼の唇を、この唇に感じたい。

ジョージアは彼の名を幾度もつぶやき、それが唇に残っているのを感じながら眠りに落ちた。しばらくして目を覚ました彼女は、すぐにレンツォが隣にいることに気がついた。

ジョージアはほほえんで、裸の、長身の体に身をすり寄せた。

「レンツォ！」ささやいて、そっと彼を揺すぶった。「レンツォ！」

「なんだい、カーラ？」レンツォは眠そうな声を出した。

「私を抱いて」ジョージアは彼の耳にささやいた。

レンツォの温かい手が伸びてきて、ナイトドレスのシルクの壁を払いのけた。体の奥深くを震えが走る。すべての部分が、彼のものになりたいと叫んでいた。ジョージアはレンツォに抱きついた。彼の手が敏感になった胸の頂点を軽く撫《な》でる。彼女の唇が自然に開いた。

「じゃあ、君は僕に関心を持ってほしいんだね」レンツォがつぶやくように言った。

「ええ」ジョージアの声は欲望にかすれた。

しなやかな動きで触れてくる彼の体は、たまらないほど欲望をかきたてた。

「私、ばかだったわ――大事なのはこれだけよね。私のことを愚かだって言ったあなたは正しかったわ、レンツォ。ああ、レンツォ、私、あなたがほしい！」

「そうかい、ドンナ・ミーア？」レンツォは唇を彼女ののどにはわせた。「どれほどほしいか言ってごらん」

「わ、わかってるでしょ」

「君に言ってもらいたいんだ」

「こ、言葉で？」

「動作でもいい」レンツォは静かに笑った。どこか本気で脅しているような響きがある。彼が自分を怒らせた人間には必ず償いをさせるラテンの男だということを、ジョージアは痛いほど感じていた。

「あなたはひどく意地悪な人なのね、レンツォ」ジョージアの唇は彼のあごをかすめた。

「私――私はいい子だったのに。とてもおとなしい娘で――」

「しーっ」

レンツォの唇が言葉を封じ込め、温かい体が彼女をベッドに押しつけた。

「君は僕の美しい囚《とら》われ人だよ。僕のゴールデン・ガール。僕の……」

そこで言葉は途切れ、口づけはますます熱っぽくなっていった。ジョージアは彼の、そして自分の情熱に突き動かされていたが、頭の中ではある一つの疑問が渦巻いていた。そして募ってくる喜びの波すらも、それを払いのけることができなくなった。レンツォは今……〝アンジェリカ〟と言おうとしたのではないだろうか？

レンツォと私の体はこのうえなくしっかりと結ばれていたけれど、彼が呼ぼうとしたのはアンジェリカの名前なんだわ。きっとそうに違いない。雑誌の記者たちはアンジェリカのことをよく〝ゴールデン・ガール〟と呼んでいたもの。そうよ、レンツォはアンジェリカのことを言ったとしか考えられないわ。

「寝てしまったのかい？」静かになったジョージアをレンツォがからかった。

「いいえ」ジョージアは彼の胸にすがるようにして横たわっていた。頬の下で、彼の胸はまだ早鐘を打っている。ジョージアはその音に耳を澄ました。それは親密さの証《あかし》のように思えた。レンツォの体の隅々までめぐる血液の脈動……。

ジョージアは彼の胸に頬をすり寄せながら、その内部に封じ込められているアンジェリカの姿を思い描いていた。レンツォに大きな苦痛を与えたにもかかわらず、まだ彼の愛を一人占めしているアンジェリカ……。

「レンツォ」

「なんだい？」

「もし――もし、赤ちゃんができたら、どうなるかしら？」

「どうって、自然なことじゃないか」

彼の手が、じらすように背筋を上ったり下りたりする。

「できたら、いやなのかい？」

「わからないわ」

「そのことも、話し合っておくべきだったな」レンツォは考え込みながら言った。「前もって相談しなかったのは、自分勝手だったかもしれない――どうしたんだ、ジョージア。震えているのかい？」

「ええ――なぜなのかわからない」

本当はわかっていた。こうして身を寄せていても、私はレンツォのベッドの相手でしかない。アンジェリカに対して抱いているような愛のひとかけらも、彼は私に対して持っていない。

アンジェリカ——利己的で、不誠実で、だけどゴールドのような値打ちのある娘。レンツォが本当に腕に抱きたいと願う女性。

「レミーマルタンを取ってこよう。君にはブランデーが必要だ」レンツォが起き上がった。

彼はボトルとグラスを持ってきてベッドの端に腰を下ろし、ジョージアにブランデーを飲ませた。少し体が温まってきた……心が温まることは決してないけれど。

ジョージアはブランデーのルビー色を通してレンツォを見つめた。自分の感情が怖かった。レンツォは手を伸ばして彼女の髪を撫でた。

「君も言ってたように、短い間にあまりに多くのことが起こりすぎたんだよ。そのことを僕もちゃんと考慮に入れておくべきだった。いなかの静かな暮らしから、突然僕のペースに引きずり込まれて、君がとまどいを感じるのも無理はないよ。ブランデーをもう少し飲むといい」

ジョージアはそれに従った。レンツォの言うことはもっともに思える。ダンクトンの生活には、私が今日経験したような興奮やときめきはまったくなかった。ボーイフレンドだって、いなかった。だからレンツォが私の人生で最初の男性なのだ。私の肩や腕にじっと視線を注いで座っている、このいかにも男っぽい男が。

もしかしたら今こそ、私を自由にして、ふさわしい世界へ帰してほしいと頼むチャンスなのかもしれない。でも、言葉は出てこなかった。その言葉自体がもう私の中になくなっているのだ。牧師館での安全で安定した暮らしを恋しく思う気持は、今まったく新しい感情に取って代わられていた。

もうレンツォと離れることはできない……彼のエッセンスのようなものが私の中に入り込んでしまったから。それは単に彼とベッドを共にした体の記憶だけではなかった。アンジェリカも言っていたではないか。もし私が恋に落ちたら、その男に身も心も捧《ささ》げるだろうと。

本当にそうだったわ……姉の予言したとおりになったと思うと、体が風にそよぐ木の葉のように小刻みに震えた。でも幸い震えはまもなく治まり、ジョージアはかすかにため息をつくとそっと体を横たえた。

「こんな――神経性の発作が起きたのは初めて。おかしいわね」

レンツォは真剣な表情でジョージアの左手を持ち上げ、指で脈を測った。

「興奮しすぎたんだな」彼は多少のからかいを込めた口調で言った。「僕たちの間のギャップを忘れていたよ。年の差、経験の差、それに生まれ育った環境の差というものもね」

しかし、ジョージアは真相を知っていた。レンツォの唇が激しく私を求めるとき、彼がキスしているのはアンジェリカなのだ。レンツォが私の肌に触れ、舞い上がるような感覚に誘うときも、彼が本当に抱きたいと思っているのは、アンジェリカなのだ。

ジョージアは今ならその事実に向き合えるという気がした。私はもう二度とゆううつのかたまりになんかならない。もうこれまでのようなうぶな村の娘ではないのだから。「そんなところに座っていたら、かぜをひくわ」ジョージアは少しはにかんでまつげを伏せた。「ベッドに入っていらっしゃいよ」

レンツォはジョージアの残したブランデーを飲み干し、褐色の体を彼女の横にすべり込ませた。彼の黒い髪が真っ白な枕の上で乱れた。スタンドの明かりが、並んで横たわる二人にやさしい光を投げかけている。

「君がまだ若いってことを忘れないようにするよ。若くて、男に慣れていないことを」レンツォがつぶやいた。

ジョージアはキスでまだ敏感になっている唇を噛んだ。「私――私、子供扱いされたくないわ」

「わかった、覚えておくよ」

レンツォが上におおいかぶさってきたので、ジョージアは一瞬期待に身を硬くしたが、彼はスタンドをぱちんと消しただけだった。

「さあ、眠るといい」

ジョージアは暗闇の中で、レンツォが抱き寄せてくれるのを待った。二人一緒に眠りにつきたいと思った。でも、時間が過ぎても、彼の腕は伸びてこない。彼がブランデーを飲ませた震える小娘は、彼が心を奪われているあの娘とは違うのだ。ファッションショーの張り出し舞台をさっそうと歩く、誰の心を傷つけようと意に介さない、自信に満ちたゴールデン・ガールとは、姿もふるまいも違うのだ。ジョージアは、その歴然とした事実を痛感させられていた。

目に涙が込み上げてきた。今さら私が若いの、未経験だのと言ってほしくない。冷静な言葉を二言、三言かければ、二人が燃え上がらせた情熱の炎を消せるとでも思ってるのかしら？　彼がキスをするたびに私は天上の世界へぐいぐいと押し上げられて、最後にはもう、たまらなくなって叫び出すほどなのに。

二十四時間前はたしかに一人きりでいたかった。でも今は彼の腕に抱かれたい。図書館で借りた小説の中に出てきた情け容赦のない君主のように、レンツォは私の体をあまさず自分のものにしないでは気がすまないというふうだった。私のような世間知らずの娘に自分が何をしたのか、レンツォはわかっているのかしら。キスの経験さえなかったのが今ではもう遠い昔の話に思える。

さっきレンツォに問いかけた言葉が、ふたたび頭に浮かんできた。もし子供ができたらどうなるだろう？　ジョージアは彼の目と髪、それにエネルギッシュな活力を受け継いだ子供の姿を想像してみた。

自分の体にそっと手を触れてみる。この私の体の中で、レンツォの子供が体を、手足を、頭を成長させていくのだ。赤ん坊はおなかの中で動いて、私がもう一人ぼっちではないと言ってくれるだろう。子供は無条件に私のものになるのだ。これまで、人であろうと、物であろうと、私だけのものなんて一つもなかったのに。

そうなったら、レンツォが私を愛していないことも問題ではなくなる。彼の子供が、私を愛にあふれた目で見、愛を込めて首に抱きついてくれるだろう。私たちはお互いに唯一無二の存在になるだろう。そして私はレンツォに、アンジェリカからは決して受け取れなかったものを与えることができる。

妊娠すれば体の線はくずれ、つわりに悩まされ、夜中にピクルスを食べたくなるなど、たいへんなことがいろいろあるだろう。

でも、最後に得るものはすばらしい。私にはそう思える。でもアンジェリカはまた違った考え方をするだろう。

アンジェリカは、自分の美しい顔と完璧《かんぺき》なプロポーションをとても気に入っている。だから母親になるためにそういうものを犠牲にしようなどとは、決して思わないだろう。たとえ愛していても、その人の子供を産む気にはならないはずだ。

アンジェリカと結婚していたら、レンツォは子供をほしがっただろうか。それとも美しい妻がいれば、それで満足だっただろうか。

今日レンツォと一緒に過ごした時間が、ふたたびよみがえってきた。二人が完全に一つになったときのこと、彼のひどく男っぽい魅力――。ああ、なんてことだろう。私は本当にレンツォを愛してしまった。

彼から身を離して体を丸め、セクシャルな記憶に包まれながら、ジョージアは眠りに落ちた。そして翌朝遅くまで、夢も見ずに眠りつづけた。

目覚めたとき、レンツォは横にいなかった。すべてのドアを見て回ったが、レンツォは部屋にもテラスにもいなかった。

今日もまたすばらしく晴れ渡っている。シャワーを浴びて、少しレモン色がかった白の、夏らしいドレスに着替えると、ジョージアは夫を捜しに部屋を出た。

おなかはすいていないけれど、紅茶が一杯ほしい。もうすぐ十一時になる。一階のラウンジで彼と一緒に紅茶を飲むことができればいいのだが。

レンツォの姿は見当たらなかった。どこへ行ってしまったのだろう。もしかして読書室かしら？　新聞を読んでいるか、デスクで手紙を書いているのかもしれない。読書室へ向かおうとしたとき、誰かに後ろから呼びかけられた。

「やあ、べっぴんさん」

ジョージアはフランネルのズボンにコットンのシャツを着たその障害物を避けて通ろうとしたが、彼に手首をつかまれてしまった。どうやら簡単には解放してくれそうもない。

「ゆうべはダンスフロアで見かけなかったね。寂しかったなあ」

ジョージアは、これほど厚かましい人間でなかったら、口をつぐんでいたかもしれないような目で、彼を見やった。

「ほかにすることがあったんです」ごく冷たく言い返す。

「たった一人で？」

小さめの、薄いブルーの目に笑いが広がった。明るい金色の髪はカジュアルな感じに短く刈り込まれている。その髪にはレンツォのような豊かさもはりもなかった。

ジョージアはちらりとさげすみの表情を浮かべた。彼の外見や声にはどこか神経にさわるものがあった。レンツォに対しては決してそんなふうに感じないのだけれど。

「どうして私が一人だったとおっしゃるの？　私には夫がいるんですよ」

「そのだんなさんはカードルームにいたからね。僕は彼がひょこひょこ入ってくるのをこの目で見たんだよ、たしかにね」

ジョージアは息をのんだ。怒りに燃え上がった目で、前に立つ男をにらみつける。太った腿でフランネルのズボンがはちきれそうだ。

「私の夫はあなたなんかよりずっと男らしいわ。眠っていたって、起きているあなたの十倍も魅力的よ！」

薄いブルーの目が一瞬ショックの色を浮かべた。これまでの甘やかされた生活では、面と向かって彼のひとりよがりを指摘した者は、誰もいなかったとみえる。

「こいつ！」

彼は顔を真っ赤にすると、ジョージアの腕をつかみ読書室の半分開いたドアから中に押し込んだ。部屋には誰もいなかった。天井から床まである窓が、大きく開いていて中庭を見下ろせる。

怒りに燃えた若い男と二人きりになると、さすがに平静ではいられなかった。彼は太った腿を押しつけて、ジョージアを壁際に追いつめた。夏服の薄い生地を通して、彼の熱が伝わってくる。ジョージアは夢中でもがき、男から逃れようとした。男は怒りをあおられ、よけい意地になった。

「上品ぶって、もったいをつけて、笑わせてくれるじゃないか」

男の息がジョージアの顔にかかる。突き出したあごの筋肉がこわばっている。

「あんたはカメラの前で服を脱いで、いかがわしいことをやってみせてるじゃないか。だけど、そうして目を大きく見開いているところを見たら、大司教だってころりとだまされるだろうな。まったく、たいした演技だよ」

両手をつかんだまま、男はジョージアの耳に口を近づけた。

「僕の部屋に来いよ。君が売り物にしてるテクニックを僕にも見せてくれ」

男の息は熱かった。ぐいぐい体を押しつけてくる。まるで大きなけだもののようだ。ジョージアは全身の力を込めて膝で男のむこうずねを蹴った。彼を立ち上がれないほど痛めつけてやりたいという思いに駆られた。

男はうめいて体を二つ折りにした。彼がすねをさすっているすきに、ジョージアは急いで部屋を飛び出した。目を怒りに燃え上がらせてロビーを横切り、太陽の降り注ぐ外へ出た。

頭は混乱し、胸は重苦しかった。アンジェリカの影にどこまでもつきまとわれるのはたまらなかった。美しい朝が、ふいにその輝きを失ったように感じられた。

どうしてアンジェリカはそんなことをしたのだろう？　本来男と女の愛情の表現であるべきものを、カメラの前でなんか……。わからない。いったいどうして？

ジョージアはうつむいたまま、ひたすら歩いた。海辺で休暇を楽しむ人々の姿も、ほとんど目に入らなかった。笑い声も話し声も耳を通り過ぎていく。彼女のほっそりした姿を追う人々の視線にも気づかなかった。

いつもこうなるのね。ちょっぴり幸せな気分になったとたん、アンジェリカのしたこと、そうでなければ彼女がレンツォの人生に及ぼした影響が不愉快なかたちで顔を出すのだ。私たちは彼女から自由になることができないのだろうか。私自身がもうちょっと自信を持つことができたら、いちいちアンジェリカの影におびえなくてもいいのだけれど。

ジョージアは遊歩道に沿って設けられた、花壇の間にあるベンチに腰をかけた。

それにしても、レンツォだって、さっきのホテルの若い男より、私に対してまともな関心を抱いていると言えるかしら？　残念ながらそれは言えない。レンツォは社会的に成功を収めている立派な人だけど、基本的な欲望はほかの男たちとちっとも変わらない……私に関する限りは。

　ジョージアがそのポニーを見たのは、そんな複雑な思いに沈んでいるときだった。それは海岸で子供を乗せて歩いている、三頭のポニーのうちの一頭だった。一人の子を降ろすと、次の子が乱暴によじ登った。力なく頭を垂れているポニーの哀れな様子を見て、ジョージアは胸が詰まった。

　馬の持ち主がむちを当てるとポニーは歩きはじめたが、脚が不自由らしく、ぎくしゃくした歩き方をしている。そのうえ、暑さにもまいっていて、のども渇いているようだ。子供がたづなを引き、ポニーが疲れたように、それでも従順に頭を上げるのを見て、ジョージアはもう黙っていられなくなった。彼女は子供たちを見守っている親たちの間をかきわけ、たばこに火をつけた持ち主の男に近づいた。

　たぶん私の口出しすることではないのかもしれない。でも、ああいう思いやりもやさしさもないやり方には、どうしても我慢ができない。

「あのポニーは脚が悪いのでしょう。気をつけないと、そのうち倒れて子供にけがをさせるかもしれませんよ」ジョージアは男をなじった。

　男はくわえたたばこをゆっくり取ると、彼女の方を向いた。驚いたふうはない。その目つきからして、彼がポニーの状態をよくわかっているのははっきりしていた。ポニーが苦しんでいるかどうかなど気にもかけていないのだろう。

「よけいなおせっかいはよして、さっさとどっかへ行くんだな、娘さん。わしは何年もポニーを扱ってきてるんだ。あんたの指図は受けねえよ」男は言った。

「あなたのこと、動物愛護協会に訴えますよ」ジョージアはやり返した。「動物を働かせて生計を立てているのなら、その動物たちをきちんと世話するのがあたりまえじゃありませんか。あの小さなまだら馬は、脚が悪いだけじゃなくて、疲れ切っていて、今にも膝をつきそうだわ。もし子供がけがをして、両親が損害賠償の訴訟でも起こしたら、よけい困ったことになるんじゃありませんか？」

痛いところを突かれたらしく、男はたばこを捨て、かかとで火を消してから、浜辺の方へ歩いていった。まだらのポニーは今はもう歩く気力もないようで、止まったままときどき疲れたようにしっぽを振っているだけだ。

子供はポニーの脇腹《わきばら》を蹴って歩かせようとするのだが、弱り切って動けないうえに頑固なのか、ポニーは突っ立ったままでこでも動かないというふうだった。

「さ、降りてくださいよ、ぼっちゃん」

男は子供を鞍《くら》から抱き上げて、両親のところに戻した。両親はなぜ料金分だけ子供を乗せてくれないのかと文句を言っている。

「このポニーはちょっと弱っていましてね。脚が悪いんです」男が説明している。

ジョージアはポニーに近づいて、ふさふさしたたてがみを撫でてやった。ジョージアの方に向けた馬の目がいかにも哀れで、涙を誘う。

「かわいそうに」

ジョージアはこの馬のために何かできないだろうかと思案した。このままこの無神経な男の手にゆだねたら、この馬は手当てをしてもらうどころか、どうしてもっとちゃんと歩かないのかと、むちで打たれるのがせいぜいだろう。

たとえ動物愛護協会の人が来てくれたとしても、ポニーの先々の扱われ方にまで目を光らすことはできないだろう。

ジョージアは従順で辛抱強そうなポニーをたまらなくかわいいと思った。これ以上この馬に騒々しい子供たちを乗せるのはかわいそうだ。ゆっくり休ませて、脚の手当てをしてやらなければ。

ジョージアは心を決めてバッグを探った。私が脚の悪いポニーを連れて帰ったら、レンツォは何と言うかしら。でも、人でも動物でも、生き物が助けを求めているとき、見過ごすことなんかできない。レンツォがそのことをわかってくれるといいのだけれど。

「私、この馬を買います」

ジョージアはポンド紙幣の束を男に差し出した。レンツォからもらった、なけなしのお金だった。

「この馬には、あなたのところよりもっといい寝ぐらが必要だわ」

男はジョージアをじろりと見返した。

「いくらくれるって言うんだね？　今はそりゃ弱ってはいるが、けっこうな稼ぎ手なんだ」

「ここに五十ポンドあります。あなたのところにいたら、もう長くは持たないでしょう。廃馬業者からはこんなにもらえないと思うわ」ジョージアはポニーのくつわをしっかり握った。

しばらくにらみ合いが続いたが、ジョージアは決してあとに引くまいと心に決めていた。とうとう男は彼女の手から札をもぎ取った。

「いいだろう、持っていきな。この馬はあんたのもんだよ」

「名前はあるの？」ジョージアは尋ねた。まわりの人たちがじろじろ見たり、何か言い合っているのも気にならなかった。

「わしはパッチと呼んでる」

「パッチね。わかったわ」

ジョージアは新しく自分のものになったポニーを引いて、息をのんで見守っている人々の間を通ってホテルに向かった。

レンツォが高い宿泊料を払っているんだもの、デュークスの厩舎《きゅうしゃ》でこのポニーを預かってもらうことができるだろう。馬番が脚の手当てをして、ちゃんとした食べ物を与えてくれるはずだ。

この馬は私のものだ。人がどう思おうとかまいはしない。もうみんなの干渉はたくさん。思いやりのなさにも我慢できない。ほとんどの人たちが好き勝手のし放題で、そのくせ他人に対するやさしさはちっともないんだから。

ジョージアは自分とパッチに向けられる視線を平然とはね返した。パッチの傷んだ脚に負担がかからないように、ゆっくりしたペースで遊歩道を歩いていった。

デュークス・ホテルの裏にある厩舎に着くと、馬に乗った人が四人ばかり散歩から帰ってきたところだった。その中の一人の若い女性が鞍から降りて、笑い声をあげた。

「場所を間違えたんじゃありません？　ここは海岸の老いぼれ馬を連れてくるようなところじゃありませんよ」

「たしかに海岸の馬ですけど、ここに置いてもらえるはずです。このポニーは私が買ったものですし、ホテルの支配人も主人の頼みなら聞いてくれると思いますので」

ジョージアはパッチを水飲み場に連れていった。ポニーは疲れた様子で頭を下げ、おいしそうに水を飲んだ。たづなを壁のリングにつなぐと、ジョージアは馬番を捜しに行った。ポニーにオーツ麦を食べさせたいし、獣医を呼んでもらわなければ。

ストライプのジャージを着た若者が厩舎のそうじをしていた。ジョージアは彼に話しかけた。

若者は彼女をじろじろと眺めて言った。「何ですって、お嬢さん？　ご冗談でしょう」

「けがをした動物のことで冗談は言わないわ」ジョージアは冷静に言い返した。「夫と私はこのデュークスに滞在しているんです。それで、私のポニーに餌《えさ》をやって、獣医さんにも診せてもらいたいの。ホテル専属の獣医さんを呼んでいただけないかしら？　治療費のことは心配しないで。ちゃんとお支払いしますから。私の名前はシニョーラ・タルモンテです」

若者はしばらくジョージアに疑わしげな目を向けていたが、それ以上言い争うのはよそうと決めたようだった。

「殺される寸前まで働かされたようだね」

彼はジョージアと一緒に、ポニーがつながれているところまで歩いてきた。ポニーは舌先で水をぴちゃぴちゃ鳴らしている。心なしか、少し元気になったようだ。

馬番は傷めた脚を調べると、低く口笛を吹いて困ったように言った。

「こりゃあ、治療代がものすごくかかりますよ、奥さん」

「いくらかかってもかまわないわ」

ジョージアは古ぼけてすり切れた鞍とあぶみをはずして脇へ置いた。

「この国の人って、いったいどうなってるんでしょう！　ポニーがこんなに弱ってるというのに、自分の子供たちが乱暴に乗ったり降りたりするのを、笑いながら見てるだけなんですものね。このポニーが脚を傷めてることは見てわかりそうなものなのに」

「みんな、奥さんのようにやさしくはないんですよ」馬番はにやっと笑った。「デュークスの支配人も、やさしい人間だっていう評判はないですよ。このポニーをサラブレッドと一緒にここに置くとは思えないな。たぶん無理ですねえ。支配人はこの馬を引き受けちゃくれないでしょうよ」

「引き受けてもらわなければ困るわ」

ジョージアはポニーのもつれたたてがみを撫でながら言った。

「レンツォがきっと手筈《てはず》を整えてくれるはずだわ。私の夫はどんな場合もたいていは自分の思いどおりにしてしまうのよ。ところで、パッチの餌のほうはどうなったの？」

「どうしてもとおっしゃるならね、奥さん」

馬番は口笛を吹きながら庭を横切りかけたが、男が二人やって来るのを見て立ち止まった。

男の一人は身振り手振りを交えてさかんに何か言っているが、もう一人はそれを静かに聞いているだけだ。

ジョージアはレンツォの姿を見て、心からほっとした。たぶんさっきパッチと私がここに入ってくるのを見た客の一人が、支配人のところへ行って苦情を並べ立てたのだろう。

「恐縮ですが、この馬はどこかへやっていただかなければなりません、シニョーラ。このような生き物をホテルの敷地内に入れることはできないんですよ。規則に反するものですから」支配人が言った。彼はジョージアとパッチを迷惑そうな表情で眺めやった。

「たいていの規則には、例外があるものです。私の経験から言えば、そうですね」レンツォが口を出した。

彼はジョージアをじっと見ていた。妻のとんでもない買い物をおもしろがっているのか、怒っているのか、表情からは読み取れない。

哀れな馬のほうは、ジョージアの肩に鼻づらをこすりつけている。この世で自分のことを本当に思ってくれるのはこの人だけだと、動物特有の勘で気づいているのかもしれない。ジョージアは青い目にせいいっぱいの思いを込めて夫を見上げた。レンツォが本気になれば、彼に逆らえるほどの神経を持つ者は、ほとんどいないことはよくわかっている。パッチには、どうしてもここで充分な手当てを受けさせてやりたい。そのために、ぜひともレンツォの力添えがほしかった。

レンツォは手を伸ばしてポニーの背中を撫でた。骨張っているのをきっと感じただろう。彼は支配人の方を向いた。黒檀《こくたん》のステッキをかすかに持ち上げたのが偶然でないことは、ジョージアにはわかっていた。

「サラブレッドが預かってもらえるのなら、同じようにこのポニーも世話してもらえるんじゃないですか」

「しかし、この馬は伝染病にかかっているかもしれませんからね」

支配人はうさんくさげにパッチを見やった。パッチは、親切にされるか、突き放されるか、運命が決まるのを辛抱強く待っている。ジョージアは安心させるように馬の首を軽くたたいた。

「脚を傷めて、飢えているだけですよ」レンツォがきっぱりと言った。「引き受けてやってください。損をするわけではないし、第一、人道的なことじゃないですか。そうでしょう?」

「うちの方針に反することですからね」

支配人はまだ迷っている。

「親切な行為が報われないとなると、何のための方針かわからなくなりますね」

レンツォはふたたびジョージアの方に目をやった。相変わらずその表情は彼女には読めない。

「少し世話をしてやれば、このポニーも数日でそこそこ見られるようになるでしょう。妻をがっかりさせたくないんですよ、シニョール。ご覧のとおり、彼女はすっかりその気になってますからね」

支配人は困ったような表情を浮かべて、ジョージアの方に目を向けた。白いドレスを着て、腕をポニーの首に回し、青い目をきらきらさせている姿には、固い決意とともに無防備な頼りなさが表れている。

支配人はついに折れた。彼はちらりと笑みを浮かべた。

「わかりました。でも、一つだけお願いしておきますよ、ショニーラ。もうこれ以上、哀れな動物を私どものホテルに持ち込まないでくださいね。私に同情心がないというのではありませんが、お客さま方がみんな、あなたのように情け深い方たちばかりとは限りませんので」

「ありがとう。感謝しています」ジョージアは心から言った。

「では、一件落着ということですね？　もし、さらに苦情が出るようでしたら、ホテル側では了解しているのだと言っていただけますか？」レンツォがきいた。

「苦情処理はホテル業務のうちですから」支配人はあきらめたように答えた。「馬番にはあなたのほうから話してくださいシニョーラ・タルモンテ。あなたの頼みを断れるような人は、たぶんいないでしょうから」

二人きりになると、ジョージアはレンツォにほほえみかけた。しかし、彼は笑い返してこなかった。信じられないものでも見るように、かすかに首を振りながら、ジョージアを見下ろしている。

「たとえ三十分でも君を一人にはしておけないってことだな。銀行に用があって出かけていたんだが、そのわずかの間に、君は二人三脚の相手にも勝てそうにない、骨と皮のかたまりを手に入れてたというわけだ。いったい、どうしてこういうことになったんだい？」

ジョージアがいきさつを話すと、レンツォはそれをおもしろがった。

支配人が行ってしまうと、ストライプのシャツの若者がオーツ麦の入った袋を持ってやって来た。袋をポニーの首にかけて、彼はにこっと笑ってみせた。

「うまくいってよかったですね、奥さん」

「主人のおかげよ」

ジョージアは勢い込んで餌を食べるポニーを満足げに眺めた。

「厩舎の責任者と話をしなくては——今、いるかしら？」

馬番は厩舎の入口にある石のアーチにかかっている時計を見上げた。

「今はギネスを散歩させてる時間ですが、もう三十分もしたら戻るでしょう。ダフィーのおやじなら大丈夫ですよ、奥さん。四本足の動物なら何でもこいだし、デュークスに来る俗物どもには我慢がならんと、いつも言ってますからね。おやじさんに言わせりゃ、ほんの一人、二人の例外を除くと、連中は本当の上流階級じゃないんだそうです」

よく動く緑色の目が、ちらりとレンツォを見やった。彼がその一人二人の例外に当たることがわかったようだ。

今朝のレンツォは、明るいベージュのスーツを身につけていて、それが彼のイタリア人らしい品格を際立たせている。

「君の名前は何ていうんだい？」レンツォがきいた。

「フレディです」

「ではポニーの世話は君にまかせるよ、フレディ。なるべく早く獣医に見せてやってくれ」

「かしこまりました」

フレディはレンツォにもらったチップを薄汚れたズボンのポケットに突っ込んだ。

「今日はパッチにとっちゃ幸運な日でしたね。あなたの奥さんのお目に留まって」

「そうだな。僕の奥さんは、こうと決めたら譲らないからね。さ、君の少々老いぼれたペットにさよならを言いたまえ、ジョージア。そろそろ昼食の時間だ」

「じゃあ、またあとでね、パッチ」

ジョージアは満足げにポニーの首をたたき、フレディにやさしくほほえみかけた。

「午後にまた、お医者さんが脚のことをどう言ったか聞きに来るわ。ダフィーさんに、パッチのことは支配人が了解済みだって、よく言っておいてね」

「はい。これでみんなの鼻をあかせますよ」フレディは上機嫌だった。「パッチも腹いっぱい食べて元気が出たようだ」

「そうらしいわ。おなかがすいてたのね、かわいそうに」

「空腹なのはパッチだけじゃないよ」レンツォはきっぱりと言ってジョージアのひじをつかんだ。「一緒に食事に来るのかい？　それともずっとここにいるつもりかい？」

「行くわ、シニョール」

レンツォと並んでホテルの玄関を入りながら、ジョージアは彼を見上げて言った。

「どうしても我慢できなかったの。怒っていないわよね？」

「ああ」

「それじゃ、何を考えているの？」

「君と二人きりになりたいと」

「まあ――」

「心配しなくていい。君にキスしたいってことだよ」彼は短く笑った。

エレベーターで上がっていく間なんとなく漂っていた緊張感は、レンツォが部屋のドアを閉めたとたんに消えた。

彼はステッキを椅子の上に投げると、ジョージアのほっそりした体を抱き寄せ、強く抱き締めた。見下ろす目は熱っぽく輝いている。彼があまりにじっと見つめるので、ジョージアはまばたきした。首に回した手に力を込める。

「僕は君のことをまだ知りかけてもいないようだ。君には驚かされてばかりだよ」レンツォが唇に唇を重ねてつぶやく。

「私も、自分で自分に驚くことがよくあるわ」

二人の唇は合わさり、キスは次第に熱っぽくなっていった。ゆうべはさまざまなことに思いをめぐらしたが、レンツォに抱かれたままソファに沈み込み、彼の愛撫を肌に感じると、その思いはすべてジョージアの心から消え去った。

「おなかがすいてるんじゃなかったの？」ジョージアの目がからかうようにきらめいた。

「飢えてるって言ったんだ、君に」

ジョージアは笑いながら、先に立ってベッドルームに入っていった。ドレスを脱ぎ落とし、靴を蹴った。レンツォが前に立ちはだかって上着を脱いだとき、笑いが消え、別の感情が取って代わった。

彼女は手を伸ばして、ネクタイをほどくのを手伝った。一分もたたないうちに、レンツォは彼女の体を抱き寄せてベッドに倒れ込んだ。

愛し合う二人を、窓から差し込む日の光が温かく包む。白い手足が、褐色のたくましい手足にからまる。ほっそりした手が背中のしなやかな筋肉を伝う。二人の情熱はやさしく、そして激しかった。しびれるような戦慄《せんりつ》がジョージアを恍惚《こうこつ》状態へ、奔放な感情の高まりへと導く。

「ダーリン、ダーリン」

ジョージアはどうしようもないほどの喜びに突き動かされて彼にしがみついた。

力強い手がジョージアの背中を支えて持ち上げ、ぴったり抱き寄せる。二人の心臓の鼓動が一つになる。白い体にからませた褐色の体が大きく震え、やがて徐々に動きは静まった。

「ああ……ジョージア！」

レンツォの吐息がのどをくすぐる。彼の胸の鼓動が、こちらの胸に響いてくる。それだけでも敏感になった肌には刺激的だった。

二人は体をからませたまま横たわっていた。ジョージアは唇を震わせながらほほえんだ。今レンツォとともに到達したこの一体感ほどすばらしいものが、この世にあるだろうか。このまま永久にこうしていられたら、どんなにいいかしら。

レンツォ以外の人には会いもせず、話もしない。ほかの人なんかいなくていい。レンツォがいるだけで充分だ。彼は私の中心にいて、私にとってたった一つ必要なものだ。

ジョージアはレンツォの豊かな髪を手ですきながら、今朝読書室で自分を壁に押しつけた若い男のみだらな目を、ちらりと思い浮かべた。

その目は肉体的な欲望というものを、安っぽくて汚らわしいものに感じさせた。ジョージアはあわてて彼のことを頭の外へ追い出し、かすかに開いた唇でレンツォにやさしくキスをした。

彼への愛で胸がいっぱいだった。ところが、ジョージアが口を開く間もなく、電話が鳴りはじめた。二人がしばしの間忘れていた外の世界が、騒々しく侵入してきたのだ。電話はベッドのそばにあった。レンツォは小さくうめくと、それでもジョージアを抱く手をゆるめずに受話器に手を伸ばした。

彼は長いこと黙って相手の話を聞いていた。相手が誰か知らないが、その人がレンツォの情熱をいっぺんに冷ますようなことを知らせてきたのはたしかだった。

「まったく、おせっかいなんだから！」ジョージアは、その見えない相手に向かって小声で悪態をついた。

こんなに長い間話しているのは誰なのだろう。そう思ったとたん背中にぞくっと寒気が走り、ジョージアは急いでシーツを体に巻きつけた。

どうしてレンツォは、今ハネムーン中なんだから邪魔するなと言わないのだろう。ジョージアは彼のたくましい腕に手をすべらせた。てのひらに硬い毛がさわる。

ベッドサイドの時計を見ると、ランチタイムはとっくに過ぎている。私たちは胃のほうではない、別の飢えを満たすために、その時間を使ってしまったらしい。

ジョージアはあの嵐《あらし》のように激しくあからさまな欲求が、どれほどの喜びとともに満たされたかを思い返した。レンツォの褐色の背中に目をやると、もっと穏やかな喜びが心に広がった。

ベッドの中では、慎みというものをすべて忘れさせてしまう彼。電話の方にかがみ込んだ背中の筋肉が、ロダンの彫刻のようにくっきり浮き上がっている。

　そのとき、レンツォが言うのが聞こえた。「いや、電話してくれてよかったよ、フラヴィア。ああ、君の気持はジョージアにきちんと伝えておく。じゃ、あとで」

　受話器を置くかちりという音が、ジョージアの胸に響いた。

「どうしたの、レンツォ？」ジョージアは彼の腕をつかんで言った。筋肉が緊張でこわばっているのがわかる。

「ハネムーンは終わりだ。僕はロンドンへ帰らなくてはならなくなった」

「終わり――？」

　ジョージアはレンツォの顔を見つめた。胸が不安に締めつけられる。

「残念だが――」

　それからレンツォは説明した。義妹のモニカからオフィスに連絡してきた話によれば、レンツォの母親が、ハーレイ・ストリートの専門医にかかるためにロンドンへやって来るという。急に決まったことらしく、モニカはレンツォに母親を空港まで迎えに行ってほしいと言っている。母親のかかる医者というのは、心臓の専門医だった。

「もちろん、私たち帰らなければならないわね」

　ジョージアは彼の母親のことを気づかった。それでも大きな落胆を隠すのはたやすいことではなかった。

誰にも邪魔されず、サンドボーンに二人きりで滞在するうちに、徐々にきずなを深めていけるのではないかと、希望を抱きはじめたところだったのに。でも、もうおしまいだわ。バスローブに手を伸ばしたレンツォが、すでにジョージアとは関係のないことを考えているのがわかる。ベルトを締めながら、彼は黒い眉をひそめ、険しい表情を浮かべていた。

「母《マードレ》は二年前、心臓の発作を起こして、それ以来薬物療法を続けていたんだ。たぶん症状が悪化して、薬が効かなくなったんだろうな」

レンツォは物思いに沈んだまま、しばらくじっと立っていたが、やがて目を上げてジョージアを見やった。

「荷作りを頼まなくては——それとも、君は予定どおり二週間、ここに残るかい?」

「とんでもないわ。あなたと一緒に帰ります」ジョージアはすぐに言った。

「そう?」

レンツォはベッドに起き上がったジョージアを見つめた。

「君の大事なポニーはどうする?」

「手当てをしてもらって、旅ができるほど回復したら、運搬用のトレーラーを手配してもらうわ」ジョージアはきっぱりと答えた。

レンツォはもうほとんどうわの空だった。母親のことだけを考えているのだろう。

これまでレンツォが母親のことを話してくれたことはなかった。彼の生活の大事な部分には私を立ち入らせまいとしているかのように。

心の奥深くでジョージアは傷ついていた。なぜならその心の奥で彼女はレンツォのことを深く思っていたから。レンツォにとって大事なことは、私にとってもまた大きな関心事なのに――。

「ダーリン、私たち出発前に食事をしないと」ジョージアはやさしく言った。

レンツォはうなずいた。だが、すぐにかぶりを振った。

「いや、途中でどこかに寄ればいい。少しでも早く出発したいんだ」

「わかったわ」

太陽はまだ部屋を明るく照らしていたが、ジョージアの心にはもう金色の明かりはともっていなかった。

二人の間に暗い影が差しはじめたかのようだった。彼は眉根を寄せて考え込んでいる。

「服を着たまえ」

レンツォはそう言うと、ジョージアに背を向けて葉巻に火をつけた。煙を残して、彼は居間の方に出ていった。ジョージアは一人きりになった。

しばらくの間、彼女は唇を噛んで、これからどうしたらいいかと思案した。しなければならないことがいきなり増えた気がして、何から手をつけていいかわからない。

ジョージアは心を決めてベッドを降り、手早くパンツとシャツを身につけた。ルームサービスに電話をかけて、荷作りのためにメイドを一人寄越すように頼む。次にフロントに電話をし、急にロンドンに帰らなければならなくなったと説明して、宿泊費の精算をしてもらう。

デュークスでのハネムーンの最後の数十分を、ジョージアは厩舎で過ごした。

獣医はすでにパッチを見てくれていて、今はほかの馬を診察しているところだった。彼はパッチが数日すれば見られる姿になると請け合った。

「なかなかタフなやつですよ。少し手入れをして、餌をたっぷり食べさせれば、お子さんのいい遊び相手になるでしょう。もし、お子さんがいらっしゃればの話ですが」

「いいえ、まだなんです」

ジョージアはほほえんでかぶりを振った。でも、もしサンドボーンでこき使われていたポニーが、レンツォと私の子供の遊び相手になるとすれば、なんてうれしい運命のめぐり合わせかしら。そうなればいいのに、とジョージアはひそかに願った。私たちがあれほどお互いに熱中したことを考えれば、子供ができる可能性もないとは言えない。

ジョージアは、パッチが体力を回復し次第、ハンソン・スクエアに送ってもらえるよう手筈を整えた。今になってみると、海に面したこの大きなホテルを離れるのがとてもつらい。

私のハネムーンはとても短かったけれど、一瞬一瞬が強く印象に残っている。

ここへ来たとき、私は不安でいっぱいの若い娘だった。でも今では、女であるとはどういうことかが、少しわかりはじめたような気がする。私はまったく新しい目で物事を見ることができるようになった大人の女として、ここを出ていくのだ。

7

レンツォは、母親を迎えにジョージアも一緒にヒースロー空港へ行ってくれとは言わなかった。朝食をとりながら、彼は思いにふけっている様子で、あまり口をきかない。心配でならないのか、眉間に深くしわを寄せてコーヒーを飲んでいる。

「母《マードレ》は白い花が大好きなんだ」レンツォが突然言いだした。「すまないけど、ガドランの店から白い花をたくさん取り寄せて、ベッドルームと居間に飾っておいてくれないか。部屋にテレビとラジオがあるかどうかもたしかめておいてほしい。伯爵夫人《コンテッサ》がここに泊まるのは本当に久しぶりなんだ。これが医者にかかるためなんかでなければよかったんだが」

ジョージアはグレープフルーツを一すくい口に入れたが、手が震えて歯にスプーンの端が当たってしまった。

今朝はなぜか自分がどうしようもなくぎこちなく、幼く感じられる。彼は私のことなど、眼中にないみたいだ。透き通ったシルクのナイトドレスに部屋着をはおり、着ているものは以前と比べものにならないほど高級だけど、なんだかまた、牧師館のまわりでうろうろしていた娘時代に逆もどりしたような気がする。

レンツォの態度には、芽生えかけた私の自信を摘み取るような冷たさが感じられる。

「私、あなたのお母さまのこと、何も知らないわね」ジョージアはおどおどした、不安げな声で言った。

「ハネムーンで母親の話をする男がいるかい？」レンツォはそっけない。

「そりゃあ、いないでしょうね。でも、あなたはとても——その、つまり、あなたは家族の話をほとんどしないから、私……私、もう少し知っておきたいと思って。たとえば——」

レンツォは眉を上げた。二人はジョージ王朝様式の屋敷の二階にある、優雅な朝食の間で、銀のコーヒーセットと、金で縁取られた上質の磁器のカップを前に向かい合っていた。

「たとえば？」

「あなたのお母さまは、本物のコンテッサなの？」

言いながら、ジョージアは顔を赤らめた。レンツォに俗物だとは思われたくないが、貴族の称号を持つ女性が義理の母親だなんて、やっぱり心ときめくことだ。

「僕はそう信じているけどね」レンツォが無造作に答える。

ジョージアはそんな彼の態度に出鼻をくじかれた思いがした。

「レンツォ、あなたはまるで、私がお母さまのことを話題にしてはいけないと思ってるみたいだわ。いくらなんでも、紹介くらいはしてもらえるんでしょうね」

レンツォは眉根を寄せた。彼の目はコーヒーポットの輝きを反射してきらめいている。

「マードレは僕が結婚したことも知らないんだ。たぶん、僕がまだ君の姉さんと婚約していると思っているだろう。義妹のモニカと僕で相談して、ステルビオがアンジェリカと駆け落ちしたことは、マードレには知らせないでおこうと決めたんだ。マードレの心臓の具合を考慮に入れなければならないし、ステルビオは今でこそのぼせ上がってるが、それもそう長く続くものじゃないと僕もモニカも思ってるんだ」

ジョージアはレンツォの言葉をじっくり考えてみた。それから、ふいにショックを受けた。

「それでなのね、レンツォ！　だから、サンドボーンに残るかってきいたのね。私はお母さまの目に触れても、心に留まってもいけないというわけね！」

「当分はそのほうがいいと思ったんだ。でもこうなったからには、本当のことを話さなくてはならないだろうが」

「じゃあ、アンジェリカの代わりに私と結婚したっていうことは、どう説明するの？　話がややこしくなるわ。お母さまは当然あなたたちの婚約が解消された理由を知りたいと思われるでしょう？」ジョージアは青い目をきらきらさせてレンツォを見つめた。

「当然だろうな」レンツォは考え込みながらジョージアを見返した。

「まさか、本当のことは言えないわね。ショックが大きすぎるもの」

「そうなんだ。ステルビオはマードレのお気に入りの息子だからね。その彼の不行跡を聞けば、マードレが胸を痛めるのはたしかだよ」

「それじゃ、お母さまに何と言って説明するの、レンツォ？」

「アンジェリカは妻の座より仕事を選んだ。だから代わりに君と結婚した、と言うよ」

「一応、筋は通ってるわね」

でも、それで私の立場はますますはっきりしてくる――次善の策としてかつぎ出された女、という立場が。

「あまり朝食を食べないのね」ジョージアはつぶやいた。

「それほど空腹ではないんだ」

「そんなに心配しないほうがいいわ」

ジョージアはナプキンをたたみながら、ふと思いついてきいた。

「それじゃ、あなたはタルモンテ伯爵ということになるの？」

「今はその称号は使ってないよ。僕は自分の力だけで成功したかったから。貴族の称号なんてものはそれが通用する狭い世界だけのもので、ビジネスや才能の世界でばりばりやってる男や女には無用の長物だよ」

「アンジェリカはあなたが伯爵だってこと、知っていたの？」

アンジェリカの名前は出したくなかったが、どうしてもきいてみたかった。

「ステルビオから聞いたらしい。アンジェリカはもちろん、伯爵夫人になるという考えは気に入ったようだ。しかし、そのときには僕はもう、彼女が裏切っていることに気づいたあとだった」

レンツォの口は一文字に引き結ばれ、グレイの目には厳しい光がたたえられていた。ぞっとするような冷たい目だった。

「君は僕の妻だから、伯爵夫人だよ。たとえ僕がその称号をばらの下に隠しているとしても」

「ばらの下――？」

「ずっと昔、秘密会議が行われた部屋の天井には、ばらの円形模様が描かれていたそうだ。そこで秘密の誓いが立てられたわけだよ」

その朝初めてレンツォはほほえみを見せた。テーブルを回ってジョージアのそばまで来る。そして彼女の額から髪の毛を払いのけると、そっと唇を押し当てた。

「それは髪飾り《ティアラ》の代わり？」ジョージアは小さく笑った。

細いストライプの茶色のスーツに、太いストライプのベージュのシャツを組み合わせた今朝のレンツォもまたすてきだ。

うなじから背中にかけて震えが走った。彼の手に触れられることにとても敏感になっていたから、ちょっとしたしぐさにも反応するし、思慕の念が募ってくる。

一人の男をこれほどまで意識するのは心ときめくことでもあり、恐ろしいことでもある。レンツォは表情一つで私に恥知らずな欲求を抱かせる。軽く手を触れるだけで私の体に火をつけるのだ。

今も、まさにそうなっていた。レンツォは指でジョージアの髪をすき、その手を首筋から薄い部屋着に包まれた肩へとはわせていった。

やがて彼はジョージアを立たせて抱き寄せた。

「そろそろ行かなければマードレの飛行機に間に合わない。事情はきちんと話すから心配しないで。あれこれ気に病むことはないよ。花を注文するのを忘れないように。それから料理人のミセス・アルバーチと昼食のことを相談しておいてほしい。使用人には断固として、しかもにこやかに接することだ。それがこの家の女主人にみんなが期待していることだからね」

「わかったわ。それにしても、ここはとてもすてきなお家ね、レンツォ」

「この家にはかなりの思い入れがあるからね」

レンツォはジョージアの上向けた顔を両手で包み、唇にゆっくり口づけをした。

「君はマーマレードの匂《にお》いがするよ、カーラ・ミーア。大人っぽいナイトウエアを着ていても、どうしていいのかわからないでいる、おどおどした小さな女の子のように見える。今、そういう気持なのかい？」

「ええ、少し。お母さまが私を好きになってくださるといいのだけど。望みはあるかしら？」

「僕は君が好きだよ。違うかい？」

レンツォは気軽にそう言うと、ジョージアを放して腕時計を見た。

「急がなくては！　ゆっくりくつろいでいればいい。コンテッサは僕と同じように君のことをチャーミングだと思うだろうから、安心していいよ」

レンツォはちらりとほほえみを浮かべると、ジョージ王朝様式の長窓から差し込む日光を浴びて立つジョージアに背を向けた。

「じゃ、またあとで《アッリヴェデルチ》」

「いってらっしゃい」

ドアが閉まるのを見守りながら、ジョージアは心細さを感じずにはいられなかった。これで私は、ほとんど知らない都市の、知らない家の中に一人ぼっちになってしまった。

せめてレンツォに愛されているという自信があれば、もっと落ち着いていられるのに。さっきはやさしい言葉をかけてくれたけど、好きというのは、狂おしいほど愛しているというのとは違う。

「テーブルを片づけてもよろしいでしょうか、奥さま?」

メイドのシルビアが入ってきた。レンツォのアドバイスを思い出して、ジョージアは努めて落ち着いてふるまおうとした。これまでも、料理人はもちろん、メイドや執事を使うような生活を送ってきたかのように。

「ええ、お願い。シャワーを浴びて着替えたら、コンテッサのお部屋に行って、手落ちがないかどうかたしかめるわ。お部屋に飾る花はこれから注文するのだけど、夫が、部屋にテレビとラジオがあるかどうか気にかけていたから」

「すべて手落ちはないと存じます。昨日ミス・スコットがいらして、コンテッサができるだけ快適にお過ごしになれるよう、執事にいろいろ申しつけておられましたから」メイドは少しとりすました様子で答えた。

「それなら大丈夫ね」

ジョージアは、自分がこのハンソン・スクエアの家では用なしだなどとは、考えたくなかった。

レンツォにとって、秘書のフラヴィア・スコットがかけがえのない女性であることははっきりしている。でも私はいったい彼にとって何なのだろう。

レンツォはお母さまに私との結婚を知らせてもいない。まるでこの結婚を本気には考えていないかのように――これを単なる報復の一手段、アンジェリカとの精神的な戦いに使う武器と考えているかのように。

　レンツォが私とのベッドタイムを楽しんでいるからといって、ベッドルーム以外でも私が彼にとって重要な存在だなどと思い込まないほうがいい。

　その二人のベッドルームは、少し奥まったところにある、美しい部屋だった。アンティークの装飾がついたローズウッドのドアを開けると、時間が止まってしまったような錯覚に襲われる。家具の一つ一つが、本当に美しいものを見極めることのできる目で選ばれている。

　レンツォがこのロンドンの住まいを、優雅で品格がある外観と同様に、内部もすばらしいものにしようと相当なお金と時間を注《つ》ぎ込んだことがよくわかる。

　ジョージアはバスルームに向かった。その昔この家の主人が、ここで髪粉をつけたかつらと法衣を脱いだのだろう。レンツォによれば、ジョージ王朝時代、この家には有名な裁判官が住んでいたらしい。

　多くの人を絞首刑にした苛酷《かこく》な裁判官で、恐れられもし、尊敬もされていたという。緋《ひ》色《いろ》の法衣をまとった彼の肖像画が今でも玄関ホールに飾られている。そのことからしても、レンツォが犯罪者には厳しい裁きが必要だと考えていることがはっきりわかる。

　バスルームの壁はアイボリーのタイルばりで、濃いグレイの深いバスタブの中に、湯が勢いよく噴き出している。特殊な器具を使っていて、湯は出る端から香りのいい泡になっていく。

湯の中に体を沈めながら、まるで大きな脚つきグラスの中のシャンペンみたいだ、とジョージアは思った。

レンツォのお母さまのためにフラヴィア・スコットが何もかも準備を整えてくれたのだから、急いでシャワーを浴びることもないだろう。まだ午前中いっぱいあるのだし、私の仕事は白いお花を注文することだけなのだから。

バスルームには電話が取りつけてあった。ハリウッド映画に出てくるようなお金持になった気分が味わいたくて、ジョージアは番号案内を呼び出した。ストランドにあるガドラン・フラワーショップの番号を教えてもらう。

それから花屋を呼び出す。店員は大きな菊の花から小さなすずらんまで、白い花の種類をいろいろと教えてくれた。

結局、何種類かの花をバスケットに生けたものをいくつか注文し、昼までに届けてほしいと頼んだ。それから、ジョージアは少しばかり威厳を込めてつけ加えた。

「そのお花は主人の母のコンテッサ・タルモンテのためのものなんです。母は今日イタリアからやって来ることになっておりますの。私たちの家にしばらく滞在する予定なんです」

花屋は注文の品は時間までに間違いなく届けると請け合った。マダムに満足していただけるよう、美しくて新鮮なものを厳選いたしましょうとも言った。

ジョージアは泡立つ湯の中ですんなりした脚を上げたり下ろしたりしてみた。入浴剤のかぐわしい香りに浮き立つような気持がいっそうあおられる。まるでスルタンが自分の楽しみのために宮殿に住まわせる、なめらかな肌をした美しい娘になったような気分だ。

牧師の娘にしては、はしたない考えだこと！　ジョージアは思わず笑みをもらした。でも、レンツォのことはそういうふうに考えるのがもっとも賢明なのかもしれない。

渦巻く湯の中で心地よい刺激を楽しみながら、レンツォのお母さまはどんな人だろうとジョージアは思いをめぐらした。ローマのファッションデザイナーにつくらせた服で華麗に装った、とりすました、近づきがたい女性だろうか。ハンサムな息子たちに執着し、会ったこともない嫁を毛嫌いするのではないだろうか。

体がほてってきたので、ジョージアはバスタブから出た。大きなパイル地のバスタオルを取って体に巻きつけながら、さっきのレンツォとの会話を思い返してみる。

彼ははっきりとは言わなかったけれど、お母さまはアンジェリカに会ったことがあるのだろう。そして結婚も認めたのだ。そう考えるのが自然だ。

アンジェリカがレンツォのお母さまに気に入られたのもうなずける。あの魅力的なほほえみに接すればどんな人だって……。果物の中でも、いちばん甘くて香りのいい桃の中に堅い種があるように、彼女の中にも自己中心的なところが隠されている。でもあの微笑さえ浮かべていれば、誰もそんなものに気づかない。誰もがあのほほえみにはまいってしまうのだ。

ジョージアは香料を染み込ませたスポンジでゆっくり体をこすった。心地よい香りが肌に染み込むようだ。

私はレンツォのお母さまを魅了することはできないだろう。息子にとってかけがえのない女性だなどと思ってもらえるとも思わない。それでも、身ぎれいにして、誠実に接することはできる。

アンジェリカの魅力は自己愛から出たものだが、ほとんどの人がそれに目をくらまされる。私にはそんな魅力があるとは思わない。服も胸にピンタックを寄せた、おとなしいデザインの青いキャンブリック地のドレスと決めている。

レンツォのお母さまと私は顔を合わせ――お互いを好きになるかもしれないし、嫌いになるかもしれない。たしかなことは何もないし、期待を抱いているわけでもない。シルクのような細いロープの上を一歩一歩進んでいく心境だわ。

髪を乾かしてうなじのところでゆるく束ねると、ジョージアはブルーのドレスを着て、摂政時代調の大きな鏡に自分の姿を映してみた。

私は人妻に見えるだろうか。私がロンドンの中心地にある、この大きなジョージ王朝様式の屋敷の女主人だなんて、誰も思ってはくれないのではないだろうか。

部屋を見て回って、この家の間取りを頭に入れれば、少しは女主人らしい気分になれるのではないかしら？

ジョージアは階段を下りて玄関ホールに出た。長い格子窓から差し込む日光が、つややかな木の床にチェッカー盤のような模様を描いている。

ジョージアは階段の手すりにもたれ、しばらくの間、冷酷無比だったといわれる裁判官の肖像画を眺めた。銀色のかつらの下の目は黒くて容赦ないように見える。

この人は好きになれそうもないと思いながら、玄関ホールを横切ってドアの方に向かう。裁判官の目がいつまでも追ってくるような気がした。

ドアを開けると、そこはすばらしい部屋だった。内側に広い斜壁のある張り出し窓、金をちりばめた天井蛇腹のついた、明るいグリーンのアダム・スタイルの天井。中央から下がっているシャンデリアはベネチアン・ガラスらしく、デザインがすばらしい。明かりをともすと、巨大な宝石のかたまりがきらきら輝いているように見えるのではないかしら。

ローズ色にペールグリーンをあしらった、浮き出し模様のシルクをはったソファも、なんとも言えずエレガントだ。

でも、何よりジョージアの目を引きつけたのは、ローズ色の大理石の暖炉の上にかけてある肖像画だった。シルクのクッションに座っている長い巻き毛のかわいらしい少女だ。近寄ってサインを調べてみると、その肖像画はジョージ・ロムニーの作だということがわかった。

　重々しいせき払いが聞こえた。振り向くと、執事のトレンスが開いたドアのところに立っていた。ジョージアの方にもったいぶった、やや尊大なまなざしを向けている。

「ガーデンルームにコーヒーとビスケットをお持ちしましょうか、奥さま？」

　ちょうどそのとき、暖炉の上の磁器製の時計がチャイムを鳴らしはじめた。十一時だ。

「ここは客間でしょう、トレンス？」

「さようでございます、奥さま」

「本当にすばらしいわ。あのドアはダイニングルームに通じているの？」

「そのとおりです、奥さま」

　トレンスが決して見誤っていないのはわかっていた。彼は私がつましい家庭に育ち、このような立派な屋敷には住んだことがないのを知っている。優雅で贅《ぜい》を尽くしたこの家は、ダンクトンの石造りの牧師館とは別世界だ。牧師館にある家具のほとんどが、代々牧師一家に受け継がれてきた、古くて簡素なものだった。

「ガーデンルームでコーヒーをいただくわ。案内してくださる？」

「よろしいですとも、奥さま」

　ジョージアはトレンスのあとから、花模様の鉄細工の門を通り、六角形の部屋に入っていった。ここは庭の一部なのだろう。全面ガラス張りで、どの位置からも芝生と木々が見える。

竹製の家具が一そろい据えつけてある。木々の色を映したようなグリーンとオフホワイトのクッションを置いた長椅子も竹製だ。ゼラニウムの大きな鉢がいくつも置かれ、石で囲んだ池にはギリシア神話のパンの像から水が注がれている。

明るくて、気持のいい部屋だわ。家の中のどの部屋よりもリラックスできそうだった。ジョージアは振り返ってトレンスにほほえみかけた。彼は重々しい顔で見返した。

「池には魚がいるのかしら?」

「すいれんの下におります、奥さま。金色と銀色と黒のがおります。正午の餌《えさ》の時間になりますと出てまいります。餌はあの器に入っておりますので、どうぞ」

トレンスは竜の形のふたのついた、値打ちのありそうな中国製のつぼを指した。

「ではコーヒーを持ってこさせます、奥さま」

彼は軽く頭を下げて、出ていった。

一人残されたジョージアはゆっくりとこの明るいガーデンルームを見て回ることにした。竹製の本棚もあり、そこにはいろいろな種類の本が並んでいる。音楽プレイヤーがキャビネットの上に置いてある。

ジョージアは、レンツォが夕暮れの迫るころ、この部屋に一人座って、葉巻をくゆらせながら音楽を聞いているところを想像した。窓からは庭の木々の香りが漂ってきて……。

しばらくして、ジョージアは出窓に腰を下ろしてゆっくりとコーヒーを飲みながら、胸に斑点のある一羽のうたつぐみが、ベルベットのような緑の芝生の上をぴょんぴょんと軽やかに飛びはねるのを見ていた。

庭を取り囲んで、鑑賞用の木々が植えられている。いなかで育ったジョージアには、何の木なのかすぐにわかった。枝が地面近くまで垂れ下がっている堂々とした木はぶなだ。それと対に植えてあるのは白樺《しらかば》。やなぎに似た葉をした、きれいな樫《かし》の木も数本ある。桜とプラムは、春になればさぞきれいな花をつけることだろう。

何もかもが静かで平和で、ここがロンドンの真ん中だなんて信じられない。聞こえるのは小鳥のさえずりだけだ。

しばらくの間、ジョージアは時間が止まっているのだと想像しようとした。今感じている静けさと平和を乱すものは、この庭の向こうにも何もないのだと思いたかった。

もうレンツォは空港で母親を出迎えたことだろう。今ごろは彼女を乗せて車でこちらへ向かっているのではないかと思ったが、そんなこともほとんど忘れていられそうな気がした。

少しの間、平和と静けさにひたっていよう。ジョージアは幼いころから自然が好きだった。自然は美しいだけでなく、虚飾がない。人の心を悩ますようないろいろな感情にもかかわりなく、淡々と存在し続けている。

自然は幾世紀もの間、同じように生きつづけ、人間によって生み出された〝進歩〟などというものによって損なわれないだけの強さがある。

ずっと昔、この庭で繰り広げられたに違いない情景を思い描いてみた。柔らかなローズ色の高いれんが壁に守られて、ふくらんだスカートをはいた女性たちが花壇の間を散歩したり、芝生でクロケットをしたりしたのではないだろうか。

よくはわからないけれど、それは量よりも質が重んじられた時代だったように思える。建築物はどれもすばらしいし、絵画は細部まで生き生きと描かれている。職人たちは、木材や銀を使って美しい作品を生み出した。

レンツォが現代よりも、過去のこうした時代に親近感を抱いているのはたしかだと思う。外見もそうだし、女性に対するふるまいも、ジョージ王朝時代を思わせる。

ジョージアはちらちらと差し込む日光が、結婚指輪に当たって燃えるように輝くのを見つめた。

アンジェリカはレンツォの人生から永久に出ていったわけではない。またいつか、戻ってくるかもしれない。でもレンツォのお母さまにはそんなことをちらりとでも思わせてはならない。

義理の母にそういうふうに取りつくろわなくてよければ――このままレンツォと自然な感じで暮らすことができたら……。私たち二人にとってはそのほうがいいに違いない。

でも、アンジェリカの駆け落ちの相手はレンツォの弟だ。その事実が明るみに出るとたいへんなことになる。

子供のころからジョージアは、十戒についてよく思いをめぐらせたものだった。モーゼが神から啓示を受け、石板の上に書きつけたこの戒めは、彼女に大きな影響を与えた。ジョージアの考え方からすれば、真実というものは欺瞞《ぎまん》よりもずっと強く、最後にはそれは偽りというトンネルを突き抜けて、白熱の炎を燃え上がらせる。その炎の中で、欺瞞者たちは捕らえられた蛾《が》のように身をよじり、体をばたつかせて苦しむのだ。

日光は暖かく降り注いでいたけれど、ジョージアは背筋に寒気が走るのを感じた。

戸外はうららかで空は澄み渡り、家の中はレンツォのお母さまのために温かな歓迎の用意が整っている。もし私たちの結婚がまともなものだったら、私の不安もごくありきたりのものだっただろうに。コンテッサの到着も落ち着いて迎えることができただろう。

ちょうどこの激しく打つ心臓のように、私がレンツォの心の中にいるという思いを抱いていられるだろうから。そして何者も、どんな状況も、私たちの人生を分かつことができないのだという幸せな思いを持っていられるだろうから。

でも現実はそうじゃない。それなのに私は、自分たちのエデンの園に侵入してくるへびなどいないというふりをしなければならない。レンツォが、私の歩いた地面さえ拝みかねないほど私に夢中になっているように見せかけなければならないのだ。

レンツォは私が母親の前でそんなふうにふるまうことを期待しているだろう。コンテッサは、なぜ息子が姉から妹へと愛情を簡単に移したのか、当然不思議に思うだろうけれど、私たちが互いに夢中になっているふりをすれば、その疑問も解消するだろうから。

時計を見ると、十二時を少し回っていた。ジョージアは立ち上がって魚のいる池のところへ歩いていった。緊張のために体がこわばっているのがわかる。彼女は小さな陶器の入れ物から餌をひとつかみ取った。

餌を水の中に落としたとたん、ハート形をしたすいれんの葉の下から、魚たちが優雅な尾を振りながら集まってきた。ジョージアはきらきら光る無数の魚たちをうっとりと眺めた。

ジョージアが池を取り囲む石の縁に座っていると、メイドがやって来て、今ガドランから花が届いたと告げた。

「そう、ありがとう。すぐに行くわ。コンテッサのために飾りつけをしなくてはね」ジョージアは立ち上がった。

玄関ホールは花の香りでいっぱいだった。ジョージアはそれから三十分の間、コンテッサのために用意した部屋を花で飾ることに熱中した。

ベッドルームと居間の壁には中国製のシルクペーパーが貼られ、家具のほとんどがチッペンデールのものだった。こんなエレガントなベッドを見るのは生まれて初めてだ、とジヨージアは思った。ダマスク織りの天蓋《てんがい》がついていて、サテンの小さめの枕《まくら》がいくつも置いてある。床には毛足の長い柔らかいラグが敷きつめられ、窓のカーテンはやはり同じローズ色のダマスク織りだ。

ジョージアは満足げにうなずいた。ところどころに置いた白い花のバスケットは見た目も美しく、いい香りを漂わせている。

コンテッサ専用の居間にはアイボリー色のテレビが据えつけてあり、カウチの横の小テーブルには、ラジオとフルーツを盛ったボウルが置いてある。

これでレンツォのお母さまが快適に過ごせる部屋を用意することができたわ。滞在中、お母さまの心をわずらわせるようなことが何も起こらなければいいのだけど。

彼女の健康状態は明らかに下降の一途をたどっているらしい。それに、レンツォによれば、ステルビオは彼女のお気に入りの息子だという。下の子供がそうなるのは自然のなりゆきなのだ。母親は、第一子に父親の特性がよりいっそう受け継がれているように感じるので、第二子のほうに親近感を抱くというから。

ジョージアは最後にもう一度たしかめようとコンテッサのベッドルームに戻った。そしてふたたび申し分のない美しさに感嘆した。かわいらしい、やすらぎのある、現実離れした世界だった。

美しいししゅうのほどこされたシーツと枕カバー。足置きとセットになったアン女王朝様式の椅子。台にダービー製の磁器の小さな立像があしらわれたスタンド。立像の小さなはだしの足は、葉っぱや押しつぶされたばらの花の間に埋もれている。

ジョージア自身の母親の記憶がよみがえってきた。牧師館の古ぼけた簡素なベッドルームで、静かに、勇敢に死んでいった母。それはジョージアの生涯でもっとも悲しい日だった。

レンツォのお母さまがこのロンドンで望みどおりの治療を受けて、少しでも病状が回復するようにと祈らずにはいられない。タルモンテ家には最高の医者にかかるだけの財力があるだろうけれど、お金で忍び寄る死を払いのけることができるとは限らないのだから。

死は金持にも貧乏人にも等しくやってくる。でも、せめてコンテッサにはできる限り居心地よく過ごしてもらわなければならない。それには長男の、寄りかかってもびくともしないたくましい肩が必要なのだ。

たくさんの白い花の、いい香りが充満する部屋のドアを閉めながら、ジョージアはレンツォの肩のたくましい筋肉の動きを思い浮かべていた。

そう、申し分なく頼りになる肩だわ。彼の温かな肌が私の肌と触れ合い、彼の男らしさが息をするのさえ忘れさせたときのことが、ふたたびよみがえってくる。

レンツォのお母さまはすぐに、私が彼にすっかり夢中だということに気づくだろう。それを思うと、思わず頬がゆるんでくる。ジョージアはマホガニーの手すりを指でなぞりながら、優雅なカーブを描く階段を下りていった。

ちょうど階段の下まで来たとき、車道に車が入ってくる音が聞こえた。ジョージアは少したためらったが、思い切って玄関ホールを横切り、ドアを押し開けた。

やはりそれはレンツォのロールスロイスだった。彼が助手席のドアを開けて、コンテッサに手を差し伸べている。

大きな車から出てきたコンテッサは、驚くほど小柄だった。背の高い息子のそばにいるせいでよけいそう見えるのかもしれない。

二人が家に向かって歩いてきた。コンテッサは日光を浴びて立っているジョージアの姿を認め、レンツォを見上げてイタリア語で何か言った。イタリア語はわからないけれど、内容は見当がつく。

レンツォのお母さまは私がアンジェリカにそっくりなことに気づいて、息子にそう言ったのだろう。だからレンツォはあんなに厳しい目をして、私を頭からつま先までじろじろ見ているんだわ。

ジョージアは身のすくむ思いがした。私に対するみんなの反応はこれ以外にないのだろうか。私は姉の姿を映し出す鏡でしかないの？

ダンクトンではそんなことはめったになかった。村の人はみんな私を牧師館で主婦の役目をしているジョージアとして認めてくれていた。

イタリア人のタルモンテ親子の目には、イギリス人の私たち姉妹がよけい似ているように見えるのかもしれない。仕立てのいい服を身につけているし、肌や髪の色もそっくりなせいだろう。私の肌や髪にはレンツォもとても関心を持っていたから。

レンツォと母親が近づいてくる間、ジョージアは自分が子ねこのようにびくびくしているのを感じ、努めてそれを意識しないようにした。

ちょうど結婚式の日のようだわ。まわりは知らない人ばかりで、私を支えてくれる人はどこにもいなくて……。

ジョージアはほほえみを浮かべてまっすぐに立っていた。この不安を追いやるには、何よりレンツォに対する思いに自信を持つことだと自分に言い聞かせながら。

アンジェリカなんて、このハンソン・スクエアからずっと離れたところにいるんじゃないの。ゆうべレンツォの腕の中にいたのは、そして彼の体の隅々まで知っているのは、この私なのよ――彼の心は相変わらず謎《なぞ》のままだけど。

エバリーナ・タルモンテ伯爵夫人はレンツォの腕にすがって、ゆっくりと玄関先の柱廊《ポルチコ》への階段を上がってくる。薄いベージュのスーツにそろいの帽子という、とてもシックな装いだった。時代を超えた上品さと高貴さを身につけた女性――ジョージアはそう感じた。

レンツォが二人を紹介した。コンテッサの黒く輝く目がジョージアを見つめる。肌はまだとてもきれいだが、目の下にはくまができていて、旅の疲れは隠せない。

「それでは、レンツォが用意していたびっくり箱はあなたなのね？」

「はい、コンテッサ」

ジョージアのほほえみから、緊張感が消えた。コンテッサには人を怖《お》じ気《け》づかせるような雰囲気がまったくなかったからだ。

安堵《あんど》は大きかった。私は、この美しいイタリア人らしい目をした優雅な婦人を好きになれそうだ。その目のまわりにはどことなく弱々しさがあって、それがレンツォの心を痛めているのに違いなかった。

コンテッサが一人きりでイギリスまで来たのではないということにもほっとした。彼女のあとに続いて、革のバッグを手にして、腕にミンクのコートをかけた中年の婦人が車から降りてきたのだ。

一行はそろって家の中に入った。コンテッサは無事目的地に着くことができて本当によかったというように、深いため息をついた。それから手を伸ばしてジョージアの左手を取ると、真新しい結婚指輪をじっと眺めた。

「何もかも、ずいぶん急だったようね。最近は何でもそうなっているようだけど。若い人たちは、私たちの世代が神聖なものだと思っている愛情や誓いを、本当に真剣に考えているのかしらと思ってしまうわ」

きらきら光る目がジョージアの青い目を捕らえ、それを探った。つい今しがた息子からアンジェリカとの婚約解消を知らされたのだろうから、好奇心を抱くのも無理はない。

「これで私たち知り合えたのだから、これからはもっと仲よくなれるでしょうね。楽しみだわ、ジョージア」

「ええ、本当に」ジョージアは熱意を込めて相づちを打った。「私は母をずっと昔に亡くしていますので、レンツォのお母さまと仲よくさせていただけると、とてもうれしいんです」

コンテッサはほほえみ、重々しい表情で二人を見守っていたレンツォを見上げた。

「おまえは彼女が若いとは言ったけれど、たいへんチャーミングだと言うのを忘れていましたよ、レンツォ」

「彼女はチャーミングですよ」レンツォはからかうような口ぶりで言った。「さて、マードレ、まずはまっすぐ部屋へ行ってしばらく休んでください。それから昼食にしましょう」

「じゃあ、そうさせてもらおうかしらね」

うなずいた母親の細い体を、レンツォはさっと抱き上げると、階段を上りはじめた。ジョージアは不安な思いでそれを見守った。つまずいて転ぶのではないかと気が気でなかった。レンツォは脚を気づかってゆっくりと上ってはいたけれど。

ジョージアはコンテッサの付き添いの婦人と一緒に後ろに続き、そのあとからさらに荷物を持った使用人が続いた。

「コンテッサは本当はこんなところまで来ないほうがよかったんですよ」

付き添いの婦人は心配そうに言った。話し方にもしぐさにも教養が感じられた。

「ローマにも同じくらい立派なお医者さまがいらっしゃるのはご存じなんです。コンテッサの一番の目的は息子さんに会うことなんですわ。おわかりですか、シニョーラ？」

ジョージアは婦人の目を見返した。その目は不安と恐れで曇っている。

「コンテッサは――ずいぶんおかげんが悪いのですか？」

ジョージアは低い声で尋ねた。二人はコンテッサの部屋に向かって、板張りの廊下を歩いていた。

「ええ、決してよくはございません、シニョーラ。飛行機の中でも脈が乱れましてね、ずいぶん心配しました。コンテッサは不平を言うような方ではありませんから、息子さんたちがフィレンツェから遠く離れたところに住んでいることも我慢しておいでです。息子さんたちがそれぞれ成功することをいつも願っておいでですから、お二人とも立派にやっていらっしゃるのをそれは誇りに思っておられるんですよ」

ジョージアはうなずいたが、ステルビオ・タルモンテとアンジェリカの恋愛事件のことを思うと気持が沈んだ。

レンツォが二人の関係をお母さまに知られないようにあんなに神経を使っているのもう

なずけるわ。コンテッサの具合がかなり悪いということは、医学的な知識のない者にもよくわかる。

疲れていたにもかかわらず、コンテッサは居心地のよさそうな、歓迎の雰囲気に満ちた部屋を見てたいそう喜んだ。

「カーラ、私が白い花を好きなのは、香りがとても強くて生き生きしているからなの。私がどれほど好きか、レンツォがあなたに話したんでしょうね」コンテッサはふたたびジョージアの手を取った。

「ええ、彼が教えてくれました」

ジョージアは物問いたげな視線を夫の方に向けた。コンテッサは喜んでくれたけれど、優雅なゆりや大輪の菊や、丈の高いアイボリーのグラジオラスなどを選んだことを、レンツォがどう思っているだろうかと心配だった。

窓のそばに立っていたレンツォがにっこりとほほえんだ。

「僕の若い奥さんは、マードレに気に入られるかどうかとても気にしているんだよ。彼女は昨今の若い女性にしては珍しく謙虚なんだ。でも、決して臆病《おくびょう》じゃない」

コンテッサはレンツォに思慮深げな視線を向けながら、帽子を脱いだ。銀髪の交じった黒髪が現れた。

「レンツォ、あなたが世界を飛びまわるようになったときは、もう純真な娘さんと結婚することはないだろうと思ったものだわ。それに、あなたは心を決めていたようだったしね、あの人と――」

コンテッサは言葉を切った。ジョージアにとっては意味深長な沈黙だった。

「でも近ごろの方はみんな、たやすく心変わりしますからね。それも今の時代のあわただしさの表れなんでしょうけど。ああ、でも、ここは本当に平穏だわ。空港の混雑や交通渋滞を通り抜けてきたあとではオアシスみたいよ」

コンテッサはアン女王朝様式の椅子に腰を下ろすと、ジョージアにもそばに座るように手招きした。

「私はとても静かに暮らしているのよ。私のいい友達であり、仲間であるコジマと」彼女は荷解きを始めた付き添いの婦人を指し示した。「フィレンツェの郊外でね。あなたも一度来てちょうだいな、カーラ。ロンドンのお医者さまに見ていただけば、この動悸《どうき》も治まると思うから」

「マードレ、ずいぶん苦しいのかい？　正直に言ってくれよ」レンツォが真剣な目で母親を見つめて言った。

コンテッサはクッションにゆったりともたれた。ジョージアは、夫人のラテン系の美しい顔立ちと、なめらかなオリーブ色の肌に目をやった。レンツォの不安が、自分のことのように感じられる。

「苦しくはないわ。でも、ひどく疲れやすいの。眠ろうとすると、動悸があまり激しくなるので、コジマに枕をいくつも重ねてもらうのよ。本当にやっかいでしょう。でもジャーモン先生が何かの手を打ってくださると思うから、そんなに心配しなくてもいいのよ、レンツォ」

「心配して当然だよ」

彼は母親のそばへ近寄ると、か細い手を取って口づけをした。

「すっかりよくなるまでジョージアと僕と暮らすんだ。どうしてもそうしてもらうよ。何を言っても無駄だからね」

コンテッサはゆっくりとほほえんだ。彼女の目の中に穏やかな愛情と、男らしい相手へのラテン女性らしい賛美の色が浮かんだ。

「この結婚はおまえにはとてもよかったようね、レンツォ。チャーミングなイギリス人の奥さんが、おまえの短気を抑えてくれるでしょう」

「僕が短気だって？」レンツォはおもしろがるように眉を上げた。

「小さなころから、おまえは言い出したら譲らない子だったわ」コンテッサは息子からジョージアへと視線を移した。「あなたも息子のこと、手に余ると思うことがあるでしょう？　でも、女性が男性と一緒に暮らそうと思ったら、たいていのときは、男性に主導権を握らせたほうがいいわね。女は黙ってきれいな脚でも見せておけば、夫婦生活はうまくいくものよ。そうでしょう？」

ジョージアはレンツォの方を見やった。レンツォが彼女のふくらはぎから腿へ、ゆっくりと、じらすように手をすべらせていくところが思わず目に浮かんで、何かに神経の中心部をつかまれたような気がした。

「それは議論の余地がないね」

レンツォはあっさり同意すると、手を差し出してジョージアをうながした。

「じゃ、ゆっくり休んでもらいたいから僕たちはもう行くよ、マードレ。昼食はこの部屋へ運ばせようか？　そのほうがいいだろう？」

「ええ、このきれいな白い花に囲まれていただくことにするわ」コンテッサはジョージアにほほえみかけた。「ではまたあとでね、カーラ」

「ええ、楽しみにしています、コンテッサ」ジョージアはやさしくほほえんだ。

「レンツォのように、あなたもマードレと呼んでくださいな。そのほうがうれしいわ」

「よろしいんですか？」

ジョージアは顔を赤らめた。つないでいたレンツォの手に力がこもった。

「息子と結婚して、あなたは私の娘になったんですもの」

コンテッサはレンツォと並んで立っているジョージアをじっと見つめた。黒髪で肌の浅黒いレンツォと、色白で金髪の彼女の組み合わせは人目を引くものだった。

「私も結婚式に出席したかったわ。あなたは白いドレスを着たの、ジョージア？」

「ええ」

ちくりと感じた胸の痛みが顔に出なかっただろうか。

レンツォと並んで祭壇の前に立った日のことが思い出される。まるで、奇妙な、見てはいけない夢を見ているようだった。レンツォは得意げな顔をした、見知らぬ他人だった。鉄のように硬い指で彼女の手を取って指輪をすべり込ませた、怒りに燃える男だった。

今も彼の指が私の手を握っている。けれど、その指は残酷な行為より愛撫《あいぶ》にふさわしいことを私は知っている。

「あなたはさぞチャーミングな花嫁だったでしょうね、ジョージア」

コンテッサはそこでレンツォにとがめるような目を向けた。

「おまえは私をそんなにか弱いと思っているの？　おまえがお姉さんから妹さんへ心変わりをしたと聞いて、粉々に砕け散ってしまうほどに？　私は三十で未亡人になったあと、きかん気な二人の息子を育てた女ですよ。風が吹けば飛んでしまうように見えるかもしれないけれど、女なんて見かけによらないものなのよ。筋肉はなくても、しっかりした背骨がありますからね」

「それじゃ謝るよ、マードレ」レンツォはちょっとほほえんで言った。「男というものは女性をきちんと理解できていないことが多いが、僕も例外ではないらしい。許してくれますか？」

「まだ許せませんね。あなたたちはステルビオのようにイタリアで式を挙げるべきだったんですよ。一族みんなでお祝いをしてね。レンツォ、カロ・ミーオ、あなたは自分が古代ローマの血を引くイタリア人であることを、まったく忘れてしまってはいけませんよ。ステルビオのほうは自分の受け継いだものを決して忘れないでしょうよ！」

その言葉はジョージアの胸に突き刺さった。レンツォが握った手に力を込めたので、彼女は痛みに息をのんだ。

レンツォが自分のしていることに気づいて手の力をゆるめるまで、ジョージアはそのまま痛みに耐えていた。レンツォは自分の思いを紛らそうとして、その手を唇に持っていってキスをした。

「僕は受け継いだものを忘れてはいないよ、マードレ。たぶん過去にあったできごとが、今のわれわれをつくっているのだと思うから。僕がマードレのことを何より大事に思っていることを信じてもらいたいな」

「ええ、信じるわ」

コンテッサはかすかに肩をすくめた。

「私はステルビオのことと同じくらいあなたをわかっているとは自分でも思っていないの。あなたはいつも、いろいろな点で私には理解しがたい息子でしたからね。でもあなたが結婚したことで、これまでよりもお互いの気持がわかり合えるようになるのではないかと期待してるのよ。それは時間が教えてくれるでしょう」

「時間と言えば、もう休息を取る時間だよ」

レンツォはジョージアの肩を抱き寄せると、ドアの方にうながした。

「じゃあ、またあとで、マードレ。今はコジマの熟練した手にあなたをゆだねますよ」

レンツォと自分たちの部屋に向かいながら、ジョージアは反抗心がむくむくと頭をもたげるのを抑えられなかった。

「不公平だわ！　お母さまがあなたをあんなふうに責めるなんて」彼女は思わず言った。

「非常にイギリス的なとらえ方だな、それは」

レンツォは振り返ってジョージアを見やると、居間に入っていった。そしてドアをしっかり閉めてから、彼女を胸にぴったりと抱き寄せ、怒りに燃え上がった青い目を見下ろした。

「君は僕のために傷ついたんだね、ドンナ」

「もちろんよ」

ジョージアは、レンツォのこわばった眉間のしわを伸ばすように指先を当てた。

「あなたのお母さまはすてきな方だし、あなたが私たちの結婚の事情を隠しておきたい気持はよくわかるわ。でも、お母さまがステルビオのことだけを、輝く鎧《よろい》に身を包んだナイトのように思っておられるのは不公平よ」

「母が弟のことを愛しているからこそ、思い違いを正したくないんだよ」

レンツォはジョージアの耳の後ろから輝く髪を一束取って指先で広げてみたり、耳たぶやその後ろの敏感なくぼみを撫《な》でてみたりした。

「君も見ていてわかっただろうけど、マードレの健康状態はいいとは言えないんだ。僕のほうは相当鉄面皮だから、少々のことじゃ傷つかないんだよ」

「あなたの傷は外からは見えないけど、たしかにあるのよ。私にはわかってるわ」ジョージアはつぶやいた。

「本当に？」

レンツォは頭をかがめて、彼女の唇に軽く触れた。だが、まもなくキスは激しくなった。ジョージアはすぐにその熱意に応《こた》えた。熱情に身をゆだねるという単純だが有効な治療方法で、その見えない傷をいやしたいという彼の思いがよくわかったからだ。

彼女は服を脱がせようとするレンツォにすすんで身をまかせた。スリップのひもに手をかけて肩からすべり落としたとき、彼の顔のこわばりがもっと別の激しいものに変わるのがわかった。

シルクの生地が体からすべり落ちると、レンツォは彼女を両手で支えて、無言でその姿をたたえた。

心臓が苦しいほどに打った。レンツォが彼女の名前を呼んだが、その声はひどく不明瞭だった——それが想像を超えた世界への前奏だった。

レンツォはふいに腕の中で彼女の体をそらせて、なめらかな素肌に顔を埋めた。彼の唇が自由奔放にさまよう。ジョージアはもうろうとした頭で、ドアに鍵をかけなければと考えたが、一言も発することができなかった。

レンツォは彼女をベッドルームに運び、ひんやりとしたカバーの上に下ろすと、いらだたしげに自分の服を脱ぎ捨てた。

ジョージアの指がなめらかで硬い彼の背中を引き寄せる。彼女はやさしさと誘惑の化身になった。自制心は忘れ去られ、頭の中にあるのはレンツォの求めている慰めを与えてあげたいということだけだった……。

二人はお互いのものになった。レンツォのあらゆる筋肉、黒い髪の一筋一筋、あらゆる動きがジョージアのものだった。レンツォが彼女の心臓にまで到達して、その狂おしい動きの一部になったかのようだった。

二人の間には一筋の影すら入り込む余地はなかった。

シャワーを浴びながら、ジョージアは腰の左側に愛し合ったときについたあざがあるのに気づいた。

レンツォは部屋で内線電話をかけていたが、しばらくしてバスルームに入ってきた。

「昼食は十五分後――」

言葉が途切れ、レンツォはそばに来てあざに唇を当てた。ジョージアは身を震わせた。

「昼食はどうするの?」ジョージアは震える唇でほほえんだ。「今日の献立を教えましょうか?　ラムチョップと、グリーンピースと――」

「君が僕のラムチョップだ」彼がつぶやいた。「ミントソースをかけたら、君はすごいごちそうになるよ」

「しようのない人ね――」ジョージアは指を彼の髪にからませた。「私たち、お昼を食べなくてはならないわ」

レンツォは頭を上げた。彼はほほえみながら、ジョージアの体に沿って視線を移していく。彼のうっとりしたまなざしがなめらかな曲線をたどっていった。

「僕たちはまだハネムーンの最中だ。だからベッドの中だけで過ごす権利がある」

「それはそうだけど――」

「母が家にいるというので、気をつかっているのかい?」

「たぶん――そうでしょうね。でも、来ていただいてうれしいわ。私たちでお母さまのお世話ができるもの」

「なんてやさしいことを」レンツォはジョージアの腰に腕を巻きつけて顔を埋めた。

鏡に二人の姿が映っているのが見える。体を寄せ合った二人は、まるで運命の手によって結び合わされた異教の恋人像のようだった。

「私は本当におなかがすいているのよ、レンツォ」

「現実的な人だな」彼はおなかにキスをして立ち上がった。「〝オードブル〟が食欲を刺激したんじゃないかい?」

「そうだと思うわ」

ジョージアはにっこりして、彼の体に視線を走らせた。

「レンツォ、私たち、何かを共有してるわよね。そうじゃない?」

「君はマードレが僕について言ったことを考えているんだね」

ジョージアはうなずき、二人はベッドルームに入っていった。彼女は脱ぎ捨てられた服を拾い集めた。くしゃくしゃになったベッドカバーをもとどおりにしようとして、ベッドルームを整えるのはメイドの仕事だからと思い直す。

それにレンツォの言うように、ハネムーン中の私たちには真昼にだって愛し合う権利があるのだもの。レンツォはイギリスに住んではいるが、昼寝《シエスタ》の習慣は体に染みついているだろうし。

ジョージアは二人にとって神聖な場所であるベッドルームを見回した。十八世紀のすばらしいベッドは、アプリコット色のシルクとシャンペン色のダマスク織りの布が張られている。美しい彫刻をほどこした支柱と支柱の間には、やはり同じダマスク織りのカーテンが下がっている。

そして、とても優雅なデザインの、花嫁衣装を入れる箱がベッドの足もとに一つと、壁際に一つあった。こういう衣装箱の中に花嫁が隠れ、見つけ出されたときにはもう手遅れだったという話を、何かで読んだことがある。

背筋に寒気が走った。ジョージアはあわてて服を身につけはじめた。

「君はあまりにいろいろなことを考えすぎるよ」

レンツォはシャツのボタンをはめながら、ジョージアがシルクのストッキングをはいて、ガーターに留めるのを目で追った。

「二人きりでいるときは、できるだけ幸せな気分でいようじゃないか。そうだろう？」

「ええ、シニョール」

ジョージアにはレンツォの言いたいことがわかっていた。激しい情熱が私たちの結婚の根本的な問題点を忘れさせてくれる。でも、レンツォのお母さまと一緒にいれば、私たちはアンジェリカとステルビオのことをいやでも思い起こさなければならない。

髪をとかしながら、ジョージアは自分の目が不安げにかげっているのがわかった。レンツォが褐色の体をした荒々しく情熱的な恋人でいてくれたついさっきまでは、そこに興奮とときめきしか浮かんでいなかったのに。

振り返ってみると、すっきりしたラインのベージュのズボンと、黒いシルクのシャツを身につけたレンツォは、よそよそしく、でも、すばらしくハンサムに見えた。

彼の心を占めているのがもはや自分ではなくなっていると、ジョージアは感じた。ほんの一時間前、彼の唇があんなに狂おしく私を求めたことが信じられないほどだ。

それぞれの思いにふけりながら、二人は階下に下りていった。そして白い蘭《らん》をあしらったクロスをかけた、立派なローズウッドのテーブルの両端に向かい合って食事をした。

骨の一つ一つに白い小さな紙のキャップをつけたラムチョップはとてもおいしかった。ワインは、からみ合ったへびの尾をデザインしたベネチアン・グラスに注がれた――そして二人はお互いに、何を話していいかわからないでいた。

8

午後のお茶の時間は明るい日光が差すガーデンルームで過ごした。ガラスの板を張った竹製のテーブルにティーセットとケーキが用意された。

ジョージアはアンティークの洋梨《ようなし》形のティーポットから、コンテッサと自分のカップにお茶を注《つ》ぎ足した。装飾をほどこした銀のポットに日の光が当たってきらめいている。テーブルにはおいしそうな小さいサンドイッチが幾種類かと、ジャムとクリームをはさんだスポンジケーキが並んでいたが、二人ともまったく手をつけていなかった。

「グラッツェ」

コンテッサはお茶をかきまぜながら、日の光に輝くジョージアの髪に目をやった。

「あなたの髪は本当に混じりけのないブロンドなのね、カーラ。小麦畑に入ったら、見分けがつかなくなるわ。美しいブロンドの女性《ウーナ・ビオンダ・ベッラ》ね」

ジョージアはほほえみ、内心の気がかりを表に出すまいと努めた。

コンテッサはリージェンシー・クリニックの専門医を訪ね、さまざまな検査を受けた。

その結果、心臓の動脈に障害があるとわかり、バイパス手術をすることに決まったのだ。入院は翌日の予定だった。コンテッサは落ち着いているように見えたが、手が少し震え気味なのにジョージアは気づいていた。

「ここはなんてイギリス的な家なんでしょう。息子のお嫁さんは生粋のイギリス人だしね」

コンテッサはまわりを見回して言った。彼女は薄紫色のジョーゼットのドレスを着て、竹製の長椅子にくつろいでいる。

「レンツォは典型的なラテン民族だから、あなたの国に永住すると聞かされたときは驚いたわ。イタリア人の妻になった感想はどう？　彼の、なんというか――専制的なやり方に、どうやって応じてるの？　彼はあなたの国の平均的な男の方とは全然違うでしょう？」

ジョージアはその考え自体にほほえまずにはいられなかった。

「私の父と比較することしかできないんですけど。父はサセックスの教区牧師として一日の大部分を仕事にあてているような人です。私は主婦代わりとして家を切り盛りしていましたから、社交生活を楽しむような時間はほとんどありませんでした」

「それは、どういうこと？」

コンテッサはきれいな黒い眉を上げて、ジョージアを見つめた。

「私は男性の友達を持ったことがないんです。男の人の扱いに関しては、まったくの初心者なんですよ。レンツォと結婚したとき、私は本当に世間知らずで、修道院から出てきた娘のようなものでした」

　コンテッサはさほど驚いているふうもなく、ひとりうなずいた。

「あなたのお姉さんは、そんな生活から逃げ出したのでしょう？　彼女は世の中に出ていきたかったのね」

「ええ、そうなんです」

　ジョージアは急に緊張したのを悟られなければいいがと思った。いつかはレンツォの母からアンジェリカのことをきかれるだろうとは思っていた。コンテッサはアンジェリカがレンツォと一緒にいるところを見ているのだし、息子がアンジェリカの美しさに夢中になっているのを、私同様見て取ったに違いないのだから。

「あなたのお姉さんは、ファッション・モデルの仕事を続ける道を選んだのね？」

「ええ、マードレ」

「それでレンツォの目があなたの方に向いた？」

　ジョージアはうなずいた。レンツォがプロポーズした日のことがまざまざとよみがえってくる。あの日手に刺さったばらのとげのように、それは思いがけなく、そして鋭い痛みを伴ったものだった。

「レンツォがそうした気持が私にはわかりますよ。アンジェリカはダイヤモンドのように美しくて、男が人に自慢して歩きたくなるような女性だけど、あなたはどちらかというと真珠のイメージね。シルクのような微妙な光沢があるの。真珠と同じように、あなた本来の魅力を発揮するためには、温かい肌に触れていなくてはだめなのよ」

　ジョージアの白い肌がピンク色に染まったのを見て、コンテッサはおもしろがるように目をきらめかせた。

「私が気がついていないと思ってた？　息子が近づくたびに、あなたの体と目がすぐさま反応するのよ。あなたはぱっと光り輝くわ。ちょうど真珠が肌の温かさに触れていっそう輝きを増すようにね。おやおや、黙ってしまったわね。あなたはイギリスの女性だから、男の人に所有されるという考えに反発を感じるのかしら？」

「たぶん、そうだと思います。私は、結婚というものは相手を所有することではなくて、互いに深い友情を結ぶことだと考えたいんです」

　コンテッサのきれいな目が、さらにおもしろそうにまたたいた。

「ラテンの男は、自分の女を所有したがるものよ。あなたのお姉さんはそういうことに反発したのかもしれないわね。彼女は自立した生活とキャリアを求めるタイプのようだから。そうじゃない？　あなたはお姉さんの性格をよく知っているでしょう。一緒に育ったのだもの。年もそれほど離れていないはずだし。もっとも、生き方はずいぶん違っているように見えるけど。アンジェリカはみんなの注目を引きたいほうでしょう？　そういう印象を受けたわ。一方あなたは、レンツォの生活の中心になっていればそれで幸せ。そうじゃない？」

「私――私、彼にそんなにべったりはりついていようとは思ってないんです。レンツォは作曲という立派な仕事を持っていますし、自分の時間とエネルギーの大半をそちらに注ぎたいと思っているはずです。私はそっちの方面に立ち入りたくないんです」

「ええ、それはわかるけど、あまり自分を抑えてはだめよ、カーラ。男の人は妻のそういう態度につけ込むものだから。彼の仕事の陰に隠れてしまうことはないわ。あなたはチャーミングな若い女性なのだし、レンツォの出席する公の催しなどには、どんどん一緒に出ていくべきよ。牧師館の生活で身についた引っ込み思案から抜け出さなければいけないわ。もしもレンツォがあのままアンジェリカと結婚していたら、彼女はそういう控え目な奥さんになっていたかしらね？」

ジョージアはかぶりを振った。アンジェリカは自分が目立たないではいられない人だから。

「マードレはレンツォが私と結婚したので、がっかりなさったでしょう……？」ジョージアはうつむいたまま、ナプキンの縁のレースをいじりながらきいた。

レンツォの母親は首を横に振った。

「がっかりはしてないわ。率直に言って、驚きはしたけれどね。次男のステルビオは二歳年下なんだけど、レンツォよりも先に結婚したの。妻はイタリア人で、やさしくて気丈な女性でね、私はとても好きなのよ。レンツォは音楽とビジネスに熱中していてね。私は何度もあの子に、いずれは結婚する気があるのかと尋ねたものだわ」

コンテッサはラテン民族らしいしぐさで肩をすくめた。

「そうしたらレンツォは、いつの日か恋に落ちて結婚するから心配するなと答えるの。独身を通して、財産ができたのはいいが、跡継ぎがいないなんてことになるのではないかという私の心配を笑い飛ばしてたわ。ある日、レンツォが突然あなたのお姉さんを連れてフィレンツェに来たの。二人は婚約していて、お似合いのカップルという感じだったわ。見た目だけでなく、二人とも部屋に入ってきたとたんみんなの注目の的になるというところがね。エネルギッシュな点も同じだったわね。お互いに決して相手に負けていなかった。レンツォの隣でアンジェリカは輝いて見えたわ。私もそのときは、レンツォにはそういう奥さんが必要なんだと思っていたの」

コンテッサは口をつぐみ、ジョージアの顔をつくづく眺めながら言葉を探した。

「私は、レンツォが個人にとっての妻ではなく公の妻をほしがっているのだと思っていたの。映画づくりという特殊な世界にいるから。アンジェリカを紹介されたときは、彼女がレンツォの望むものをすべて備えていると思ったものだわ。子供のころも大人になってからも、レンツォにはわかりにくいところがあってね。次男のように衝動的な面がなくて、自分の気持を表に出さないタイプなの。いつの間にか私は彼のことを誇り高い、人を寄せつけない性格だと決めつけていたのね。彼という人間をそれ以上わかろうとしなくなったように思うわ」

コンテッサはもう一度言葉を切ると、頭を長椅子のクッションにもたせかけた。視線がジョージアから庭の方へ移る。遠い昔を思い返すような目になった。

「私はいつも、レンツォはステルビオより賢くて才能にも恵まれていると思っていたけれど、彼を愛するのは難しかったわ。こんなことを言って、ショックを与えてしまったかしら？」

「いいえ」ジョージアは静かに答えた。

コンテッサの気持はわかるような気がする。私も、レンツォのやさしさがベッドルーム以外の場所では決して続かないことに不安を抱いている。情熱が収まったとき、レンツォが自尊心という硬い殻の中に引っ込んでしまうのを、たびたび経験している。そのことで傷ついてはいけないと一生懸命気持をふるい立たせているけれど……。

でも愛にはいろんな面があることが私にもだんだんわかってきた。そのうちのいくつかは冷たく凍りついている。

その事実は、頂上をきわめないほうがいいのだと言っているように思える。頂上には深い淵《ふち》があって、そこですべてが失われてしまうかもしれないからだ。今あるものに満足し、輝かしいけれど危険な頂上を見上げるのはやめておこう。

目のくらむような高み、愛の頂上からは、人は全世界を見渡すことができる。でもそうなれば、もう世界をほしがらなくなる。天国が手に届きそうなほど近くにあるから。

「どうやら――」コンテッサはつぶやいた。「私たちはそれぞれのやり方でレンツォを愛しているけれど、彼はどうもとらえどころがないようね。子供をつくる計画はあるの、ジョージア?」

「特に決めてはいませんが、できたらうれしいですわ」

「お姉さんだったら、子供はほしがらなかったでしょうね」

「たぶん」

「彼女は申し分のないスタイルをしているから、いつまでもそれを保っていたいのでしょう」

コンテッサは二人ともまだ手をつけていなかった、おいしそうなジャムとクリームのケーキを指して言った。

「あなたはスタイルのことなんか気にしてないでしょ? 二人とも食べなかったら、料理人が気を悪くするわ。一つお上がりなさいな。私の分も味わってちょうだい。正直言うと、明日のことで少しびくびくしてるものだから、ちっとも食欲がないのよ。でもあなたは若いんだし、恋をしてるんだし――でしょう? 恋はおなかのすくものよ」

「わかりましたわ。お言葉に甘えることにします」

ジョージアは銀のナイフを取ってスポンジケーキを切り取った。

家の中からピアノの音が聞こえてくる。レンツォが新しい映画のテーマ音楽に取り組んでいるのだ。母親の手術の不安を紛らすためにも、仕事に打ち込まずにいられないのだろう。

手術は安全だと専門医は保証してくれていた。しかし、もし手術を受けなければ病状は悪化し、次に発作が起きたら命はないとも、はっきり言い渡されていた。

「ロンドンの生活はいなかの暮らしとはずいぶん違うでしょう、ジョージア？　騒音は多いし、めまぐるしいし、空気だってひっきりなしに通る車の排気ガスで汚れているし。あなたは緑の草原や、もやのかかった山道や、りんごの匂《にお》いが好きでしょう。あなたにはれんがの建物より、小麦畑のほうが似合うわ。レンツォと一緒にいることは、そういうものを全部捨ててもいいほど大事なの？」

「ええ、マードレ」

それはジョージアの正直な気持だった。

ダンクトンの美しい緑の丘陵からいやおうなく引き離されたときは、悪い夢でも見ているような気持だった。でもレンツォが魔法か何かを使ったように、ロンドンのこのジョージ王朝様式の家が、私が唯一いたいところになってしまった。

ここでなら彼の音楽を聞くことができる。彼と生活を共にできる。彼の部屋、彼の庭を歩くことができる。

自分でも認めたくないほどに、レンツォが私の心に占める部分が大きくなってきた。彼は自分の生活に私を引きずり込んだけれど、その情け容赦のないやり方——そういった激しいものを求める部分が私の中にあったのかもしれない。もしかしたら、私は心ひそかにレンツォのような男性を求めていたのではないかしら。ほかの誰でもない、レンツォのような男性を……。

プライドが高くて、フェミニストたちが提唱する新しいルールを傲然《ごうぜん》と無視する男。フェミニストたちは、家庭で、そしてベッドルームで主導者でいたがるような男をあえて愛する女を、さぞかし軽蔑《けいべつ》することだろう。

「あなたはクリームをなめてるねこみたいにうれしそうね」コンテッサが言った。

「このスポンジケーキ、とってもおいしいんですもの」

まだ自分の気持をあらいざらい話すことはためらわれた。コンテッサはとっくに見抜いているだろうとは思ったが。

「お料理は好き？」

「実家にいたときは、私、料理人兼、ハウスキーパー兼庭師でしたから」

家事に縛られないですむということが、ジョージアにはまだ信じられなかった。ここではただボタンを押すだけでよかった。メイドが飛んできて、何でもしてくれる。

余暇というのは、ジョージアがこれまで味わったことのない贅沢《ぜいたく》だった。そして彼女はまだそのことに後ろめたさを感じていた。

「お父さまはあなたがいなくなって、さぞお寂しいことでしょうね」コンテッサは思いやりのこもった口調で言った。

「ええ――」ジョージアは唇を噛《か》んだ。「実はレンツォと結婚して以来、父からは音信が絶えているんです。結婚式にも来てくれませんでした。父は――父は私が姉の婚約者だったレンツォと結婚したのは間違ってると思っているんです。父は姉をとてもかわいがっていましたから――おわかりでしょう？　いつも姉の望むことはみんなかなえてやりたいと願ってきたんです。でも……でも、私が姉からレンツォを奪ったわけじゃありません。いつの間にか、こうなってしまったんです」

「あなたはお姉さんの陰に身を置くことに満足してきたようね」

ジョージアの悲しみに気づいて、コンテッサはくっきりとした眉をひそめた。

「あなたもチャーミングな若い女性なのに。あなたを悪者にするなんて、お父さまも不公平だわ。レンツォはこのことを知っているの？」

「ええ、知っています」

牧師館での光景を思い出して、ジョージアは胸に痛みを覚えた。父のあのときの態度を私は一生忘れられないかもしれない。

　まるで私が父親に尽くす娘という役割以上のことをしてはいけないと言わんばかりだった。そしてその暗黙の誓いを私が破ったと……。アンジェリカはひたすら楽しみを追い求めているというのに、私にはそれを許さない――そのことが、深い傷になって残った。

「ずいぶん物思いにふけっているのね、ジョージア」

　コンテッサの魅力的な声が、ジョージアを現実に引き戻した。私は自分でも問いかけるのをためらうような質問に答えを見つけようとあがいているんだわ。

「父の牧師館のあるダンクトンのことを考えていたんです。私、あの土地を離れることになるとは思ってもいませんでした。あそこでは生活のパターンが決まっていて、それがいつまでも変わることがないんですよ」

「そうしたらうちのレンツォが池に小石を投げ込んだというわけね」

「あのときは大きな石だと思いましたわ」ジョージアはかすれた笑い声をあげた。

「あなたは圧倒されてしまった？」

「ええ、完全に」

「断ることもできなかったのでしょう？」

「彼がそうさせてくれませんでしたから」

「抵抗はしたの？」

彼の母親はおもしろがってもいたし、真剣に知りたがってもいた。たしかに、母親というものは息子が女性にどんなふうに接するのか、めったに目にすることがないのだから無理もない。

「抵抗はしました。彼がアンジェリカのことをまだ忘れていないと思ってましたから――いいえ、今でもそう思っています」

「まさか……」

「かまわないんです。姉が男の人にどんな影響を及ぼすか、よくわかっていますから。子供のころ、母から晴れ着を着せてもらうと、姉はいつも妖姫モルガン《ファータ・モルガーナ》のように見えたものですわ。母はヴェールのついた中世風の帽子をつくって姉にかぶせていたんです。姉はこれからもずっと、男の人に胸の張り裂ける思いをさせるでしょうね」

コンテッサは黙り込んでジョージアを見つめた。

「アンジェリカがレンツォに胸の張り裂ける思いをさせた、と言うの？」

ジョージアはためらった。ステルビオへの思いをつづったアンジェリカの手紙を持ってきたとき、レンツォの顔に浮かんだ暗く熱い怒りが、今でも目に見えるようだ。

「アンジェリカはレンツォの心のドアを閉じさせてしまったのだと思います。私はときどき、アンジェリカがレンツォの心の中に入り込んでしまっているのではないかと思うんです。彼もそう信じているようですし……」

「彼がそう信じている？」

コンテッサは身を乗り出して、熱心にジョージアの目を見つめた。「アンジェリカはあの子の気持をそんなに傷つけたの？　私が聞いた以上の事情があるみたいね。そうじゃない？　アンジェリカとレンツォの間に、本当は何があったの？」

突然、ジョージアは不安になった。コンテッサは左の胸に手を置いている。真実を知りたいと思うあまり、動悸《どうき》がひどくなったのかもしれない。こんな危険な話はやめて、すぐに安心させなければ――。

「事情だなんて――レンツォがお話ししたとおりですわ」

ジョージアは落ち着いて答えた。実際の胸の内はそれとはかけ離れていたけれど。

「アンジェリカは移り気で、あることに熱中したかと思えば、またすぐ別のものに興味を持つというふうなんです。結婚生活――とくにレンツォのような気質の男性の妻になることと、ファッション・モデルの生活とは違います。アンジェリカの結婚願望は急にさめてしまったんです。結局、一流のモデルという栄光を捨てることは、姉にはできなかったんですわ」

「本当に――本当に何も隠していないって誓える？　秘密主義のレンツォのことだし、彼にとっては、若くて世間知らずの妻を意のままにして自分の望みどおりにするのは、たやすいことでしょうからね。あなたはとてもレンツォには太刀打ちできないでしょう。彼のことを少し恐れてもいるんじゃない？」

「いいえ――そんなことは。ともかく、本当にアンジェリカは、妻の座よりもスポットライトを浴びる仕事を選んだんです。レンツォが自分の妻の写真がファッション雑誌に載るのを喜ぶはずはありませんしね」

レンツォの母親はしばらく考えたあと、首を振りながらクッションにもたれ込んだ。

「でもあなたはレンツォがまだアンジェリカを愛していると思っている――あなたと結婚したにもかかわらず。そうなんでしょう？」

「アンジェリカはとても美人だし――」

「あなたは美人じゃないというの？」

「姉のようではありません」

ジョージアがかぶりを振った拍子に金色の髪が輝き、明るい雰囲気になった。

ガーデンルームはほどよく空調がきいていて、緑の植物と、魚のいる池に落ちる涼しげな噴水の音が心をなごませる。

「お姉さんのように目立ちはしないということね。彼女はいつでも男性の目を意識しているから、歩くときは腰を少しよけいに振るし、服もあなたが着るようなものではなくて、体にぴったり張りつくようなものを選ぶ。そういうことでしょ」

ジョージアはレンツォの母親を見返した。彼女はアンジェリカの美しさに惑わされてはいないようだ。アンジェリカの目から太陽が輝き出しているかのように思っている、私の父と違って。

「姉はいつも、積極的に外に出ていくほうでしたから」

ジョージアはほほえんでみせた。彼女の発展ぶりがどこまで行き着いたかは、思い出すまいとしながら。

ショービジネスの世界でアンジェリカがどんな仕事をしていたか父が知ったらどうなることだろう？　父が姉に対して抱いていた幻想はまたたく間に打ち砕かれてしまう。ジョージアは父が打ちのめされることを恐れた。

天使が堕落すれば、それまで特別なものとあがめてきた人々がもっとも苦しむことになる。堕天使たちは傷つくだけの心を持っていない。抱いていた幻想を打ち砕かれて立ち上がれなくなるのは、彼らを崇拝してきた者、恋人、そして献身的な父親たちなのだ。

「結局、こうなってよかったということね」

コンテッサはひとりほほえんで、家から聞こえてくる音楽に耳を傾けた。豊かな音量で響いてくるかと思うとふいに間が空いて、ふたたびメロディーが流れだす。映画の進行に合わせた構成になっているのだ。

「レンツォはイタリア人らしく、もともとロマンチックな音楽を愛する心を持っているのよ」

コンテッサが言った。息子の創作する曲に耳を傾けるその目は、ベルベットのようにいつやめいていた。

「息子がクラシックの作曲家になってくれてたら、どんなにうれしかったでしょう。プッチーニのようなオペラやシンフォニーの作曲家にね。でも、彼には彼の考え方があるし、やって楽しいことをやればいいんですものね。あなたは芸術家かしら、どういう形にしろ？」

「芸術家は尊敬していますけど、私自身には何の才能もありませんわ、マードレ」

「あなたにはやすらぎをつくり出す才能があると思うわ」

コンテッサは考え込みながら言った。

「レンツォが歩くときにステッキを使うことがだんだん少なくなってきたことに気づかない？　彼はいつも、公衆の面前で転んで、ラテン民族としての威厳を損なうのではないかと恐れていたと思うの。だからステッキが手放せなかったのよ。でも、今は脇《わき》へ置くことが多くなってきたわ。脚のことをそれほど気にかけなくなったのじゃないかしらね。事故のことは聞いた？」

「おおよそのことは」

ジョージアはレンツォのことを何もかも知りたいと思った。子供のころのことも。事故にあって、不自由な脚に悩まされるようになる前のことや、体が思うままになっていたころのことを。

「私の息子たちはどちらもとても活発で、それにお互いにライバル意識が強かったわ。事故が起きたのは、二人が馬で競争していたときなの。二人の馬は同時に障害を飛び越えて、頭からつんのめったのね。レンツォの馬は倒れて彼の上に折り重なり、左脚の骨を粉々に砕いたの。かつぎ込まれた病院では、医者は切断するしかないと言ったわ。私はどうしてもと食い下がって、骨を鋼のピンでつないでもらったのよ。でも、膝がしらだけは、彼らの技術では救いようがなかったわ。かわいそうに、レンツォはずいぶん長い間傷の痛みに苦しんだわ。その間に、彼は変わってしまったの。レンツォとステルビオは離れてしまったわ。事故で二人の年齢差が急に大きくなったみたいでね。二人はもうテニスボールを打ち合ったり、コートを走り回ったり、笑い合ったり、若者同士の気やすいけんかをしたりすることがなくなってしまったの。ダンス会場に乗り込んでいって、そこで一番かわいい娘さんに競ってダンスを申し込むなんていうこともね。活動的でスポーツ好きのレンツォが知的なことに目を向けるようになったの。一度は興味を失っていた音楽が、また彼の心をとらえたのよ。たぶん音楽があったおかげで、傷の痛みがずいぶん紛れたのじゃないかしら。私に腹を立てたこともあっただろうと思うわ。絶えず脚のことに悩まされているより、いっそ義足にしてしまったほうがよかったと思うときもあったでしょうね。でも息子たちは二人ともハンサムで男らしくて、女の子たちにも人気があったから、私は彼に義足をつけさせる気にはどうしてもなれなかったの。いつの日かレンツォが不自由さを克服して、痛みもなくなって、脚がそれほどの重荷でなくなる日が来ると私は信じていたわ。彼にはそれだけの意志の力があると思ってたの。でも、その間に彼は変わったわ。理解しにくい人間になってしまったのよ」

コンテッサの目は暗いかげりを帯びた。上の息子とのこれまでの年月に、思いをはせているようだった。

「母親は子供のために最善と思えることをするものよ。あなたにも子供ができたらわかるでしょうけどね、ジョージア。レンツォの子供をこの手に抱くことができたらどんなにいいかしら。それまで生きたいと願って――いいえ、祈っているのよ」

「マードレ……」

ジョージアは長椅子のそばにひざまずいて、コンテッサのやせた手に頬をすり寄せた。宝石をはめ込んだ太い金の指輪が、その手には重すぎるように見えた。

「手術が終わったら、きっとまた新しい人生が開けますわ。最近は医療技術が進んでいて、奇跡がどんどん起きているんですもの。すぐに元気になって、どこへでも出かけられるようになりますよ」

「そう考えるとうれしいわね、カーラ」

「そう信じなくちゃいけませんわ、マードレ。信じれば、半分は戦いに勝ったようなものですもの。レンツォのことで、それは経験しておられるでしょう？　お母さまは彼が、夜昼を問わず叫び出す悪魔を、いつかは克服すると信じておられたのですもの。今でさえときどき彼を悩ませているぐらいだから、当時はさぞかしひどかったろうと思いますわ。できれば私──」

ジョージアは言葉を切り、唇を噛んだ。今でも自分の心の奥底を誰かに話すのは恥ずかしい。でも彼への思慕は日に日に募って、自分でも怖くなるほどなのだ。

心の中に芽生え、勢いを増し、根を張るその愛という感情は、人の内部に育つ木のようだ。それは、相手からも愛情を注がれてこそ強くなり、枯れることなく緑の葉を茂らせる。

「できれば、何なの、カーラ？」

「事故で受けた傷が回復していくとき、私もレンツォのそばについていたかったと思ったんです。私──私、彼を支えてあげて、ほんの少しでも慰めになってあげたかった。痛みは夜中に一番ひどくなるものでしょう？　母が亡くなったとき、私はまだ中学生でしたけど、父がいつも母の枕《まくら》もとにランプの灯を絶やさなかったのを覚えています。父はどんなに遅い時間でも、母の好きな本の一節を静かな声で読んであげていました。母の病室のドアはきちんと閉まらなかったので、アンジェリカと私には父の声がいつも聞こえていたんです。本を読んだり、励ましたり、なだめたりしている声が。母が夜中に一人で苦しんだりしていないとわかって、私たち姉妹はとても心が慰められたものです」

ジョージアはため息をついた。

「そんなふうに、父は母のそばにずっとついていました。母が静かに息を引き取った晩まで、寝ずの番は続いたんです。父は私たちを呼んで、母のやすらかな死に顔を見せてくれました。それ以来、私は死ぬのが怖くなくなったんです。それは不安からも傷つくことからも解放された、長い、静かな眠りなのだと思えるようになりました。私たちの魂が鳥になって――そうでなければ、とんぼになって、羽に日の光をいっぱい浴びながら、川面を飛んでいるのを思い浮かべるのが、私は好きなんです」

「そんな話をよくも僕の母にできるな！」

ガーデンルームの入口のアーチから険しい声が飛んできた。

「君には心づかいってものがかけらもないのか、それとも自分が何を言っているか気づかないほど幼稚なのか」

ジョージアはゆっくりと顔を上げ、驚きに凍りついた目でレンツォを見た。彼は不快感をあらわにした、石のように硬い視線を返してきた。

二人はまた他人同士になってしまった。欲望の炎に包まれるときだけしか心を通わせることのできない、別々の二人に。彼の冷たい怒りは体の芯《しん》まで染み渡った。

「私――私、気づかなかった……」ジョージアはつぶやいた。

「レンツォ」彼の母親は椅子の上で姿勢を正した。「そんなにきつい言い方をすることはないでしょう。ジョージアを見てごらんなさい。真っ青になっているじゃないの」

「この家で、マードレのいる前で、病気や死のことを話す資格は彼女にはないんだ。僕には、その間違いを正す権利がある。魂が鳥になるだって？　まるで女学生みたいなことを言って！　大人の言うことじゃないよ。ジョージアはいたたまれずに立ち上がった。

激しい言葉の攻撃を受けて、ジョージアはいたたまれずに立ち上がった。弁解の余地はない」

「失礼します！」

彼女は夢中でレンツォのそばをすり抜けて部屋を飛び出した。彼のほうこそ心づかいのかけらもないじゃないの。ジョージアはレンツォを憎いとさえ思った。

彼が明日の手術のことをひどく心配しているのはわかっている。でもそのストレスのはけ口を私に向けることはないでしょ！　それに、私をとがめるにしても、どうして二人きりになるまで待てないの？

ジョージアはあたりを見回した。どこへ行けばいいのかわからなかった。二階の自分たちの部屋へは行きたくない。レンツォを思い出させるものがありすぎるから。

彼女は衝動的に図書室のドアを開け、本の並ぶ室内に入ると急いでドアを閉めた。

硬いドアにもたれ、数を数えて、レンツォがあとを追ってこなかったことをたしかめた。

それから、安楽椅子にぐったりと沈み込んだ。革表紙の中に男と女の情熱の数々を封じ込めた、静まり返った部屋の中で。

レンツォがマードレの前で私にあんなひどい言葉を浴びせるなんて、信じられない。あれは新婚早々の夫のすることじゃないわ。まるで、結婚を後悔しているようにさえ思える。ふつうの新婚の夫婦のように、幸せそうに見せようとした私の努力はこれですべて水の泡だ。

私たちが愛し合っていて、彼もアンジェリカと別れたことを後悔していないとお母さまに信じさせたがったのは、レンツォのほうでしょう！

あんなふうに罵声《ばせい》を浴びせられたことに、怒りとともにむなしさを感じた。この一週間ずっと、彼を喜ばせようと努めてきたというのに。

ジョージアはあらためてレンツォのラテン民族らしい激しい怒りに戦慄《せんりつ》を覚えた。突然空から降ってきたような恐ろしい怒声だった。私はコンテッサに、自分がまだほんの子供だったころに、母の死を乗り越えるのに支えとなった信念を打ち明けていただけだというのに。

ジョージアは傷ついた感情に流されまいと、椅子のアームをぎゅっと握り締めた。今は二人のことよりコンテッサの受ける試練を何より第一に考えなければならない。あのか細い体に、明日は外科医のメスが入れられるのだから。

レンツォを許したわけではないけれど、あの乱暴な言葉は忘れることにしよう。ときどき彼は、アンジェリカにはない私の理想主義的なところを、わざと打ち壊そうとしているように見える。私のそういう面を見るたび、二人の関係が底の浅いものだと気づかされるとでもいうように。

午後はそのまま過ぎて、夕方になった。ジョージアが夕食のために着替えをしていると、隣の続き部屋からレンツォが入ってきた。まだディナージャケットは着ていない。グリザイユのカフスボタンを留めながら、ジョージアにじっと視線を向けている。

レンツォが話しかけてくるのを待ちながら、オパールのような光沢のあるドレスの下で、ジョージアは体をこわばらせていた。

「怒ってるのか？」彼がきいた。

「あなたは？」言い争いのきっかけにならないように静かな声できき返す。

「君はいったい何を考えていたんだ？」

背の高い、かげりを帯びた姿が部屋を横切って近づいてきて、光る衣装を身につけた細身の体の前に立ちはだかる。礼装用のシャツの白さが、彼の髪や目を引き立てている。いつ見ても、それは際立って美しいコントラストだった。

「マードレはすでに充分神経質になっているんだ。死んだらこういういいことがあるなんて、わざわざ聞かされなくてもね。長年教会の墓地のそばに住んでいた君に、どうしてそのくらいのことがわからないんだ？」

「そうかもしれない。でも、私はお母さまの神経にさわるようなことを言うつもりなんてなかったのよ。お母さまが大好きだから。父の話をしていたの――父が母にどれほどやさしくて愛情深かったかを。私が――私がお母さまを不安にするようなことを言うはずがないじゃないの。お母さまはきっと、あなたのように誤解したりはしなかったはずよ」

ジョージアはドレッサーのところへ行くと、小さなイヤリングを取り上げた。後ろから肩に手が置かれるのを感じて、背筋に戦慄が走った。

「私……あなたにさわられたくないの」彼女はどうにかそれだけ言った。

「じゃあ、やっぱり怒っているんだね」

「そうじゃないわ」ジョージアは体をこわばらせたままかぶりを振った。「あなたとけんかはしたくないの、レンツォ。あなたがどれほど心を痛めているかわかっているから。でも、あなたに怒鳴られて、それでも何事もなかったように肩に手を置かれるのはいやなの。だから、離れてください」

そうする代わりに、レンツォは彼女の体を自分の方に向けると、さっと抱き寄せた。それから彼女が身を振りほどくかどうかようすをうかがった。ジョージアが静かにたたずんでいるのを見て、レンツォの目はわずかに細くなった。

「我慢できないよ、こんなことは。僕があのとき君に腹を立てたのは当然だったと思う。そうして、今またこれだ。今夜の僕は若い妻の不機嫌につき合う気分じゃないんだよ。だから、ジョージア、ふくれっつらはやめて、僕の支えになってくれないか。僕が母のことを死ぬほど心配してるのはわかってるだろう？」

「わかってるわ。でも、お母さまの前で私を怒鳴りつけたって、状況はよくならないでしょう。私は――私たちがうまくいっているって、お母さまに信じてもらいたかったのに」

「うまくいっているんじゃないのか？」

レンツォがすぐそばにいるのに、ジョージアはいつものようなときめきを感じなかった。まだ心が深く傷ついたままだったから。

「私たちがうまくいくのは――そこにいるときだけよ」

ジョージアはベッドを指した。その言葉を口にするのはためらわれた。

レンツォはベッドを見やった。骨格がはっきりわかるほど、余分な肉のない精悍《せいかん》な横顔だ。

ベッドは夜のために整えられていて、両脇《りょうわき》のスタンドが柔らかな光を投げかけている。抱き合ってやすらかな眠りについたときは、天蓋《てんがい》が私たちを守ってくれるように思えたものだ。

あのときレンツォは私をナイフのように鋭い言葉でとがめることもなかったし、〝心づかいのかけらもない、幼稚な人間〟と決めつけもしなかった。私と一緒に存分に楽しんだ。彼の激しい情熱を思い出すと、今でも体が熱くなる。

今すぐこの部屋から出たい、彼のそばから離れたいとジョージアは痛切に思った。

「あなたが私に求めるのはそのことだけよ。サンドボーンからこっち、ずっとね。あなたは欲望を満たすためだけに私と一緒に過ごすのよ。だから、それがすんだら、私に背を向けるんだわ。私が妻だということを忘れたがっているのよ。今日の午後は本当に忘れていたわ！　あなたは私が取るに足りない人間みたいに言ったわね。私たちが一緒に過ごした時間も、あなたにとっては何の意味もなかったように！」

ジョージアは怒りに燃える目でレンツォを見つめた。その目はまるで炎の芯のような、澄んだ青色をしていた。

「ああ、今すぐここを出ていくことができたら、どんなにいいかしら。でも、それができないことは私たち二人ともわかっているわ。明日の手術に当然付き添うべきステルビオがここにいないから、私が代わりをしなくてはなりませんものね。結局のところ、あなたたち——あなたと弟さんはよく似ているのよ。あなたたちの間に違いなんてありはしないわ。青年のころ、あなたたちはライバルだったんでしょう。そのときは乗馬とテニスだったかもしれないけど、今はアンジェリカよ。そうじゃない？　あなたたちは、二人で彼女を奪い合っているんだわ！」

その言葉は部屋中に響き、ジョージアの頭の中で大きく反響した。その重圧に耐えられなくなりかけたとき、ベッドルームのドアにノックの音がしてトレンスが入ってきた。

「お邪魔をして申しわけございませんが、だんなさま、今すぐコンテッサのお部屋へ来てください。お加減がたいへん悪くて――」

みなまで言わせず、レンツォは部屋を飛び出していった。ジョージアは執事に、医者は呼んだのかときいた。彼はかぶりを振った。

「だんなさまをお呼びするのが先だと存じまして――」

「そうね。いいのよ、トレンス」

ジョージアは急いで居間にある電話に走り寄ると、緊急時のためにと数日前から暗記していた番号を回した。ロナルド・ジャーモン医師の自宅の番号だった。

幸いジャーモン医師は家にいた。夫人はこれから夕食だと言いつつ、あきらめのため息をついた。夫人に呼ばれて、医師が電話に出た。義母の具合が悪くなったのだと、ジョージアはもう一度繰り返した。

「すぐに行きます」

そういう事態を予想していたような声だった。胸が急に重くなるのを感じながら、ジョージアは受話器を置いた。振り返ると、トレンスはまだドアのあたりにいる。

「コンテッサが明日まで持ちこたえられますようにと、私たちはみんな祈っておりました」トレンスはつぶやいた。

彼はもう、ジョージアが初めてハンソン・スクエアに来た日のように、彼女が若くて、未熟で、責任ある立場に立つのは無理だと言いたげな目はしていなかった。

「私も祈っていたわ。心臓がこれ以上弱ってはとても手術に耐えられないから――」

ジョージアは先を続けることができなかった。コジマが駆け込んできて、絶望に打ちのめされた顔で彼女の腕をつかんだからだ。

「早くいらしてください。コンテッサが会いたがっておられます。さあ、早く！」

どんなふうにしてコンテッサの部屋まで行ったのか覚えていない。義母は枕を高くして横たわっていた。唇は午後に着ていたドレスのような紫色に変わっている。

レンツォは母のそばについて、手を温めようと懸命にこすっていた。ジョージアが急いでベッドのそばに近寄ると、夫が顔を上げた。その表情を彼女は決して忘れないだろう。それは、どうすることもできない状況に身を置いた男の、苦悩の顔だった。

「かわいい人《ドルチエ・ミーア》」

ジョージアの姿を認めて、老婦人の目に小さな光が宿った。彼女は息子に握られた手を振りほどくようにすると、それをジョージアの方に差し出した。氷のように冷たい、小刻みにけいれんするその手を握ったジョージアは、もう少しで叫び声をあげそうになった。

だめ！　マードレをまだ連れていかないで。手術を受けるまでは！　手術をすればきっとよくなる。そうしたら、こんなに息もできないほどの発作に苦しまなくてすむ……。

「心配しないで、マードレ。今すぐお医者さまがみえます。そうしたら、ずっとよくなりますから――」

「もう、苦しまないで、いいようになる?」

コンテッサはジョージアを見つめた。苦しげに呼吸しながら、それでも彼女は一生懸命何かを言おうとしていた。

「あなたと話せてよかった——満足《コンテント》よ、カーラ、コンテント……」

熱いかたまりが込み上げてくるのを必死でこらえながら、ジョージアは黙ってうなずいた。コンテッサがジョージアの手をレンツォの手のところに持っていく。彼のお母さまはもう声を出すこともできないけれど、こうやって私に、息子を愛する困難を乗り越えてくれと言っているんだわ——ジョージアはそう思った。いつもステルビオより近づきにくかった息子、でも今そばについていてくれるこの息子を愛してやってくれと。

コンテッサの最後の意識にあったのは、握り合った三つの手だったに違いない。それからレンツォの抗《あらが》うようなうめきと、コジマの胸の張り裂けるような泣き声……。

すべては終わり、ジョージアはつらい思いに胸を締めつけられてたたずんでいた。彼女がコンテッサの上にかがんだとき、スタンドの光が反射して髪に金色の輪ができた。ジョージアは義母の頬にキスをした。唇に触れるきめ細かな肌は、もうすでに冷たい。死が二人を大きく隔ててしまったのだ。

「あなたを愛していました、マードレ。お会いできて幸せでした」

ジョージアが顔を上げると、レンツォと目が合った。ダイヤモンドのようなその目は深い苦しみに満ちていた。

「僕を母と二人だけにしてくれ」

それがレンツォの言ったすべてだった。ジョージアはコジマの腕を取って、静かに部屋から出ていった。

9

レンツォが母親をイギリスの墓地に埋葬しようと決めたのは、弟への根深い怒りのせいだと、ジョージアは思った。

「ステルビオのことなどかまうものか！」レンツォは腹立たしげに言った。「マードレがもっともあいつを必要としたときに、どこかに行方をくらましていたんだ。そういうやり方であいつはマードレの愛に報いたってわけだ！　マードレにはこの土地で眠ってもらう。僕が家を建てたこの土地で！」

レンツォはリッチモンドの美しい墓地を選び、葬儀の準備を始めた。その間、母親のなきがらは教会の霊安室に安置された。

柩《ひつぎ》はコンテッサが愛してやまなかったとりどりの白い花でおおわれた。小さな部屋がかぐわしい匂《にお》いに満たされた。窓のステンドグラスを通して入る光で、花びらがかすかに色づいている。

ジョージアは、一人きりでマードレのために祈り、自分の母の思い出に浸ろうと霊安室に行った。彼女の目には柩がずいぶん小さく見えた。

赤いクッションにひざまずき、かぐわしい空気を胸いっぱいに吸い込む。彼女にとって死は畏《おそ》れるべきものではなかった。最後の日、レンツォの怒りを買うことにはなったけれど、マードレと大事なことを話し合うことができてよかったと思っている。

意識してはいなかったけれど、たぶん、二人ともあの日の夜何が起きるかを予感していたのではないだろうか。さんさんと太陽が輝いていたあの午後に。

あの日が晴れやかな美しい日でよかった。義母が長く苦しまなかったことは、もっとよかったと思っている。

発作は急だった、とコジマはあとで話してくれた。コンテッサはドレッサーの前で髪をとかし、コジマは夕食用のドレスをベッドの上に広げていた。ふいにコンテッサがスツールから立ち上がり、部屋を横切っていった――そして何事か叫んだが、何を言ったのかコジマは覚えていないという。

コンテッサが床に倒れなかったのは、コジマがかろうじて支えたおかげだった。コジマは夫人を床にそっと横たえると、気つけにブランデーを頼もうと、急いでトレンスを呼んだ。トレンスは倒れた夫人を一目見て、すぐにレンツォを呼びに行ったのだという。

レンツォが母親をベッドに運び、呼吸を楽にするために枕《まくら》をたくさんあてがった。すべてが終わったのは、発作が起こって三十分後だった。あとから駆けつけたロナルド・ジヤーモン医師は、死因を心不全と診断した。

ジョージアは開いた柩に近づいて、義母のやすらかな顔を見下ろした。マードレの友情は、私には本当に貴重なものだった。でも、彼女はもう遠い遠いところに行ってしまった。白い花に埋もれて、長い、誰にも邪魔されない眠りについている。その整った美しい顔は、アイボリーのサテンの枕の上に乗せられていた。

ジョージアは白いカーネーションの花を一輪取ると、自分のハンドバッグの中に入れた。レンツォには何度も、ステルビオをどうにかして捜し出して連絡したほうがいいと勧めた。だがレンツォはあごを硬くこわばらせて、そうするつもりはないと答えた。

モニカはまもなくイタリアから駆けつける予定だったが、彼女によれば、ステルビオはアドリア海のどこかを友達のヨットでクルージングしているという。今もアンジェリカと一緒にいるのはたしかなようだ。

「言っただろう？　ステルビオをマードレの葬式に呼ぶなんてとんでもないって。マードレが最後まで彼の恋愛沙汰《ざた》を知らずにすんだことを神に感謝したいよ。僕としては、ステルビオがあの娼婦《プッターナ》と一緒に海の底に沈んでくれても、一向にかまわないね」レンツォはダイヤモンドのように硬く冷たい目をして言った。

ジョージアはそれ以上何も言わなかった。今のレンツォの精神状態では、道理を説こうとしても無駄だ。彼は母親の死にひどいショックを受けているから誰の言うことも聞こうとしない。コンテッサはイタリアにあるタルモンテ家代々の納骨所ではなく、イギリスに葬るのだと、彼は固く決心している。

コンテッサはご主人のそばで眠りたいのではないかしらと言ってみると、レンツォは打ち消すように手を振った。

「父はずっと昔に死んでる。自家用飛行機の墜落現場で見つかったときは、もう灰になっていたんだ。しかも女と一緒だったんだよ！　女の名前はとうとうわからなかった。彼女の灰は父のと混ざり合って納骨所に納まっている。だから、マードレを夫のそばに眠らせようなんてセンチメンタルな考えはさっさと捨てたほうがいいね」

ジョージアは教会の近くの小さな公園を通って通りに出た。家に帰るためにタクシーを拾おうと待っていると、スティール・グレイのポルシェが目の前に横づけになった。驚いて見ているうちに、助手席のドアが開いた。

「乗りたまえ」中の声が言った。「覚えているかい？　僕は結婚式で君をだんなさんの手に渡した男だよ」

「ブルース！」

ジョージアは温かい、ほっとしたような声で言った。ためらわず車に乗り込み、彼の横の座席に体を落ち着ける。

「なんてうれしいんでしょう、あなたとまた会えるなんて」

「僕も同感だ」

ブルースはジョージアの顔に視線を走らせた。ここ数日来の緊張が顔に出ているのは自分でもわかっているが、ブルースはどう思っただろうか。

「レンツォの母上のことは気の毒だったね。穏やかなやさしい人だった」

「ええ。少しの間しかご一緒できなかったけど、私たち、仲よくなりかけていたのよ。みんなが手術に期待をかけていたのに、あんなことになってしまって」

「フラヴィアから知らせを受けて、レンツォにお悔やみの電話をかけたんだ。彼は相当まいってる様子だったね」

ブルースは車を発進させ、流れの中にスムーズに入り込んだ。

「お母さんの遺体はイタリアに運ぶのかときいたら、彼は金曜日にリッチモンドで葬式をするんだと答えたよ」

「彼の決心はとても固いの。説得しようとしても無理。耳を傾けようともしないんだもの。弟さんの行方を捜そうともしないし。レンツォがいったんこうと決めたら、サイクロンでも来ない限り変えられないわね」

「まったくね。僕はたまたまレンツォとステルビオの不仲の原因を知っているんだ。君のお姉さんにからんだことだろう？」

「ええ――あなたが知っていてくれてよかったわ。話が簡単になるもの」

「僕と君の間でかい、ジョージア？」

「ええ」

ここ数日来初めて、ジョージアは肩から力が抜けていくのを感じた。レンツォと一緒にいるとヴェスヴィオ山の噴火を待っているような感じだ。悲しみ、怒り、苦々しさが、熱い溶岩のように彼の中にくすぶっていて、いつそれが沸騰点に達するかわからない。だから、ずっとはらはらしている。

「気持を打ち明ける相手が必要なのかい？　僕はこれで案外理解力のあるほうだから、遠慮なく利用してくれたまえ。どうだい、これから一人寂しく昼飯を食べるつもりだったんだが、つき合わないか？　べつに急いで家に帰らなくてもいいんだろう？」

「ええ、まあ……」

「それはよかった」

ブルースがあまりにもうれしそうな声を出したので、ジョージアはびっくりして彼の方を見た。

ブルースはとても魅力的だし、映画監督という仕事柄、美人で華やかな女優たちにいつも囲まれているだろうに。

アンジェリカのことはどのくらい知っているのだろう。モデル以外の仕事のことは知っているのだろうか。

「あなたが一人寂しく食事をするなんて、想像できないわ」ジョージアは率直に言った。

「そうかい？」

ポルシェは交通量の多い幹線道路から脇道《わきみち》へそれた。

「僕がいつも華やかな映画スターに取り囲まれていると思ってるのかい？」

「ええ、そういうことが多いんじゃないかと思って——」

「多すぎて困ってるよ。男を蘭《らん》の温室に入れてごらん。そのうち新鮮な空気とクローバーをほしがるようになる。今朝は七時からアマンダ・マイルズと映画のワンシーンを撮ってたんだが、これがまた、思い出すだけ身の毛がよだつというやつで——。スクリーンで見ると彼女はすばらしいんだが、あれはみんな表面上のことでね。あざらしがいわしを飲み込むのと同じぐらい早くせりふを忘れるしね。君とこうしていると、混乱のあとに平和が訪れたという感じだよ、本当に。その落ち着いたグレイのスーツ姿の君を見るだけで心がやすらぐ」

ジョージアは小さなほほえみを浮かべた。たいていの女性は心がときめくと言われるほうがうれしいだろうけれど、ブルースの気持はわかる。彼女自身ももやもやとして落ち着かない気分だったので、ブルースといると心が慰められた。

「どこで食事をするの？」

「僕のお気に入りのレストランで、チェルシーの〈シルク・ランタン〉というところだ。

金めっきのキューピッドや鉢植えのやしの木があって、会社の重役連中がビジネスの打ち合わせをしてるようなところより、小ぢんまりした料理のうまい店が好きなんだ。君もきっと気に入るよ」

「そうね、きっと」ジョージアはわに革のバッグの斑紋《はんもん》を指でなぞった。「あなたはお葬式に参列するつもり、ブルース？」

「ああ、行かせてもらうよ。レンツォがお母さんをここに埋葬したいという気持もわかるんだ。彼はイタリアよりロンドンにいることが多いから、いつでも花を供えられる。モニカ・タルモンテは来るのかい？」

「ええ、今日イタリアから到着する予定よ」

ジョージアは考え込みながら唇を噛《か》んだ。ステルビオの妻と顔を合わせるのは、やはり気が重い。

モニカは小さな娘を住み込みの家庭教師にまかせて一人でやって来る。そして二日だけハンソン・スクエアに泊まることになっている。彼女と会うのは楽しみではあるが、気まずいことはたしかだろう。なんといっても、アンジェリカは私の姉なのだから。

「それで君は心配してるんだね」

「ええ、まあね……」

「ほかの人間の感情をそれほど気づかうことはないよ、ジョージア。人間というものが、どれほどタフで立ち直りが早いか知ったら、君は驚くだろうな、きっと。あんまり感じやすいというのも賢明なことじゃないよ。少なくとも、恋愛に関してはそうだな」

「ずいぶん皮肉めいて聞こえるけど、ブルース、あなたは皮肉屋には見えないわ」

「まあ、用心深いとでも言ってくれ。僕が住んでる世界は、恋愛が一週間でも続けばラッキーだというところなんだ。なにしろ十六のときからそういう世界にどっぷりつかってるからね。臨時雇いの使い走りから、上に立って決定を下す男に成り上がる間にずいぶんいろいろな人間に出会ったよ。魅力的なやつもいれば、怪物みたいなのもいた。そして、たいていの人間が野心家だったよ。僕の言うことを聞いて、心のまわりにフェンスを立てるんだね。そして人との間にもっと距離を置くことだ。これは効き目があるぞ。傷つかないですむというおまけもあるし」

「たぶんそれは適切なアドバイスだと思うわ、ブルース。でも私には少し遅すぎたみたい」

その言葉を取り消そうとすることもまた、少し遅すぎた。駐車場に車を入れたブルースは、振り向いて彼女をじっと見つめた。

「レンツォが君を傷つけたのかい？」

「意図的にではないでしょうけど――少なくとも私はそう信じているわ」

ジョージアは無理してほほえんだが、ブルースがごまかされていないのは明白だった。

「レンツォは――私を締め出したの、精神的に。私はといえば、結婚というのはあらゆる面でのコミュニケーションだと信じてきたのにね」

「なぜ君は彼と結婚したんだい？」ブルースはジョージアの方に身を乗り出した。「君みたいな花嫁は見たことがなかった。まわりで起こっていること全部が――中でもとくにレンツォが――現実でないというような、呆然《ぼうぜん》とした顔をして。僕は介添え役としてレンツォに君を手渡したけど、誓いの言葉と指輪の交換が終わる前に、君を取り返そうかと思ったぐらいだよ」

ブルースはジョージアの左手を取り、サファイアの指輪をじっくりと眺めた。

「レンツォは君に何か圧力をかけた。そうなんだね？　ああ、言いたくないのはわかるよ。でも僕はレンツォに悪魔的な一面があるのを、昔から知っている。彼が魅力を、そうでなければ力を使ったなら、君のような娘はひとたまりもないだろう。どっちだったんだい、その二つのうち」

「両方よ」ジョージアは正直に認めた。「レンツォとの結婚は、避けようがなかったわ。彼がまだ――アンジェリカを求めているのはわかっていたけれど」

「なんてことだ――」ブルースはジョージアの手を固く握った。「そんな状態のままでいることはないよ、今のこの時代に。もし本当にレンツォが力ずくで君を引き止めているんだとしたら」

「もちろん、それだけではないけど」ジョージアは赤くなり、視線をそらした。「おなかがすいたわ。中に入りましょうよ」

ブルースはしばらくジョージアの手を握ったままでいたが、やがて放して言った。

「知らなかったよ、君のような女性が今でもいるなんて。女なんてみんな虚飾と自己愛に凝り固まっていると信じかけていた」

「私は――たぶん時代遅れなんでしょう」

ジョージアは車から降りると、ブルースがドアをロックするのを待って、一緒に歩いていった。レストランは二階建てで角地に立っている。二人がドアの中に足を踏み入れると、おいしそうな匂いが漂ってきた。

ブルースは二階に定席を持っているという。カーブした階段を上っていくと、昔ふうの広いダイニングルームになっていた。シルクを張ったランタンが、しみ一つないテーブルに柔らかなオレンジ色の光を投げかけている。

「すてきね！」ジョージアは感嘆した。

「だろう？」ブルースはジョージアの目をとらえると、窓際のテーブルにうながした。

「何を飲む？」

「ポートワインをいただいてもいいかしら？　ご存じのとおり、時代遅れの人間ですから」ジョージアはちらりと笑みを浮かべた。

「僕もつき合うよ」ブルースはウエイターの方を向いた。「マリオ、こちらは流行の波に押し流されることを拒否してる、昨今ではまれな若いご婦人なんだ。僕たち二人にポートワインを頼むよ」

ウエイターはうなずき、それぞれにメニューを渡した。

「とくにすばらしいブレンドがございます、ミスター・クレイトン。こちらのお若いレディーにもきっとお気に召していただけると存じます」

「それに、彼女には慰めも必要なんだ、マリオ。家で最近不幸があったものだから」

「それはそれは、ご愁傷さまでございます、マダム」

「ありがとう、ご親切に」

ジョージアはますますこの店の雰囲気が気に入った。偶然ブルースと出会ってよかった。そう、たしかに慰めは必要だわ。

私がレンツォを慰めようとしても、彼はいつもかたくなな、よそよそしい態度でさえぎってしまう。だから私は彼に近づくこともできない。

「さて、何が食べたい？」ブルースはメニューに目を通した。「ダブリン湾のえびは間違いなくうまいよ。それとも鱒《ます》のフィレのパセリソース添えはどうだい？」

「あなたは何にするの、ブルース？」

ジョージアはなんとなく心細くてしかたがなかった。ここ数日来の孤独が急に神経にこたえてきたようだ。

「僕はえびといきたいね。グリーン・サラダとブラック・ペッパーで。どう？」

ブルースはメニューから顔を上げてジョージアを見やった。口もとはほほえんでいるが、緑色の目は真剣だ。

ジョージアはうなずくと、メイン・ディッシュを選んだ。

「ポット・ロースト・チキン。もうずっと食べてないわ――実家を出てから。教区の信者さんがチキンをくださることがあると、父と私で大騒ぎをしたものよ。私は、ダンプリングと人参《にんじん》を添えるのが好きなの」

ブルースが黙っているのでジョージアは顔を上げた。彼の表情を見て、ジョージアは物問いたげに目を見開いた。

「私のこと、信じられないほど子供っぽいと思っているんでしょ？　いなかの牧師の娘はしようがないな、これじゃレンツォがうんざりするのも無理はないって」

ブルースはゆっくりかぶりを振った。

「もしレンツォが君の魅力と純粋さに気づかないなら、僕が君を彼から奪い取ってやる。どうしてもっと前に、妹さんを紹介してくれってアンジェリカに頼まなかったんだろう？」

ジョージアは顔を赤らめた。

「姉が私を話題にするようなことがあったとしても、たぶん家にいるのに満足し切ったさえない女というふうにしか話さなかったでしょうね。アンジェリカが意地悪だというのじゃないのよ。私、本当に男の人に心を動かされたことなんてなかったんですもの。姉がレンツォを家に連れてきたときだって。彼が私の心の中に入り込んできたことも、ずっとあとになるまで気づかなかったのよ」

「追い出すことができないほど、奥まで入り込んでいるのかい？」

ジョージアの指はメニューをぎゅっとつかんだ。「こんな話をするの、よくないわ」

「たぶんわれわれは、出会ったその日にこういう話をするべきだったのかもしれない」

「いいえ、だめよ。あなたはレンツォの友達だし、私はレンツォの妻だから。私たちが教会で、健やかなる時も病める時もお互いを引き受けると誓ったのを、あなたは聞いていたでしょう」

「そして君はその誓いを守るというわけだね。レンツォが君の姉さんにどういう気持を抱いているかを知っていながら」

「プロポーズされた日から、私は彼の気持がわかっていたわ」

なじみの痛みとわずかな反抗心に、青い目がかげった。ワインが注《つ》がれる間、二人は黙って座っていた。それから二人はほとんど同時にグラスを手に取り口に運んだ。

ワインは体を温めてくれた。温かさを心にまで届けようとするかのように、それは体の中をゆっくりとめぐった。

「レンツォはいったい何を求めているんだ？　アンジェリカを取り戻すことか？　ジョージア、君を武器にして？」

ジョージアはブルースを見ることができなかった。自分の目に彼の問いに対する答えが表れていて、隠すことができないとわかっていた。

「なんてことだ！」

ブルースは小さくつぶやいた。さっきは大きな声をあげて、近くのテーブルにいた二、三人がこちらを振り返ったからだ。

「レンツォが、場合によってはひどく冷酷になるってことは知っているが、君の気持をまったく無視するなんて許せない。アンジェリカはいざ知らず、君に感情があることが、彼にはわかっていないのか？」

「人の気持って、自分ではどうしようもないものでしょう？」

ジョージアはまたワインを口にふくんだ。コンテッサが亡くなった晩からずっと体の中に居座っていた寒気が、ようやく消えていった。

あの晩から、レンツォは遠い人になってしまった。彼は一晩中母親のそばについていて、朝になるまで遺体を霊安室に運ばせなかった。

ひげもそらないまま、レンツォは庭を一人で歩き回った。それから、ようやく身づくろいをすると、ジョージアのところへやって来て、母親をイギリスの墓地に葬るつもりだと告げたのだった。

反論のしようもなかった。うるさい蠅《はえ》でも追い払うように、彼はジョージアの意見を切り捨てた。

「これは僕の問題だ。君にも、ほかの誰にも口出ししてほしくない」

ブルースがあからさまな質問をしてきたのは、二人がダブリン湾のえびを食べているときだった。

「君は彼を愛しているのかい？」

ブラウン・ブレッドにバターを塗りながら、ジョージアははっきりした答えを出すことができない自分にとまどっていた。傷ついてはいる。困惑しているし、悔しさも感じている。でも、レンツォの腕の中にいて彼の熱い欲望に身をまかせているときだけは、心から安心していられることもたしかだ。

彼から解放されるときが来ると、私はまた一人で取り残される。欲望が静まっていくにつれて、私たちを結ぶきずなは細くなり、やがて切れてしまう。彼の声の調子さえ変わってくる。私の体とその感触に熱中していた男の、うっとりするようなつぶやきはもう聞こえない。

「レンツォはローマ神話のヤヌスみたいなの。二つの顔を持っていて、どっちが本当の顔なのか私にはわからないのよ」

「なるほど」

ブルースはジョージアの顔と髪に目を走らせた。色白で金髪に縁取られたその顔は、結婚しているにもかかわらず、純真無垢《むく》な乙女のように見える。

「レンツォは夜の顔と昼の顔を持ってるというわけだね。正常な男なら、君のような愛らしい人に手を出さないでいられるはずがないものな」

ジョージアは真っ赤になった。

「ブルース！　やめて、お願い……」

「やれやれ」ブルースは白い歯を見せて笑った。「やめないで、お願い、と君に言わせるためなら僕は何でもするんだけど」

「ブルース――」

「ああ、そうだとも」

彼は身を乗り出して、ジョージアの困惑し切った目を見つめた。

「僕は君をかわいがるし、うんとやさしくする。愛するに値する相手に対しては男がどれほどやさしくなれるものか、君にわからせてやるよ。ジョージア、君は男に全身全霊で愛される値打ちのある女性だ。ベッドでだけ必要とされるんじゃなくて。ああ、たしかにぶしつけな言い方だよ。だけど、これは真実だ。違うかい？」

「私――どうしてこんな話になったのかわからないわ。だから、もうやめましょう」

ジョージアはきっぱりと言ってブルースを見返した。その目が自然に彼の唇に移った。形のいい、しっかりした唇だ。大きくておいしいえびを食べていたその唇は、少し濡《ぬ》れている。

これまで、レンツォをはじめ誰一人、ありのままの私が大切だと言ってくれた人はいなかった。ブルースの言うことを聞いていると、これまで姉が独占してきた輝かしい立場に自分が立ったような気になってくる。

「今ここで話をやめたら、もう二度と始めるチャンスはないだろう」

「それが一番いいのよ」

「レンツォの閉ざされた心の扉の鍵穴《かぎあな》に鍵を入れて、がちゃがちゃ回しつづけることが、君にとって一番いいことなのかい？」

ジョージアはひるんだ。その言葉は彼女の真心を徹底的にはねつける抵抗を思い起こさせたからだ。

二人を分かつものは何もないというようにレンツォが私を見つめることは決してないだろう。彼が私を見るとき、アンジェリカの金色に輝くほっそりした姿が私たちの間にいつも立ちふさがるからだ。二人が愛の種をまこうとするといつも入り込んでくる、美しく狡《こう》猾《かっ》なへびのように。

「たぶん、あなたは、幸せや喜びをもたらさないとわかればすぐに切り捨ててしまうような世界に、長く暮らしすぎたんじゃないかしら、ブルース。映画界というのは節操とか、同じ状態を長く続けることとかが尊重されるところじゃないですものね。そうでしょう？現実の社会は違うわ。人は自分の生活に折り合いをつけなければならないし、私がやっているのもそれなのよ」

「君はかわいい顔をした愚か者だよ、ジョージア」

ジョージアはナプキンで口をぬぐった。「このえび、とてもおいしいわ」

「こういう会話をしていても食欲がなくならないとはうれしいよ」

「レンツォは今新しい音楽に取りかかってるの。とても美しい曲だと私は思うわ。ロマンチックな映画のようね」

「ああ、ロマンチックな話だよ。ありがたいことに、今回は本当に演技のできる女優が使えるんだ。最近じゃ珍しい女性向けの映画として、製作側も力を入れてるからね。レンツォが資金の半分を出しているんだよ。知ってたかい？」

「本当？」ジョージアは目を輝かせた。「それなら彼、そのストーリーに感動したのね。彼が半端なものにお金を出すはずがないもの」

空になった皿が運び去られ、メインの料理が並べられた。ジョージアはふわふわしたダンプリングが添えられたポット・ロースト・チキンのおいしそうな匂いを吸い込んだ。

牧師館のダイニングルームが目に浮かんでくる。浮き出し模様の壁紙、オーク材のテーブル、背もたれの高い椅子。懐かしさが込み上げてくる。ハンソン・スクエアに帰ったら、父に電話をかけよう。父とこんなふうにけんか別れしたままでいたくない。人生の終わりはある日突然来るものだ。そのあと後悔しながら生きていくのはつらい。

「それじゃあ、モニカは今日来るんだね」ブルースがステーキにナイフを入れながらきいた。

「ええ、レンツォが空港に迎えに行ってるはずよ。正直言って、彼女に会うのは気が重いんだけど」

「それは無理もないね。たしかに多少は気まずいだろうな。だけど、さっきもアドバイスしたように、一歩身を引いて、他人事と割り切ることだね。姉さんのことで、君が責任を感じる必要はないんだから」

「でも、姉のせいでモニカがどれほど傷ついたかと思うと……」

「よく聞きたまえ」ブルースは彼女の方にフォークを振った。「モニカに対して、もちろんレンツォに対しても、君がアンジェリカの代わりに後ろめたい思いをすることなんてないんだ。姉さんの罪は君には関係ない。君は罪を犯そうとしても犯せない人だよ。それが君の問題点でもあるんだけど」

「どういう意味、ブルース？」ジョージアはチキンの皿から目を上げた。

「殉教者の上には花じゃなくて灰が振りまかれるんだ。彼らが手にするのはばらの花束ではなくて、自分で背負わなければならない十字架だ。君はとてもいい人だけど、その人のよさを他人に利用されるのはばかげている。それは君自身に対してフェアなことじゃないよ」

「私はこういう人間ですもの、変わることなんてできないわ」

「そういう君だからこそ、他人の心配事や問題にわずらわされるような生活から解放されるべきなんだよ。楽しく笑って暮らすんだ。もし君がまわりにいる人間の心配事や悩みを引き受けてばかりいたら、みんなは君がそうするのが好きなんだ、好んでやってるんだと、勝手に解釈するようになるぞ」

ジョージアはその言葉を思い返しながら、黙って料理を口に運んだ。たしかにそれは否定しがたい真実かもしれない。

父も私が自由で楽しい生活に憧《あこが》れているなどとは夢にも思っていなかっただろう。彼女が大きな古い家を切り回し、牧師に解決してもらおうといろいろな問題を抱えて裏口のドアをたたく教区民の相手をすることに、満足していると信じ切っていた。

おかしなことに、私は自分の時間と労力を人のために費やしてきたという事実に、これまで全然気づかなかった。だから今振り返ってみても、少女から大人になる間の〝夢多き青春時代〟のことなど何一つ覚えていない。

へアスタイルや服装をあれこれ工夫する時間もなかった。そして、すてきな未来の恋人を夢見る時間も。

誰かが家のことをしなければならなかったから。そうでなければ、家族三人はくもの巣だらけの牧師館に住み、チーズ・サンドイッチを食べて生き延びなければならなかっただろう。

ジョージアは苦笑して言った。

「ブルース、もし私が姉のような生き方をしていたら、みんなとうまくいってたかもしれないわね。あなたともレンツォとも――私の父とも」

「まさか、僕はそんなことは言ってやしないよ――」

「いいえ、そうよ」ジョージアはワインを一口飲んだ。「人のことを気にかけるなって、あなたは言ったわ。自分のために生きて、他人の悩みはほうっておけって。アンジェリカはそれを全部やってるわ。そして、人をさんざん振り回して困らせてる。〝妖婦《ようふ》〟の彼女にまいってしまわない男の人は少ないわ。アンジェリカはそんなふうに生まれついたのだから、どうにもできないの。私は私で、こんなふうに生まれついたから、いくら愚かしいと思っても変えられないのよ」

痛みのこもった沈黙の中で、ブルースはテーブル越しにジョージアを見つめた。悪魔と天使の両方を軽いユーモアをもって受け入れる彼女の静かな強さに感心しながら。

「僕が今何をしたいと思っているかわかるかい？」彼はささやいた。「テーブルを回ってそちらへ行って、君を腕に抱いて、もう二度とレンツォの家へ足を踏み入れさせないようにすることだ。これほどまでに女性を求めたことはない。本当だよ」

「そんなこと――言ってはいけないわ」

彼女の見開いた青い目には、絶望と驚きの色が浮かんでいた。娘時代に男の人から言い寄られたことなどなかったから、どう対処していいかわからなかった。よそよそしくて、複雑で、同時に驚くほど情熱的なラテンの男性と結婚した今でもそうだ。

「いやな気分じゃないだろう？」ブルースは緑色の目でジョージアを熱っぽく見つめた。「今僕たちは二人きりで、感じのいいレストランで向かい合っている。誰も僕たちがここにいるのを知らない。そしてお互いに親密な言葉をささやいている。こうしていて少しも心がときめかないと言えるかい？　正直に言って」

「私は――ここにいてはいけないのよ、ブルース。家にいて、モニカを迎える準備がとどこおりなくできているかたしかめなくては――」

「いつもいつも、義務ってものを忘れない人だね。いつも自分より他人のことが先なんだ。信じがたい人だよ。わかっているのかい？」

「あなたにはそう見えるでしょうね。あなたの知っている女性はみんな自分のことしか考えないみたいだから」

「みんなをよく知ってるわけじゃないけどね」ブルースは皮肉っぽく言った。「彼女たちには隠された美徳があるのかもしれない。でも、今僕に見えているのは、そして僕が心底気にかけているのは、結婚式のときこの手でほかの男に引き渡した女性だけなんだ。僕にそういう仕打ちをした運命を、のろってやりたいよ」

「私たちは他人も同然だったもの。あの日、私は知らない人ばかりに囲まれていたわ。すべてのことに実感がなくて、私にわかっていたのは、これで父が傷つかないですむんだということだけ――」

ジョージアははっと口をつぐんだ。だが、もう遅かった。ブルースが納得したという顔をする。たった一言で、私はブルースにすべてを明かしてしまったようだ。

「そういう事情だったんだな」ブルースはあごをこわばらせた。「レンツォは君が結婚を承知しなければ、自分の弟と君の姉さんの情事をお父さんにばらすと脅したわけか。アンジェリカに捨てられても痛くもかゆくもないというふりをしたくて。自分のプライドさえ守れれば、君のプライドはどうなってもいいということなんだな――ジョージア、どうして君はそんな男と一緒に暮らしていられるんだ?」

何度自分自身にそう問いかけたことだろう。でも最初から、私の中には矛盾した二つの思いがあったように思う。一方ではレンツォに反発を感じ、もう一方ではどことなく彼に惹《ひ》かれていた。そして私はサンドボーンで、彼の手が触れ、温かな褐色の体が重なったとき、理性がすべてなくなってしまうことがわかったのだ。

つまり私は肉体的にレンツォのとりこになっているということだ。ブルースの目には、私が冷静で清らかなイギリス娘としか映らないのだろう。唇も肌も目も、レンツォによって目覚めさせられる嵐《あらし》のような激情のかけらさえ、うかがわせないでいるから。

どんなに激しい情熱を交わしても、終わったときにあるのは記憶だけ。顔の表情や体の線はエクスタシーの名残さえとどめない。それはひそかに感覚の中に残るだけだ。

「結局私たちはみんな、本当にしたくないことはしないいんじゃないかしら？　たぶん私たちは、心の奥底にあるひそかな望みがかかげる明かりに、無意識に従っているだけなのではないかしら？」

「つまり、君はお姉さんのフィアンセを、心の底では求めていたと言うんだね？」

「まったくないこととは言えないでしょ？」

ジョージアはほほえもうとしたが、あまりうまくいかなかった。

「私は牧師館の壁と、ダンクトンの丘や谷に囲まれた狭い世界で生きてきたわ。ベッドの中では、ブロンテ姉妹やジェーン・オースティンの小説を読んで、毅然《きぜん》としたヒーローたちに憧れていたの。そうしたらある晴れた日、美人の姉が男の人と一緒に牧師館の客間に現れた。その男性はまるで『高慢と偏見』から抜け出してきたような人だったわ。申し分のない仕立てのスーツを着て、紹介されたとき、私の手にキスをしたの」

彼女は言葉を切って、口の端にかすかなほほえみを浮かべた。

「彼に釣り上げられる前に、釣り針にかかりたいと私が熱望していたとしても、それがそんなに不思議なことかしら、ブルース？」

「その釣り針はどうなったんだい？　今でも君の愛らしい体に突き刺さっているんじゃないのか？」ブルースがうなるように言った。

ジョージアは身震いした。ランプの光が彼女の髪を輝かせている。ウエイターがテーブルを片づける間、彼女は黙って座っていた。

「デザートのワゴンをお持ちしましょうか？」ウエイターが尋ねる。

「私は――もう甘いものは入らないわ。すばらしいお食事をいただいたから――」

「ともかく持ってきてもらおう。ここのチョコレート・アイスクリームケーキは抜群だよ。とにかく、見るだけでも見てごらんよ」

「わかったわ。あなたは勧めるのがお上手ね」

ジョージアはほほえむと、ブルースと視線を合わせた。本当に相手を促すのが上手な人だわ。彼は、私が話すつもりのまったくなかったことまですべて引き出してしまった。

ちらりと良心の痛みを感じる。レンツォは私を愛してはいなくても、信頼はしてくれていた。誰もがみんな、いつも私を信頼してくれる。

ブルースが言ったとおり、ケーキはすばらしくおいしかった。二人ともコーヒーとともにそれを楽しんだ。

「僕たち、これからどうしようか」ブルースがきいた。

「どうもしないわ。偶然会って、食事をして、金曜日にはあなたはお葬式に来て、こんな話をしたことはみんな忘れるの」

「もし君が指にそのリングをはめてなかったとしても、やっぱりそうなっただろうか」

ジョージアはリングを眺めた。サファイアが美しく輝いている。

もし、ダンクトンに住んでいたころにブルース・クレイトンに出会っていたら、私はどう感じただろう？　正直なところ、彼に惹かれなかったとは言えない。

でもブルースはレンツォほど強引に私を牧師館から連れ出しただろうか？　そうは思わない。牧師館は貝殻のように私のまわりを取り囲み、私に外での生活など思いつかせもしなかったもの。

「僕と一緒に過ごして楽しくなかったと、言えるなら言ってごらんよ」ブルースが追及する。

「それは――とても楽しかったわよ。でも、私がレンツォと結婚している事実は変わらないわ。私が住んでいる世界はあなたのとは違うのよ、ブルース。あなたの世界では、コートを脱ぐみたいに簡単に変わることができるんでしょう。私がアンジェリカに似てるからって、考え方や生き方まで同じだと思わないで。アンジェリカなら自分さえよければ、人の気持なんて考えないでしょうけど」

「君は僕の気持がわからないのかい？」

「あなたが、これまで知り合った女の人たちにうんざりして幻滅しているってことはわかってるわ」

「彼女たちのおかげで、自分が求めているものが何かってことだけはわかったよ」

「どういう娘を探せばいいかわかったでしょう。いなかの娘で、うさぎの毛皮のコートより、うさぎそのもののほうが好きで、ボンド・ストリートの一番大きなダイヤモンドよりも、小川のきらめきのほうを喜ぶような人よ」

「それじゃ、君は僕の最愛の人になってはくれないんだね？」

「あなたはきっとアイルランドのブラーニー城にあるブラーニー石にキスしたのね、ミスター・クレイトン。言い伝えどおり雄弁になって、お世辞が次々に飛び出しているの」

「僕がキスしたいのは君だよ」

「私はフェアプレーが好きなの」

「恋はルールに従ってプレーするゲームじゃないよ。君の姉さんだって、片っ端からルールを破っているじゃないか。彼女は兄弟同士を競争させて、今でも二人から愛されている。君は現実に向き合わなくてはならないよ、ジョージア。アンジェリカがまたレンツォをほしくなったら、彼女は君のことなどおかまいなしにやって来るだろう。これまでだって、アンジェリカが君の気持を思いやったことがあるかい？　レンツォだって、おそらく君の気持は本当はどうでもいいんじゃないかな」

ジョージアはその言葉に含まれたとげにひるんだ。それは何度も何度も自分に言い聞かせた言葉だったが、誰かに声に出して言われると、いっそう胸にこたえた。

ジョージアは腕時計に目をやった。

「そろそろ帰らなくては、ブルース。本当にすてきな昼食をありがとう。〈シルク・ランタン〉もとっても気に入ったわ」

「僕はここへ誰かを連れてきたことはないんだ。だから、誇りに思っていいよ」

「そうね、特別扱いしてもらって感謝してるわ」

ブルースがボーイを呼んで勘定をすませた。ジョージアは、財布をポケットにしまう彼の力強く清潔な手を見つめていた。

ジョージアが椅子から立ち上がると、ブルースはすぐそばに立っていた。二人はしばらく見つめ合った。ジョージアはあやうく思いをもらしそうになった——私は葬儀のあとが怖いのだと。レンツォはきっと、悲しみと、弟を葬儀に呼ばなかった後悔にさいなまれるだろう。私はどうしていいかわからなくなるに違いない。

もう少しで自制心がくずれ、言葉が口をついて出かかったところで、ジョージアはくるりと背を向けた。ブルースの先に立ち、階段を下りていく。

「タクシーで帰るわ」ジョージアはさりげなく言った。

「どうしてわざわざ、そんなことを」

ブルースは断固として彼女の腕を取ると、駐車場へ向かった。

「君は何を怖がっているんだ？　僕がキスすることか？」

「そんな……」

ジョージアは不安げにブルースを見上げた。太陽が雲に隠れ、彼女の顔も物思いに沈んでいた。

「僕のキスが好きになったらどうしようと恐れているんだろう？」ブルースが彼女のウエストに手をかけた。

ジョージアは身を引くと、すばやくポルシェに乗り込んだ。ブルースも運転席に座った。彼のがっしりした体が彼女に触れた。

絶えず心にのしかかってくる不安から自由になりたい、レンツォとの嵐のような結婚生活から逃げ出したいという衝動にふと駆られる。

私はブルースのキスを楽しいと思うかもしれない。というのも、私はレンツォの腕の中で、自分が愛撫《あいぶ》に敏感に反応すること、愛されたいという深い欲求を持っていることがわかったから。

ブルースと一緒なら、私は愛を見つけることができるかもしれない。彼が抱くのは間違いなくジョージアだから。私は私で、アンジェリカの代わりではないから。

これほど強い誘惑を感じたことはなかった。ほかの女性が私の立場に立ったら、きっとブルースの方を向いて、あなたの家に行こうと言うだろう。

「どうなんだい、ジョージア？ 君の家に行くか、それとも僕の家に来てくれるのか？」

ブルースの声も緊張でこわばっている。

「……ハドソン・スクエアに」ジョージアは自分がそう答えるのを聞いた。

10

車はレストランの駐車場を出て、チェルシー・エンバンクメントに沿って走った。

「僕たちには時間がある。君と僕には。だから、もし僕が必要になったら、僕に会いたくなったら、ぜひ連絡してほしい。約束してくれるね」ブルースが言った。

「約束するわ、ブルース」

「僕の住所を知ってる？」

「――いいえ」

「僕はナイツブリッジのランレイ・コートにアパートメントを持ってる。十二号室だ。いつでも大歓迎だよ、ジョージア」

「あなたは本当に親切ね、ブルース」

「とんでもない。自分が本当にやりたいことの準備をしてるだけだ。今君を不幸な結婚生活へ戻すより、どこか別のところへ送っていくほうが、長い目で見れば親切なことかもしれないな。どうだい、荷物をまとめて出てきたら？　僕の家に来てくれとは言わない。どこかのホテルに部屋を取るから、そこで気持の整理をして、自分が本当はどうしたいのかを考えたらどうだろう？」

ジョージアはこれから銀行強盗に出かけようとでも言われたようにパニックに陥った。

「それはできないわ、ブルース。レンツォにこれ以上精神的な負担をかけたくないの。私は彼のそばにいてあげたいの」

「そばにいて感謝されるとでも思ってるのかい？」

「たぶん、されないでしょうね。でも、これから当分レンツォにはつらい時期が続くと思うの。お母さまが亡くなったことだけでなく、ステルビオに連絡しなかったことが、いつまでも心に引っかかっているでしょうしね」

「ステルビオはまだアンジェリカと一緒にいるのかい？」

「そうらしいわ」

ジョージアは広いフロントガラスの前方を見つめた。そこにレンツォの暗い、決意に満ちた顔が見えるような気がした。レンツォがステルビオに連絡しなかったのはアンジェリカのことがあるからだと、ジョージアは思っていた。

連絡を受けたステルビオがどうするか、誰にも予想がつかない。もしかすると、彼がアンジェリカを連れてやって来るかもしれない！

「何を考えているんだい、ジョージア？」

フロントガラスの向こうの信号が赤に変わった。

「どういう理由にしても、レンツォの家を出ることになったら、ダンクトンの実家に帰ろうと考えていたの。愛っていうのは私のような人間には向かないんじゃないかと思うわ。私は心が大事だと思ってるから、体の関係以上のものを求めてしまうの。そりゃあ、誰でもベッドで愛し合うのは好きでしょう。でも本当にすばらしいのは、そこに精神的な愛を感じるときだと思うわ」

　信号は赤から青に変わった。車をハンソン・スクエアの家の前に横づけすると、ブルースは名残惜しそうにジョージアを見つめた。

　彼女は彼の視線を振り切って、ドアを開けた。

「じゃあ、金曜日に。すてきな食事をどうもありがとうございました」

　ブルースはジョージアと一緒に車を降りると、どうしてもこの大きなジョージ王朝様式の家に帰したくないというように彼女の手を握った。

「もし君がダンクトンに帰ったら、僕も追いかけていって、僕から逃げ出したのが間違いだったことをわからせてやるよ」

「私、もう中に入らないと、ブルース」

「僕の言ったことが聞こえたのか？」

「聞こえたわ、ブルース」

「僕が牧師館を訪ねても、君は会ってくれないのかな」

「そんなこと。もちろん大歓迎するわよ」ジョージアは小さく笑った。「お昼をごちそうして、今日のお返しをするわ」

「逃げるのがうまいんだな、君は」

「そういう女性は初めてじゃないの？　あなたは成功した、魅力的な映画監督ですものね」

緑色の目が彼女を見下ろした。「じゃあ、僕のことを魅力的だと思ってくれるんだね」

「あなたはすてきな人よ、ブルース。でも私は結婚しているし、夫の家の前であなたに手を握られているのを人に見られたら、困ったことになるわ。私を困らせて平気なの？」

「どちらとも言えないな」ブルースは率直に答えた。「いっそすべてをはっきりさせたほうがいいんじゃないかな」

「お願い、放してちょうだい、ブルース」

「どうしても？」

「どうしても」

「寄っていけとは言ってくれないのかい？」

「だめよ」

ジョージアは、午後の光の中で静かで平和なたたずまいを見せる家を、ちらりと振り返った。これまでここで起こったことを、さまざまな喜びや悲しみをすべて包み込んだ、どっしりと落ち着いた家。

「レンツォがもう帰ってきているかもしれないわ。もしそうなら、モニカも一緒のはずよ」ジョージアは声を低くした。

「僕が一緒に行けば君も心強いだろう」

ジョージアはかぶりを振った。「あなたはこのごろのレンツォがどんなふうなのか知らないのよ。これ以上私たちの関係を悪くしたくないの」

「すでに悪いということかい？」

「答えはわかっているでしょう」ジョージアは困惑してブルースを見上げた。「愛されてはいないかもしれないけど、私はレンツォの妻よ。それに、イギリスに住んでいるからといって、彼がイギリス人のように考えるとは限らないわ」

「レンツォを怖がってるんじゃないだろうね？」

ブルースは振り返って家を見やった。そして優雅なその家が、ジョージアにとっては鳥かごなのだと気づいたようだった。

「レンツォの女性関係は僕が口を出すことじゃない。それにアンジェリカはたしかに彼のようなつわものには似合いの相手かもしれない。だけど、もしやつが君にひどい扱いをしているなら、絶対に許せないよ」

「ひどい扱いなんかしてないわ」

「物質的にはそうかもしれない。でも君は彼の機嫌をうかがいながら、びくびくして暮らしている。彼をどうやって喜ばせたり慰めたりしたらいいかわからない。そうなんだろう？　やつなんてくそくらえだよ、ジョージア！　君はこの家に帰っちゃいけない――」

そのとき階段の上の玄関ドアが開いて、トレンスが姿を現した。彼は威厳ある態度で階段のところまで出てきた。

「失礼いたします。奥さまに客間までおいでいただきたいとのことですが――」

「ブルース、本当に放してくれないと困るわ」ジョージアはなんとか手を振りほどこうとした。

「僕も中に入れてくれ――」

「だめよ。あなたの厚意はありがたいけど、このままだと私は困ったことになるわ――お願い、放して」

ブルースはしぶしぶ手を放し、ジョージアが階段を駆け上がって、トレンスが支えているドアの中に入るのを見送った。

「ありがとう」ジョージアは息を弾ませながら執事に言った。「だんなさまはもう帰っていらしてるの？」

「はい、奥さま」執事は静かにドアを閉めた。「奥さまを客間の窓からご覧になって、お連れするようにと私にお言いつけになりました」

胸が早鐘のように打ちはじめた。玄関ホールを急ぎ足で横切っているとき、ポルシェが走り去る音が聞こえた。後悔がちらりと胸をかすめる。

客間に入って、窓のそばに立った背の高いレンツォの、ハンサムでものうげな顔を目にすると、なおさらその思いが募った。深い金色をしたカーテンが、黒っぽい服をまとった彼の姿を浮き上がらせている。

レンツォは入ってきたジョージアをちらりと見やった。温かさのみじんも感じられないまなざしだった。

「クレイトンとあそこに一日中立っているつもりだったのかい、手を取り合って？」

「ブルースはお昼をごちそうしてくれたのよ。お母さまのことでは、ていねいなお悔やみを言ってくださったわ」ジョージアは落ち着いて答えた。

レンツォの様子はどこか妙だった。彼は部屋を歩き回りはじめ、やがて手を振ってジョージアに腰を下ろすように言った。彼女は言われたとおり椅子に座った。

「モニカに会えたの？　彼女はここに来てるの？」

「ああ、来たよ。ここにいる」

その口調があまりに苦々しげだったので、ジョージアは驚いて彼の方を見た。

「どうしたの、レンツォ。何があったの？」

レンツォが気にしているのは、私とブルースのことや、私が彼と二時間食事をしてきたことではない。ジョージアは直感的にそう思った。それよりもっと重要な何かが彼の心をふさいでいるのだ。

　アンジェリカのことだわ。そう思ったとき、レンツォが口を開いた。

「ステルビオがモニカと一緒に来たんだ」

　ジョージアは信じられない思いで目を見開いた。レンツォが前に立ち止まって、彼女の視線をとらえる。

「今二人で客用寝室にいる。飛行機の中じゃ話せなかったようなことを話し合ってるんだろう」

「それじゃあ、モニカがどうにかして連絡方法を見つけて——？」

　レンツォはかぶりを振った。「いや、フラヴィアだ。彼女は僕が当然連絡するつもりでいるものと決め込んで、いつもの手早さで調査を始めたんだ。ステルビオがヨットのクルージングを切り上げてローマに帰っていることがわかった。彼の仕事仲間の仲介で、直接電話で話をしたらしい。フラヴィアはモニカの乗る飛行機の日取りと時間を教えて、ステルビオも同じ飛行機に席を取ったというわけだ」

　ジョージアは黙って座っていたが、口に出せない質問が頭の中を駆けめぐっていた。

　アンジェリカはどうしたの？　ステルビオがヨットを降りたのは、アンジェリカとけんかしたから？　彼はそもそも、アンジェリカと一緒にヨットに乗っていたの？

「モニカは今、ステルビオと客用寝室にいるの？」ジョージアは代わりにきいた。

「ああ、二人一緒だ」レンツォはまた歩き回りだした。「弟はマードレのことでひどく取り乱している。だが、そのことが二人の間の溝を埋めるきっかけになったようだ。今日はこれから二人で教会の霊安室に行くと言っている」

「あなたはどう思っているの、レンツォ？　弟さんのこと、ひどく腹を立てていたでしょう？」ジョージアはきかずにいられなかった。

レンツォは肩をすくめた。「空港で二人の姿を見たとき、何も言えなかったよ。モニカは怒らないでくれと目で懇願してるし、ステルビオはマードレのことで打ちひしがれている。母が生きていたら、当然二人に仲直りしてほしいと思っただろうしな」

「私、とってもうれしいわ」

ジョージアは立ち上がってレンツォのそばへ近寄ると、手を差し伸べた。彼女の手を握った彼の手はたくましく男らしかった。彼に触れたのはここ数日来のことだった。

「こうなってほしいと思っていたの。マードレのためにも」

「母が生きていてくれたほうが、ずっとよかったけどな」

レンツォはジョージアに背を向けると、窓のそばに歩み寄った。さっきはそこから彼女とブルースの様子を見ていたのだろう。

「マードレは僕の人生でたった一つ、変わることのないものだった。いつも同じで、いつも穏やかで、賢明だった。ほかの女たちはどうだ？　その時その時で変わってしまう。男のほうは、信頼したらばかを見る」

ジョージアはレンツォを見つめた。ジョージ王朝時代の生活を描いたうっとりするような天井画の下で、グレイのスーツを着た細身の姿が不安げにたたずんでいる。心臓を冷たい手でつかまれたようだ。ふいに自分が邪魔者だという気がした。ドラマの中で、自分の役割がストーリーの展開に不必要になったと言われたかのようだった。

「レンツォ、誰が、誰の信頼を裏切ったの？」それでもきかずにいられなかった。

「きく必要があるのか？」

レンツォは庭に視線を向けたままだ。日が照っていたのに、いつの間にか雨が降りそうな空模様になっている。

「わかったわ」

ジョージアが客間を出ると、ちょうど一組の男女が階段を下りてくるところだった。女性はエレガントなブルネットで、黒いミンクのコートをはおっている。男性のほうはレンツォと似ているところもあったが、彼ほど際立って個性的でもなく、印象的でもなかった。

男は立ち止まると、ジョージアを見つめた。

その視線は少々ぶしつけだったが、しかたがないと思い直す。まさか兄の妻が、自分の家庭を壊しかけた女性とそっくりだとは思わなかったのだろう。

「私、ジョージアです」彼女は静かに言った。「ロンドンへようこそ。ご無事で何よりでした」

「お会いできてうれしいわ」

モニカは熱意を込めて言うと、近づいてつややかな黒い毛皮の胸にジョージアを抱き締めた。

「私たち、お友達になれるわよね？　また家族になれたんですもの」

ジョージアはモニカの肩越しにステルビオを見た。彼の目にはあきらめのようなものが浮かんでいる。それはよそではもう求められなくなって妻のもとに戻ってきた男の顔だった。

ステルビオはアンジェリカに惑わされ、恋のダンスに引きずり込まれた——今、そのダンスは終わったけれど、彼はまだその魔法からすっかりさめてはいないようだ。

レンツォと同じだ——私はそんな彼とともに生きることを学んだけれど、モニカはこれからどう対処していくのだろう？

レンツォの車と運転手が家の前で待っていた。二人が教会へ出かけると、ジョージアは二階へ上がった。

疲れていた。心がくたくたになっていた。ジョージアは靴と上着を脱ぐと、居間のカウチに体を横たえて目を閉じた。今日一日のできごとが次々に頭に浮かんでくる。これで金曜日にはコンテッサの息子が二人とも、墓地へ運ばれる柩《ひつぎ》に付き添うことになった。

窓際に立って雨模様の空を見ながら、レンツォは何を考えていたのだろう？　彼は私とブルースが何を話していたのかききかなかったけれど、いくらかは好奇心を持って私たちを眺めていたことだろう。ブルースが私の手を握っていたことも見逃してはいなかった。

ジョージアはカウチの上で落ち着きなく寝返りを打った。私はレンツォに何かきいてほしかったのだろうか。少しはやきもちをやいてほしかった？

それはむなしい望みだ。愛もないのにジェラシーがあるはずがない。他人同士にジェラシーは生まれない。この数日の間に、私たちはまた他人同士に戻ってしまったのだもの。近ごろのレンツォは、私に無理やりアンジェリカの手紙を読ませたときの冷酷な男そのままだ。

あのときの記憶はまるで色のない夢のように、一つ一つのことが黒くはっきりと脳裏に焼きついている。ばらさえも真っ黒で、引き裂いた手紙の白さと対照的だ。そしてその手紙の上の文字まではっきり読むことができる。

〝私はあなたと一緒にいたいの、ステルビオ！　あなたの腕に抱かれて、あなたの唇を体中に感じるとき、ほかの人のことは全部どうでもよくなるわ！　あなたと一つになるとき、私は喜びのあまりどうにかなりそうになるの――〟

ジョージアは苦々しく唇をゆがめた。なんて貪欲《どんよく》な！　アンジェリカは今、どこにいるのだろう。どこかの男性と一緒なのか、それともあの愛らしい頭の中で、何か別の思案をめぐらせているのだろうか。

ジョージアは窓をたたく雨の音を聞いていた。モニカとステルビオは今ごろはもう教会の霊安室に着いているだろう。母親の眠る、薄暗い、ひんやりした静かな部屋に。

母親の悲しい死がステルビオをふたたび妻と結びつけた。そのうち彼は、天使のような姿をして悪魔のようにふるまう女の魔力と、自分本位の偽りの言葉を忘れるだろう。

そう、モニカとステルビオにはまだ望みがある。でも、私たちの結婚に希望はない。恋愛関係から始まったものではないから。レンツォにとって、あれは復讐《ベンデッタ》だった。もっとも、復讐《ふくしゅう》心はコンテッサの死とともに失われてしまったように見えるけれど。

コンテッサの亡くなった晩、レンツォの目には、自分がこれまでしてきたことに直面した男のショックと苦痛が浮かんでいた。そしてその時から、レンツォは私を締め出してしまった。

雨の音はずいぶん激しくなっていた。部屋の中は薄暗くなって、ものがよく見えない。カウチの横のテーブルに置いた電話が突然鳴りだし、ジョージアはびっくりした。それでも、物思いを邪魔されたことにいらだちながら、彼女はしばらくそのまま横になっていた。

受話器を取ると、聞こえてきたのが夫の声だったので、もっと驚いた。

「君の友達から電話だよ。今電話を切り替える」

「ジョージア？」

相手が話しだしたとき、レンツォが受話器をがちゃりと置くのが聞こえた。

「どうしても電話しないではいられなかったんだ――君のことが心配で。大丈夫かい？」

「ええ」

ブルース・クレイトンだった。とっさに返事をしながらも、ジョージアは、ブルースが妻に電話をかけてきても、驚きもしなければ怒りもしないレンツォの顔を思い浮かべていた。冷たいすきま風が心に入り込んできたようで、ジョージアは身震いした。夫の無関心はほかの何より厳しい罰だった。

「レンツォは僕たちが一緒にいるところを見たんだろう？」

「ええ。窓から見ていたみたい」

「何か言ったかい？　怒っていた？」

「たいして気にしていなかったようよ」

ジョージアはもう一度体を震わせた。まるで外の、あの窓をたたいている激しい雨に体を打たれでもしたかのようだ。

「彼は空港から帰ってきていたんだけど――モニカは一人じゃなかったのよ、ブルース。ステルビオと一緒に来たの」

「ステルビオ？　じゃ――」

「ええ、彼は数日前からローマに帰っていたらしいわ――一人で」

「なんてこった！　それじゃ、アンジェリカとの火遊びはもう終わったというのか？」

「そうらしいわ」

「アンジェリカからは便りがあったのかい？　何か連絡してきたのか？」

「いいえ」

「その声――どうしたんだ、ジョージア？　君はアンジェリカがこれからどう出るか、恐れているのか？」

「恐れてはいないけど、覚悟はしてるわ」

「あの性悪女め！　彼女はまわりにいるみんなを傷つけてる。ハリケーンのように、通る道すがら、すべてを破壊していくんだ。君はその家を出なきゃいけないよ、ジョージア！　姉さんの手が伸びる前に、僕が君を連れ出す。君は姉さんから見れば許せないようなことをしたんだ。そうだろう？　彼女の男の一人と結婚したんだから。彼らは今でもアンジェリカのものなんだ。彼女にさんざんな目にあわされたあとでもね。荷物をまとめるんだ、ジョージア。二十分後にそちらへ行くから――」

「だめよ、ブルース」

「冷静に考えるんだ、ジョージア。アンジェリカはステルビオの心をもてあそんだ。今度はまたレンツォをねらうに違いない。君にはそれがわかっているし、僕にもわかっている。レンツォは今もアンジェリカを求めているって、君も言ったじゃないか」

「たしかに言ったわ」

「それじゃ、二人を好きにさせたらいい。レンツォがこのうえ苦しみと怪しげな喜びがほしいと言うのなら、君はさっさと彼のもとを去ったほうがいいよ、ジョージア。顔を上げて出ていくんだよ。君がちっともまいっていないというところを見せてやるといい。僕と一緒に行こう。僕が君を好きなことはわかっているだろう。君は今まで会った中でもっともかわいい、もっとも心のやさしい、もっともすばらしい人だ。僕は君を求めてる——君がほしいんだ、ジョージア」

「あなたこそ、とてもやさしい人だわ」

「それなら、荷物をまとめるんだ」

「いいえ、私は逃げないわ」ジョージアは自分でも驚くほどきっぱりと言った。

「本気じゃないんだろう？　そこにとどまって真っ二つに引き裂かれてもいいのか？　君を愛してもいない夫と、自分の気まぐれな望みさえかなえられれば人のことはどうでもいい姉さんとに引き裂かれても。こんなこと、聞かせたくなかったんだが、君の姉さんはいかがわしいフィルムに出ているんだぞ。カウンターの下から人目を忍んで受け渡しするような、警察が取り締まりの目を光らせているようなフィルムに」

「知ってるわ」ジョージアは静かに答えた。「だからこそ、私はハンソン・スクエアを離れたくないの。私はあなたと同じ予感がしているのよ。アンジェリカはもうロンドンに戻ってるんじゃないかって。このまばゆい光のきらめく街のどこかにいて、今にもこちらへ向かおうとしているって」

「ジョージア！　君は僕の血を凍らせるよ。そうなったら、いったいどうするつもりなんだ！」ブルースは叫んだ。

「私は彼女を殺すわ。もしレンツォに指一本でも触れたら」ジョージアははっきりと答えた。

電話の向こうで長い沈黙が続いた。それから、ブルースはすっかり気落ちした、力のない声で言った。

「彼を、それほど愛しているんだね、ジョージア」

「そうらしいわ」

力が、今度はジョージアの声に満ちてきた。それは彼女の体をめぐって流れ、温め、ふたたび生き返らせた。

「さっきこのカウチで横になっていたとき、私、きっと赤ちゃんができてるって、確信したの。はっきりしたことなんて何もないのよ。突然気分が悪くなったり、すっぱいものがほしくなったりしたわけじゃないの。ただ小さな指が心臓に触れたような気がしたの。そして、結婚式の日――〝夫となった人を愛し、いつくしみ、永遠に誠実でいる〟と誓ったあの日に得たものを、決して手放してはいけないと警告してきたのよ」

「だけど、レンツォは君に結婚を強要したんじゃないのか？」

「それはそうなの。でも、彼は無理に私を抱こうとはしなかったわ。私がすすんで身をまかせたの」

ブルース・クレイトンの口から低いうめき声がもれた。「もしレンツォがはっきり、君はもういらないと言ったらどうするんだ？」

「でも子供はほしがるわ、きっと」

「それで満足するのか？」

「そうしなければならないなら」

「君はかわいい顔をした愚か者だな」

「そうかもしれない。でも一つ賢いことも知っているわ。赤ん坊って、家族の中で愛されながら亡くなった人の代わりをするものよ。私、アンジェリカと同じぐらい貪欲に、自分のほしいものにしがみつくつもりなの。信じて、ブルース」

「信じなきゃならないようだな、親愛なるジョージア。とうとう君は僕の〝最愛の人〟にはなってくれなかったけど」

「電話をくださってありがとう、ブルース」

「僕の電話が決心を固めるきっかけになったんじゃないかい？」

「そうよ」

ジョージアは暗闇《くらやみ》の中でほほえみながら、受話器を置いた。明かりをつけて、靴を捜し、足を入れる。髪にくしをあてたが、鏡は見なかった。今はアンジェリカにそっくりの顔は見たくない。私はジョージアだわ。ジョージアとして、私はレンツォと対決するのよ。

階段を下り、明るい照明のついた玄関ホールを通って客間をのぞいてみたが、誰もいなかった。

次に音楽室に行って、小さなバイオリンとトランペットとハープをデザインした、ロココ調の彫刻のほどこされたドアを開けてみる。立派なグランドピアノが、録音機器とともに静かに並んでいる。楽譜立てには、ページの半分ほど音符で埋まったノートが広げてあった。この符号が、壮大な、そしてロマンチックなメロディーに変わるのだから本当に不思議だ。

レンツォは出かけたのかしら？　雨の中をエンバンクメントまで歩いていって、一人で思いにふけっているのだろうか。

「だんなさまをお捜しですか、奥さま」

振り返るとトレンスが立っていた。ジョージアは落ち着いた表情を装った。

「ええ。お出かけかしら？」

「いいえ、奥さま。ガーデンルームにおいでです。コーヒーを持ってくるよう、お言いつけになりました」

「私も行くわ」

ジョージアはガーデンルームに向かった。トレンスが私を気づかってくれているのがわかる。レンツォと私の間がどこかぎくしゃくしているのに気づいているのだろう。私たちが一緒に寝ていないことはメイドが報告しているだろうし。

自分がどれほど夫に抱かれたいと望んでいるか、ジョージアは今気がついた。彼のたくましい体を間近に感じていたい。炎のような深いグレイの目で見つめられたい。頭のてっぺんからつま先まで彼のものになりたい。そして彼の腕の中で、やすらかに眠りたかった。

レンツォは背もたれの高い籐《とう》の椅子に座っていた。照明が琥珀色《こはくいろ》の籐に当たって柔らかな光を放っている。

彼は薄暗い、雨に濡《ぬ》れた庭をじっと見つめていた。誰にも立ち入られたくないように見えたが、ジョージアはためらわなかった。

「一緒に座ってもいい、レンツォ？」

返事を待たずに近づいていき、長椅子の端に腰を下ろす。

「雨に濡れた草の匂いがするわ。とってもいい匂いね。そう思わない？」

「無垢《むく》で、世界の始まりのような」レンツォが同意した。

「ときどきあなたは、あなたのつくる音楽のようなことを言うのね」

「僕の中の善人が口をきいているんだろうな」

「私たちはみんな、明るいところと暗いところを持ってるわ」ジョージアは小刻みに震える膝を両腕で抱えた。「どこから見ても陰のない、聖人のような人はそう多くはいないわ」

「多くないだろうな。だけど傷つけられるいわれのない人はいるよ。自分を惜しまず与えて、相手がそれを受ける価値があるかどうかも考えないという――」

突然、レンツォがすすり上げた。ジョージアは胸を詰まらせてさっと立ち上がると、彼を胸に抱き、名前をつぶやきながら黒い髪を撫《な》でた。

「レンツォ、ダーリン、私はどうしてあげたらいいの？　あなたがお母さまのことでどれほど悲しんでいるか、私にはよくわかるわ」

レンツォは彼女の胸の上でかぶりを振った。「マードレのことじゃないんだ。そのことだけでは――」

「じゃあ、話して、いとしい人」

「どうしてそんなふうに僕を呼べるんだ？　どうして僕に近づいたりできるんだ？　どうしてブルースのところに行かない？　彼は君に電話してきた――彼は君を求めている――それが僕にわからないと思うのか？」

「ええ、彼は電話をしてきたわ。私があなたのもとを去ると思って」

「彼と食事しながら、その話をしていたんだね？」

そう言いながらも、レンツォはジョージアの腰にしっかり腕を回していた。彼女に触れて、レンツォの全身が緊張しているようだった。

「私たちはたくさんの話をしたわ、レンツォ。もしあなたのもとを去ることになったら、ダンクトンの実家に帰るつもりだって私は言ったの。私にはうまく人を愛せないようだからって。でもそれはお昼に思ったこと。そのときはわかってなかったのよ、愛はもっと奥深いものだってことが。決してあきらめずに戦う価値のあるものだってことが」

ジョージアは言葉を切り、ゆっくりと手をレンツォの顔にすべらせて、がっしりした輪郭や温かな唇に触れた。

「アンジェリカなんて、知ったことじゃないわ」ジョージアはきっぱりと言った。「私はあなたにもっともっと多くのものをあげる。彼女がどんなにがんばったってあげられないようなものを。彼女が私のだんなさまに少しでも近づいたら、私、牙《きば》をむいて戦うわよ」

ジョージアの胸は激しく上下した。すると、ふいにそこに硬い唇が性急に押しつけられた。レンツォは立ち上がると、彼女を抱いて長椅子にそっと横たえた。

キスは痛いほどだったけれど、すばらしかった。体中を愛撫《あいぶ》する彼の手もそれ以上にすばらしかった。

「ジョージア、ドルチェ・ミーア」

レンツォはまるでたった今彼女を見つけ出したとでもいうように、そして彼女が結婚したばかりの花嫁であるかのように、夢中でまさぐった。イタリア語と英語で何か言い、ジョージアの頬を赤く染めさせた。

「アンジェリカのように破壊的な女を知ったあと、彼女の妹がこれほど情が深いなんて、どうして信じられただろう？　僕は君の悪い点ばかり探していた。人の心のわからない、野蛮なけだもののようだった。どうしてそんなことができたんだろう？　何が僕に取りついたんだろう？　このガーデンルームで僕は君を怒鳴りつけ、君の愛らしい顔を青ざめさせた。マードレは僕をしかったよ。たぶん僕のしたこと、君に言ったことが、心臓発作の引き金になったんだ！」

「違うわ。私が電話したとき、お医者さまはこういう事態を予想していた感じだったわ。私は信じてるの、マードレが死期を悟って、あなたに会いにいらしたのだと。最期のとき、私たち三人一緒だったわ。そうでしょう？　マードレは満足だと言ってくださったじゃないの。マードレはもう苦しまなくてもよくなったのよ。人間には耐えられる限度があって、そこまでいくと、私たちは死ぬのよ、レンツォ」

　長い長い沈黙のあと、レンツォは口を開いた。

「もし僕への愛が死んだら、言ってくれ。僕は見せかけも、犠牲もほしくない。全面的な欲求と欲望のほかは何も。僕は君のすべてがほしい。君の体のあらゆる部分が。君の体のすべての息づかいが。君のすべてのほほえみが、すべての喜びと苦しみが」

レンツォはジョージアを胸に引き寄せた。荒々しく、やさしく……愛がそうであるように。

「私たちは愛がどんなものかわかってるわ」ジョージアはそっと言った。「全身全霊で私を愛して。私も命をかけて愛するわ。あなたのすべてを」

レンツォはジョージアの目を探った。ランプの明かりの中で、その目はどこまでも澄み、輝いていた。

ガーデンルームの窓々の外に夜のとばりが下りてくる。雨はやみ、雲が去って、細い月が空に浮かんだ。月の光は窓から差し込んで、まるでほほえんでいるように、愛し合う二人のキスをそっと見守っていた。

●本書は、1991年5月に小社より刊行された作品を文庫化したものです。

ハネムーン

2011年11月1日発行　第1刷

著者　ヴァイオレット・ウィンズピア

訳者　三好陽子（みよし　ようこ）

発行人　立山昭彦

発行所　株式会社ハーレクイン
東京都千代田区外神田3-16-8
03-5295-8091（営業）
03-5309-8260（読者サービス係）

印刷・製本　大日本印刷株式会社

定価はカバーに表示してあります。
 ISBN978-4-596-93407-9

ハーレクイン文庫

コンテンポラリー――現代物

宿命のパートナー

ダイアナ・パーマー / 上木さよ子 訳

親同士が再婚したため義兄妹になったバリーとドーソン。惹かれあいながらも素直になれず互いを傷つけてしまう、二人の愛を濃密に描いた衝撃作！

愛の使者のために

エマ・ダーシー / 藤峰みちか 訳

8カ月前、些細な口論のあとに突然姿を消した最愛の人に、偶然再会したジャック。彼女が去った理由を悟ったジャックは決意した。全てをかけて愛を取り戻そうと！

仮面の花嫁

サラ・モーガン / 和香ちか子 訳

ギリシア人資産家セバスチャンを陥れようと企むアリージアの横暴な祖父。彼女は病弱な母を救うため、祖父の命令のもとセバスチャンとの契約結婚を受け入れる。

シークの愛人

エリザベス・メイン / 黒木恭子 訳

仕事で訪れた中東の国で紛争に巻き込まれ、王族ゼインの砂漠の宮殿へ軟禁されてしまったヘイリー。しかも帰国するためにはゼインと偽装結婚しなければならず…？

やさしい闇

エイミー・J・フェッツァー / 谷原めぐみ 訳

小城で隠遁生活を送るリチャードに雇われたローラ。元妻の死で彼が引き取ることになった幼い娘を世話するためだが、彼はローラばかりか娘にも姿を見せず…。